U0948237

郭小东文集

第9卷

红庐　雅加的沉香

郭小东◎著

南方出版传媒
花城出版社
中国·广州

图书在版编目（CIP）数据

红庐：雅加的沉香 / 郭小东著. -- 广州：花城出版社，2015.1（2015.6重印）
（郭小东文集；9）
ISBN 978-7-5360-7107-0

Ⅰ. ①红… Ⅱ. ①郭… Ⅲ. ①长篇小说－中国－当代
Ⅳ. ①I247.5

中国版本图书馆CIP数据核字(2014)第291410号

出 版 人：詹秀敏
责任编辑：张　懿　李珊珊　张　旬
技术编辑：薛伟民　陈诗泳
封面设计：礼孩书衣坊

书　　名　红庐：雅加的沉香
　　　　　HONGLU YAJIA DE CHENXIANG
出版发行　花城出版社
　　　　　（广州市环市东路水荫路11号）
经　　销　全国新华书店
印　　刷　广东新华印刷有限公司
　　　　　（广东省佛山市南海区盐步河东中心路23号）
开　　本　787毫米×1092毫米　16开
印　　张　13.25　1插页
字　　数　230,000字
版　　次　2015年1月第1版　2015年6月第2次印刷
定　　价　30.00元

如发现印装质量问题，请直接与印刷厂联系调换。
购书热线：020－37604658　37602954
花城出版社网站：http://www.fcph.com.cn

天堂没有黑暗

（总序）

今天是我母亲92岁生日。我必须为这个日子写下一些记忆。

父亲在“文革”中罹难，死于非命，享年53岁，正于英年。

母亲48岁时守寡，外祖母也是在48岁时守寡。外祖父马灿汉，是一个旧军人，早年留学美、日、法等国，于1924年在普林斯顿学成归国，获教育学硕士。受蒋介石之邀，效力黄埔军校，至交好友是胡宗南。抗战时任财政厅要职，当东江视察，1937年广州沦陷，外祖父在广州北京路财政厅被炸重伤，由东江纵队护送至澳门治伤。那年母亲13岁，她是长女，独自到澳门去探视外祖父，其实是她奉父命前往，为她婚事作安排，命她嫁与泰国富商。外祖父一家在泰国经办“安顺机构”，是泰国最大的保险银行公司。母亲坚决不从。她与我父亲，青梅竹马，早已两情相悦。外祖父亦不勉强。

文化大革命已经结束很久，好多年过去。我对我的家庭、家族的真相依然是模糊不清。我一直生活在一种负罪的伤感之中。从灵魂深处，感到愧对新社会，愧对劳动人民。我从15岁起，就自觉地把自己归入“等外”的行列。我从不在任何人面前流露或谈论我的家庭、我的童年、我的父母。我从小就知道我有众多沾亲带故的亲戚，无数的堂兄弟姐妹、表兄弟姐妹，以及更为庞大的他们的父母所扭结而成的社会关联、伦理关系网络，但我始终没有见过他们……

我的父亲仿佛是从天外落入人间的孤种。他至死都没有来得及对我言说他的家庭、他的父亲、他的家族。我只是从文化大革命的大字报上，知道他1938年到游击区去参加革命，和地主家庭脱离关系（声明登在香港的《星岛日报》上）。后来我才知道，这纸声明是我的爷爷郭凤巢，而不是我父亲登的。父亲为了抗日救亡，18岁离家出走，到大南山游击区梅峰中学，做了中学的学生会主席，投身抗日救亡的革命工作。爷爷害怕这个逆子给家庭带来祸害，便主动登报和父亲脱离关系。这一纸声明并没有在解放后救父亲一命，相反，却把父亲推进一个死命的深渊。原因是，地主家庭与他脱离关系，而非他与地主家庭脱离关系，非但无功，反而有罪，证明他参加革命动机不纯洁；后来他去延安，穿越封锁线受阻，在淮北被日军打击，中途返回上海，此乃又一罪；解放后，父亲收留了从庵堂遣送流落的生母郑惠照，赡养“地主婆”，又是罪加一等。父亲始终生活在罪责之中。青年时代接受共产主义思潮，认识家庭的原罪，赎罪投身革命，进入新社会，由原罪衍生的新罪，一直在折磨着他并最终要了他的命。

父亲的革命是无处不在的，为了起带头作用，他于1965年，把初中毕业，刚满15岁，患有严重哮喘的大哥，送到山寒水远的粤北“连南劳动大学”，响应刘少奇提出的“半工半读”口号。实际上就是上山下乡。多年后50多岁的大哥从农场归来，成了一个无业游民，后来缴了一些钱，才重新补办了社保……

1979年，父亲平反昭雪，此刻离他被迫害致死已经过去6年，但形势依然严峻。在他的追悼会上，我代表亲属发言，我坚持不按专案组审查的发言稿，而是依母亲的意愿向父亲致悼词。仍然感觉我的家族，依然充满着有罪感。

追悼会上，我说出一个事实：当年也是在这个礼堂，还是台下的这些群众，父亲就站在我现在站立的位置，被五花大绑，按成喷气式，接受革命群众批判，最终受迫害致死。6年过去了，还是这些人，来为他开追悼会。可是，父亲地下未知。说他天上有知，那是鬼话。

我毋需客气，也毋需感激谁！一个无辜的献身革命的高级知识分子，死于非命，英年之殇……本身就是一个值得讨论的问题。

几年前，老家来人邀我担任“汾阳郭氏铜钵盂族谱”主编。回老家祭祖，我始知父亲并非孤种。出于客气与尊重，族中老者并没有数落父亲“逆忤之罪”。解放前，他参加革命，对这个家族一定有过伤害；解放后，因种种复杂因素，他对自己的父亲、兄弟、亲人的疏远（划清界限），在族人中肯定不会有好名声。在我面前，没有人提起这些，大多说到父亲童年往事，说到他的好处。我后来知道，因为父亲的叛逆，因为他在1949年从上海回故乡参加土改运动……乡村阶级斗争形势急转而下，已届八旬的我的曾爷爷郭信臣，一位德高望重的上海银行家、民国大慈善家，唯恐受辱，他高大的身躯，蜷缩着吊死在眠床的棚架上……

有时，我也残忍地想到，幸好曾爷爷早早结束了自己的生命，要不，以他的性格，他如何能够挺得过后来疾风暴雨式的土改运动？

从唐朝郭子仪始祖，繁衍四百余年，凡十七传，及宋（1210年）端斋公受诰封政议大夫，其子宣省公受钦命广西按察使。秩满而卜居粤之潮阳竹桥，为潮郭氏一、二始祖，宣省公脉下四大男丁，长房分居白水塘，次房创于铜钵盂，三房守居竹桥，四房安于南阳……

郭氏辈序为：端元球，朝若调仕、维文廷世、邦宗守国、北仲昌钦、崇德象贤、丰亨豫大、奕祀有光、仁义礼智、修齐治平、温良谦让、明允笃诚。

我的辈序为“奕”，系郭子仪后裔端斋公第二十八世嫡孙。

郭氏铜钵盂家族，自宋光宗绍熙元年以来，迄今七百多年，代代英雄才人辈出，铜钵盂近现代，更是诞生了无数各界巨子。明清两代，受封无数，现代国共两党，要人众多。尤其在国内外商界，更是翘楚星罗棋布。

在我父亲的时代，这些正是压在他身上、心上的千古罪愆。他对革命的死心塌地，和革命在他身上的伪装，结果成为一个时代的悲剧。

父亲名郭大藩，字文雄。生于1919年，农历十二月二十四日，卒于1973年6月20日，享年53岁。

母亲马燕惠，字凌芳。生于1923年，农历五月十二日。外祖父马灿汉，生于1900年，1924年从美国普林斯顿硕士毕业回国，效力黄埔军校，后任国民政府财政厅要职、东江视察。1949年被游击队误抓囚禁，半年后在狱中病逝，此时，他已解甲归田十年有余。我在1963年“千万不要忘记阶级斗争”展览会上，看到他的照片、中正剑、军官服，以及抗战期间胡宗南力邀他出山的信函等。那时，我并不知道此人正是我的外祖父，只感觉那段时间，母亲如惊弓之鸟。

郭马郑周，是明清民国时期潮阳四大家族。声名财富远赫上海、东南亚。这四大家族多有联姻。我母亲马家祖居潮阳成田，外祖父一家，几代在泰国、上海经营银行、保险及黄金米铺。泰国最大的保险机构“安顺机构”，便是外祖父马灿汉与其弟马灿雄的兄弟公司。外祖母郑素冰，是沙陇郑姓大户，外祖父在美国和黄埔军校时的红粉知己也姓郑，郑小姐于1937年广州沦陷时，被炸死在北京路财政厅，外祖父被炸重伤，由共产党人护送往澳门治伤。那时，他与共产党人多有接触，中共高层多是他黄埔的学生、同僚。外祖父一生大起大落，他是厌倦大时代并被大时代抛弃的旧中国知识人，一位正统军人在国破家亡中的悲剧。我的祖母名惠照，亦为郑姓。祖母郑惠照一家，在潮汕经营码头生意，郭家从上海运回潮汕的银元与财物，均由郑家码头经手。郭郑联姻是有传统的。潮汕嫁娶虽十分重视门当户对，但俗话说：“嫁女要嫁大门楼，娶妻要娶垃圾头。”同一标准下的双重价值，在潮汕文化中出神入化。郭氏家族也无例外。

从唐宋元明清到民国，铜钵盂郭氏家族始终烟火兴旺发达，家族生意贯通上海、潮汕、东南亚，在海内外享有盛名。这一切，在1949年断裂，开始了全新的一页。这个家族从此进入另一种历史。

父亲郭大藩，是20世纪初年上海潮商巨富郭信臣的嫡孙。郭信臣育有十五子一女，我的祖父排行第三，字凤巢。郭信臣是上海滩著名的银行家和慈善家。上海法租界源茂行、汕头元安、仁茂银庄，均为他所开创。他喜结交社会名流，康有为、吴昌硕、于右任、张大千、郑孝胥等人常为座上客，多有手书画作相赠。郭信臣于20世纪30年代，曾捐赠30万银圆作浙江大学经费，又携资南下汕头，开办多家银庄，并于潮阳铜钵盂老家建有“驷马拖车”官厅豪宅与私家园林，“曾是历史上郭族辉煌时代的标帜”。

我是在成年之后，才听说曾祖父郭信臣的传奇经历。他死于我出生之前的1949年。我只是在他的墓志铭和祖居门楼的碑刻中，看到他的名字。他于1906年，从上海回铜钵盂建造祖屋“汾阳世家”。门楼石匾刻有张謇题“积厚流光”、张大千的老师李瑞清题“保合太和”等字。门洞左右侧是左孝同（左宗棠继子）与郑瀛华的题词。老屋虽已破落荒芜，但旧时的显赫辉煌，在斑驳的古檐粉漆中依然隐约沉浮。“驷马拖车”式的建筑，前有花园喷泉，后有二进天井及后花园，侧有“伙巷”。

郭信臣排行第四，人称鉴四爷，兄弟四人，八座“驷马拖车”，自成一条街巷，取名“仁记”。今称“仁记巷”。如今，幽深的仁记巷藏在铜钵盂闹市区中。大屋深宅，人烟稀渺，大多空置或由外地人租住，其荒凉冷寂更显昔日繁华。我无法真切想象，几十年之前，这条联结着半个亚洲声气的深巷里，那时人们的生活。我的曾祖父、祖父以及童年的父亲，他们是如何从这里走出又归来，在这里完成又中断了香火的？令人困惑的是，我将永远寻找不到答案！无人能够再现这些已经消逝的图画。我只能从这些古旧建筑、无人空屋的冷寂中，去感受一种同样空蒙的回声。先人的行脚早已消失，包括被视为逆子的“革命者”父亲，也已经早早地离开人世。他自从18岁踏出“汾阳世家”之后，就再也没有踏进这座“驷马拖车”。父亲给我遗留了太多猜想、回味。

父亲作为主房长孙（郭信臣共育有十五子一女，爷爷是郭信臣三子。长子出洋留学，次子多病英年早逝，三子便主政家族。父亲是为次孙，却是正房所生，故为长孙位），却革命出走，义无反顾，犯了天条，无异于豪门望族里出了土匪。我每每在老屋回眸，难以溯源。庞大的家族，细节多得使故事烦琐得无法厘清真伪，澄清事理。父亲的对错，我无法评说，也想不明白。但有一个事实，那就是他来不及后悔或忏悔，就死于非命，他至死都是一个彻底的革命者。

家族文化史的研究，是文明史的切口。1926 年，轰动上海文化界的新闻，是家族印本《郭节母廖太夫人清芬录》的出版。它作为一个家族庆典，抑或文化盛事，其轰动在于，与此书有关的人士，几乎囊括了沪上各界名流政要、文人雅士。上海的 1926 年，正是歌舞升平，各种政治文化精英云集的年代。众多名流倾心于区区家族印本，可鉴沪上风气。

《郭节母廖太夫人清芬录》，一函四册，是书收录各界名家书画 60 幅，各界名人要人撰志赐铭，作序赠诗，场面盛大，气派非常。

作画的有吴昌硕、张大千、王震、冯超然、吴青霞等，均为沪上画坛大家。

撰志赐铭题诗的有康有为、于右任、胡适、郑孝胥、顾维钧、陈宝箴、朱祖谋、陈步墀、曾彭年、吴鸿藻、朱汝珍、刘丹崖、林廷玉、刘承干、何士果等，或是前清遗老，或是民国大员。

康有为为郭母贞节坊题匾："天褒节孝。"于右任书签："郭母廖太夫人清芬录。"胡适书签并作序。其序感人至深：

"五十二年之苦节，七十五岁之高寿，始食贫而抚孤，终开先而裕后，生得见家门之盛，殁而名垂于永久。小人有母，亦廿三岁而守节，积半世之苦辛，未能享一日之娱悦，执笔作颂，拊心凄绝。——郭节母廖太夫人不朽。"

《郭节母廖太夫人清芬录》，被视为族谱传记极品，该书不但收录 20 世纪 20 年代 60 多位各界名流政要的题词、画作、书签，且制作精美，装潢豪华，在全国姓氏族谱中极为罕见，如今已成孤本，现存世不过三四部。我曾于拍卖行高价拍得一部。

《郭节母廖太夫人清芬录》，由曾祖父郭信臣的叔伯兄弟郭若雨发起编撰，并呈具当局奏准，在潮阳兴建贞节牌坊。

郭若雨于 1900 年创设郭乾泰行，以贩售花纱、杂粮为主业，兼营汇兑，先后为建邦海味行、炳昌号行及源来行大股东，在永兴钱庄亦有投资，其汇兑业务远届新加坡、香港、西贡、安南等地，在南洋有广泛汇兑代理网点。郭若雨还是旅沪潮州会馆驻汕代表。1918 年正月，潮汕发生地震，郭若雨全力投入巨资救灾赈灾。民国十六年，已届 60 的郭兆霖（字若雨）深恐曾祖父祥山公孝行与太夫人之贞节年久湮没，先编"清芬录"，再遵照前清体例，在铜钵盂为太夫人建节孝坊。

郭母廖太夫人，系二十一世祖平仙公之次子郭祥山之妻。

郭祥山，赠公奉政大夫，后晋赠通奉大夫。天资聪明，幼有岐嶷之称。稍长即力学不倦，号为通儒。生平孝行克敦，虽早失怙恃而岁时忌讳奉祀考妣，未尝不涕泣哀悼，具孺慕之深情。公生于乾隆五十五年庚戌（1790年），终于嘉庆十八年癸酉（1813年），终年23岁。

太夫人姓廖，号闺媛。本邑司马浦乡国子监生廖鲁山公之长女，生有至性，幼禀母教，娴习礼仪，奉事父母，能先意承志，得亲欢心，以孝谨闻于乡。长守闺训，贞静纯一，淑慎幽闲，不苟言笑，不喜嬉游，唯女红是职，以礼教自持，盖自未出阁时，已行淑女称焉。年十八于归铜钵盂乡赠公郭祥山先生，夫妻伉俪，相敬如宾……

公以廿三岁卒，太夫人即以廿三岁寡……太夫人乃遵公遗命，一志抚孤。撑持门户辛苦历三十年而两孤始成立。长子元声以商起家，次子元勋继之，尤精明干练，遂以财雄于乡。奉先报本，为公建祠。元勋援例以同知铨叙，吁请五品封典，赠公奉政大夫，封节母为太宜人。太夫人虽苦尽甘回，怡然自乐，而深以盈满是惧。谒祠之日，礼成诏二子曰："余自汝父殁，艰苦数十年，初不料有今日。其所以有今日者，皆汝父纯孝之报也。然天道忌盈，汝等善处富贵，毋忘贫贱。世间孤嫠最苦，宜时加存恤。勿纵欲贪安，以隳先德。"二子咸唯唯。呜呼！如太夫人者，贫贱不移，富贵不淫，诚所谓巾帼丈夫，岂徒以节见哉。

太夫人生于乾隆庚戌年（1790年）四月二十九日，卒于同治甲子年（1864年）八月十九日，享年七十有五。殁后二十年，闽县叶恂予侍郎督学来潮汕，始以"节并松筠"一额旌其闾。时太夫人文孙六人，继承商业，咸自奋于功名。元声长子国华花翎候选道加三级，萃庭、国栋均以同知用；元勋三子，国樑、国钧均以武职显，俱授都司，之松谙盐务得运同衔。一门鼎盛，牙笏盈床。曾玄达百有余人，咸学成致用，有声里党。间以国华秩，晋公通奉大夫，晋节母二品太夫人。复胪举节行，请大吏奏于朝，得旨准予建坊，崇祀节孝。时光绪乙未也。

以上均辑自《郭节母廖太夫人清芬录》之《郭节母廖太夫人传》。

自太夫人后，曾玄子孙达百余人，大多为近现代杰出人物。郭信臣的叔伯兄弟郭任远，25岁在美国获得博士学位归国，受母校校长李登辉诚邀回复旦任教，次年便担任复旦大学副校长，后又担任代理校长；并由族叔郭子彬分别捐资3000银元、50000银元，创办了复旦大学心理学系。再捐资建一座当年复旦最堂皇的大楼"子彬院"，上海《申报》曾称，此楼规模居世界第三，仅次于苏联巴甫洛夫心理学院和美国普林斯顿心理学院。复旦大学心理学院随"子彬院"的建成而成立，亦为国内首创的心理学院。

郭任远著作等身，在国外以英文发表的论文专著甚多，仅在欧美发表的学术论文就有40多篇。诸如《我们的本能是如何获得的》《人类的行为》《行为学的基础》《行为主义心理学讲义》《社会科学概论》，1928年出版《郭任远心理学论丛》，1934年出版《行为主义》，1935年出版《行为学的领域》和《行为的基本原理》《心理学的真正意义》。

1935年，郭任远出任浙江大学校长，并任教于南京中央大学。他是唯一被选入《实验心理学100年》中的中国心理学家。郭任远生于1898年，卒于1970年，终年72岁。美国著名《比较生理心理学》杂志发表了哥特里勃撰写的《郭任远——激进的科学哲学家和革新的实验家》一文，称郭任远对美国乃至世界心理学的贡献是巨大的，“他以卓尔不群的姿态和勇于探索的精神为国际学术界留下一笔丰厚的精神财富”，并以整页刊登他的照片，美国学术界如此评价一位中国心理学家，是绝无仅有的。

30年代，正是曾祖父郭信臣金融事业最为鼎盛的年代。他在上海拥有多家银行或钱庄，如上海法租界宝兴里郭源茂北号（银行）、汕头市永和街郭仁茂银庄、汕头市大通街郭元安银庄、香港文咸东街鸿大元记庄等等。在郭任远任浙江大学校长期间，郭信臣捐出30万银圆给浙江大学作办学经费。此款当时在上海可置业半条街巷。

郭信臣养有十五子一女。子女们也即我的爷爷及叔伯爷爷们，各有所成，在十六个子女中，四子郭豫瑶（郭承恩）曾任上海圣约翰大学校长、沪杭甬铁路管理局局长、上海兵工厂厂长、军政部兵工署副署长、国民政府中央造币厂厂长、陆军中将。五子郭豫来（郭德昭）是民国四大银行（中国、交通、农业、国华）之一国华银行董事长，八子郭豫恭是汕头福音医院院长，十二子郭豫笃是民国以及解放后上海电力总工程师。

郭节母廖太夫人之后，其五服之内，曾玄子孙中多有名人伟人，如外交家郭丰民、古典文学家郭豫适、中国科学院院士郭慕孙（郭承恩之子）、中国工程院院士郭予元、农学家教育家郭守纯、中国儿童保健学科奠基人郭迪、制糖工程学家郭祀远等等，不一而足。

母亲已成这个家族最高寿的长者。长嫂为母。母亲每年生日，各地亲朋都会远道而来为她祝寿。记得90年代中期，70多岁的大伯父从台湾回潮汕探亲，我第一次见到和我父亲长得一模一样的伯父，高大伟岸，军人气概依然。1948年，伯父从重庆专程回老家铜钵盂，他已为整个家族迁往台湾做足了准备，但曾祖父郭信臣自认为一生坦荡无愧，见过了太平天国、捻军、义和团，也与国共两党和睦相处，于国于民有知遇有爱心，何必惊慌自扰！坚决不去台湾做岛民，也不允许家族成员逃亡。大伯郭大伟系国军要员，不在此列……

大伯返乡，联系起失散多年的家族成员，三叔文彦、四叔文柱、五叔文旭、大姑文娟、小姑文丽，及其庞大的子女群……郭蕤、浩锋、钦湖、郭丹等都学有所成，令人欣慰。

母亲92岁生日这天，在达濠庆生晚会上，无当年《郭节母廖太夫人清芬录》辑时之盛况，亦无众多名流相贺。但以史为鉴，母亲于乱世中舍弃荣华富贵，甘愿与投奔革命的地主家庭逆子相爱相携，在战乱流离中同涉爱河，又于“文革”动乱中，中年丧夫，守寡近50年。艰辛抚苦拖携6个未成年子女，抚养成人，于今仍未尝甘饴，与郭节母廖太夫人何异？我知父亲故去40余年间，其灵魂不散、不安、不妥。他死无遗言，亦无遗存，定无宁日。他对我母亲及子女的记挂，死无了断。唯于我记忆中永生。

我的22卷文集将出版发行，我在梳理祖宗线索之时，首先要联结的是，替我的父亲，续继爷爷、曾爷爷的魂灵与香火，化解祖孙三代因政治而生的郁结，并感念母亲。且以清朝遗老赐进士及第南书房行走、翰林院侍读吴士鉴1926年致“郭节母廖太夫人”书，摘抄转致母亲大人：“汾阳勋业付儿曹/ 况复松筠励节操/ 青史留名传不朽/ 英雄巾帼女中豪/ 贤孝由来本性成/ 抚孤难得志坚贞/ 至今桑梓谈遗事/ 赢得家家崇拜声。”

嫁入郭家的女人们，与郭节母廖太夫人一脉相承，代代皆有郭节母般的品格德行。

我自15岁出走海南黎母山，迄今将近50年。50年间，与陈冠相濡以沫40年，相携相行，往事多多，唯以相视一笑，心领神会矣。陈冠的父母均为海南琼崖纵队革命军人，20世纪40年代参加革命，在枪林弹雨残酷的战争环境中历经生死磨难，父亲身上留下多处枪伤疤痕。陈冠予我，情怀殷切，扶持无数，我予陈冠，可谓清汤寡水，无以为报。歉甚！歉甚！有女嫁与写字者说话者，注定清寡度日，无华屋亦无奢侈，无权势亦无豪雄，碌碌中生儿育女，唯念一生平安足矣。

2014年6月

沉木香，孕结古树腹中，生深山之内，或陷或现，其灵异不可测，似不欲为人所知；而一种识香黎人，数十为群，构巢于山谷间，相率祈祷山神，分行采购，犯虎豹，触蛇虺殆所不免，及觅获香树，其在根在榦在枝均不能见，黎人则以斧敲其根而听之，即知其结于何处，破树而取焉。其诀不可得而传，又若天生此种，不使香之终于沉沦也。然树必百年而始结，结又百而始成，虽天地不爱其宝，而取之无尽，亦生之易穷，且黎之智者，每畏其累而不前，其愚者又误取以供爨烧，及至香气芬馥已成焦木矣。

香之难有由然也。

目　录

题　叙

枪毙坦桑。

雅加的春天很美。

在春天里，坦桑死了，坦桑被枪毙在春天的山坡上。那年因为坦桑的死，春天的山坡，春雨比往年来得更早，去得更晚，春草春树春花也比往年长得茂盛高大灿烂。

坦桑的死因很简单，并不复杂。死得毫无理由，这是坦桑之死不合逻辑之处。可是她确实是在那一年春天里死去的。这就让坦桑成了一个神话。融合在雅加千百年间无数神话之中，她也化为万千传说中的一个传说。

坦桑没有传奇的经历和出身，她只是一个简简单单的年轻女子，年轻和漂亮是她的传奇。如果这也算作传奇的话，那么她就仅有这点传奇了。

关于她的死，后来的官方信息也很微弱，但结论足够强大：革命烈士，追认为中共党员。至于其他，就忽略不计。没有通常更密集的弘扬与宣传，好像赋予适当的名分比曾经纷纷扬扬的事实本身更为重要。这种对历史的交代，对于坦桑及一切与坦桑相关的人，不管是正面或反面的人们，已经非常足够。人们更看重结果，并不重视过程，一笑泯恩仇，这也是不错的江湖规则。

雅加这神秘之地，曾经流传着无数神秘神奇荒诞不经的神话传说，那些传说，有的伟大，有的卑微，但无一不美丽。坦桑的故事，也融进这些神话传说里。官方公布的说法与结论只有一个，也许足够也许过于苍白。但民间的传说却流传无数。无数到似乎不是源于同一个人同一个故事。无数到无法分辨真假。恒久到生生不死，这就是坦桑故事的魅力。似乎雅加历史上，曾经有过无数个类似坦桑的人、坦桑的传说。她的故事她的生死她的风貌，似乎和曾经在雅加诞生、出没、流传过的另外一些人、一些故事，互为印证，互相叠加，衍生出无数类似的故事。

坦桑的传说，让我想起那个被传说命名为“雅加的故事”也即“雅加沉香”的传说。我第一次听到这个故事，是坦桑说给我听的。那是一个简单却又极其隽永的故事，是我青少年时代特别是在我陷于逆境时，听闻的故事中最为令人鼓舞与深思的。我每每想到坦桑时，就会想起那个传说，或者说在想起那个传说时，就自然而然想起坦桑的故事。

我想，当人们已经能够把坦桑当作一个故事或传说，而不仅仅是一个人来想念时，坦桑可以安息。她的灵魂可以安妥。

坦桑伟大的美丽，包括埋葬她的那个春天，都发生在一个红色的时代。坦桑留给我最丰美最深刻最清晰的印象，就是她穿着的那件藏在军装里的红背心。红得像血似的红背心。她在雅加的碉楼，也是由年深日久催老的红色，红色金丝楠和红色黄花梨建造的。里面终日点燃的是雅加红色的沉香。那是人间最为高贵的宫殿，那是万千年来万千人所追逐的红庐，红色的屋宇。

那就是雅加的红庐，雅加的沉香。

许多年后，我在雅加遇到一个男孩，他那时就站在血河的岸边。那一年，血水又降临雅加大河。我问他有什么憧憬，他犹豫了一下，很腼腆地对我说，他要发明一种让时间倒着走的时钟，让人类重新来过，收拾过去的岁月，重新开始未来的时间。

我很惊讶。

他说，应该让人类预先看到结果，再去决定对未来的态度。唯一的办法，只有让时光逆行。

这不可能是一个山野孩子的话，但在血河又一次降临雅加大河的时候，什么都可能发生。

一切都已成为传说，都是传说，与事实无关。正如雅加的金丝楠，雅加的黄花梨，雅加的沉香，它们曾经是雅加千百年间的事实，而事实早已不在，它消失在传说里，并且成为了传说。所以，请读者不必去雅加寻找金丝楠、海南黄花梨、奇楠沉香和坦桑。故事仍在流传……

第一章

那事已然淡忘多年，昨夜突然再现。冥冥中有幢幢人影，成群结队，簇拥而来。那些影子似人非人，似鬼非鬼，衣衫褴褛，血迹斑斑，伤体残肢，拄拐跛行，惨不忍睹，如在炼狱，又宛若神明。

沉香蓝色的烟雾，在黎明前的夜空里飘摇着幽幽的光色，光色里有血的腥气，重重地穿行。那种沉香的淡香与血的腥味，混合着，分不清彼此，是香是腥，令人颤栗的味道弥漫在空中。

我在地图上寻找雅加，那个叫雅加的热带雨林。那时我 15 岁。我知道并渴望雅加这个地方，皆因为中尉去过雅加。他讲述的雅加是个人间天堂，那里有丰饶神秘的热带原始森林和肥美的河谷，世界上最大的淡水湖，湖在无边的原始森林之中。各种奇珍异兽，还有世界上独异的族群，他们美丽善良同时骁勇浪漫，那时我刚刚读过格林兄弟的《格林童话》，北欧辽阔的草原和原始森林，林中的如童话般纯洁的冰雪世界以及令人怜悯的小红帽，乖戾的狼外婆……正在我少年的脑海里日夜奔涌翻腾。中尉的描述如为我肩住了黑暗的闸门，开启了光明和憧憬的前景。

遥远和陌生的远方，正是一个饱受屈辱却又依然憧憬的少年所想望的一线光明。我不单在地图上寻找雅加，且时时在梦中梦见那个叫雅加的地方。

中尉在讲述雅加时，尽管眉飞色舞，充满着今天看来也不失羡慕的道理，但是，尽管那时我完全沉浸在对雅加的憧憬中，也还是能够觉察到中尉在说起这一切时，隐约流露的伤痛。后来我才知道，雅加同样给中尉的人生附加了许多的伤害。一个人的命运，总是和他所处的地方有千丝万缕的关系，但一个 15 岁的孩子，怎么可能明白这一切呢？

我对雅加有着非常单纯却又非常复杂的情愫。我只是在地图上读着这个地方，并不清楚这个地方究竟会给我带来什么？也许一个孩子的好奇，有时会谋杀这个人的一生，或者因此成就一个无可挽回的结果。在 1966 年岁末，那个地方因为遥远和陌生而令我觉得安全，而近旁的所有熟悉和旧有都令我恐怖惊悸疑惧。我选择逃离的唯一方法，就是到遥远与陌生的地方去，到没有人认识我也关系不到我的地方去。我对安全充满渴念和敬意，而逃离是唯一的方式。

雅加就这样进入我的内心深处，而且成为我终生挥之不去的阴霾。那里有太多的纠结，缠绕着我，我的一切。

我在1966年冬至那天，终于如愿以偿抵达雅加。

在雅加，我不单相信灵魂的存在，同时也相信炼狱的意义，和一些地图上无法标识的东西，那些东西并非是由色块和线条所能说明与解释的。当然，我也由此明白了这个世界上，其实简单到终极时，色块和线条就是这个世界的最后答案。

我在雅加的第一个朋友，或说第一个见到的汉人叫坦桑。那时我已知道非洲有一个国家叫坦桑尼亚，是中国人民的友好国家，国家因此援建了坦桑铁路，这个人的名字令我感觉到一种红色恐怖的惊栗，同时也令我对他有一种很崇敬的心态。但凡革命者总是让人肃然起敬的。我对他的好奇从此而生。我已经说过，许多年之后，我才明白，好奇对一个孩子而言，可能是一种命运或谋杀。

坦桑是一位下放干部，从大陆那边的一个研究所被下放到海南岛，他自然是一个反革命，也自然是一个现行反革命，因为他还年轻，30多岁的样子，解放时还是一个孩子，不可能是一个历史反革命、国民党的残渣余孽之类的东西。

他好像有肺病，时常在山坡上咳嗽，咳嗽的声音很响，但很克制，因为拼命克制，所以随风而来的咳嗽声更为暗哑却倍加轰响。那时我在伐木队劳动，那段时间正在清理原始森林边缘的沼地上的沉木，而坦桑就在那儿放牛，牛群常常会越过草坡，进入沼地。

沼地里草很丰茂，但千百年的沉积和丰富的地下水的浸泡，使沼地成为一片深深的陷阱，牛一旦进入沼地，十有八九会沉陷其中。所以，我们的任务之一，就是在沼地边缘插上栅栏。用枯枝残树插上的栅栏，疏朗同时摇晃，只是象征性的防御而已，牛群经受不住水草的诱惑，常常会有窜入的可能。偶尔淹死的牛只，便成了连队里的佳肴。人称信宜老鬼的知青李前平，就常常故意打开栅栏，让牛群闯入，这种结果，尽管分到李前平口中只有两三块手指大的牛肉，但聊胜于无，知青们常常乐此不疲，希望有牛陷入沼地。而这，正是最令坦桑头疼的事。

我刚到六连时，对坦桑并无印象。六连的下放干部大部分是县里的教师，有少数几个是从大陆来的。他们和知青们一起劳动，但不在一起学习和住宿，劳动期间纪律很严明，不允许交流。因为他们多是些老弱病残，连长老雷便分配他们放牛、砍草等较琐屑的工种。坦桑的工种是放牛，放养六连的一大群牛牯。这些牛是专门为伐木队拉原木的，凶猛无比。我在伐木队，有时会到牛圈去，把受伤的牛送去，把壮实的牛带回伐木队。

那天，我和信宜老鬼到牛圈去。牛圈在雅加河边，紧靠河边沼地，沼地那头便是伐木队的营地和贮木场。辽阔的沼地隔开那些做苦工的牛和在草坡上悠闲养生的牛群。那些后腿让厚重的原木撞击得皮开肉绽，伤口又让污泥浊水浸渍得腐臭的牛，依然凶猛异常。它们仿佛深谙人世间的不公。它们拉着沉重的原木，在山道上喘着粗气，偶尔在看得见草坡的地方，它们会忽然停下来，任由你如何抽打，就是死瞪着远远的草坡上的景象，然后喷着长长的鼻息，发出嘶哑但是悠远的长啸。它们目力所及：健壮活泼的公牛母牛，正在阳光下的草坡上调情，那是春天牛群发情的季节。公牛肆无忌惮地追赶着作态的母牛，趁母牛沉下屁股瞬间，两只前腿便有力地驾在母牛身上，足足有 1 米长的生殖器，在母牛身上乱蹭，勇猛地寻找着入口。

拉木的公牛有时突然挣脱羁绊，拖着七零八落的木橇，狂奔着跑进丛林，向山下的沼地冲去。这样的情况，常常猝不及防，有时会造成重大事故，人员伤亡。二排的小潮汕就是这样，让挣脱的公牛拖带进丛林，卡在石缝里，被硬生生地折断一条腿，又掉进沼地。我们把小潮汕捞出来时，他已经奄奄一息。他在团部医院住了大半年，一条腿锯掉了，现在每天坐在连部旁边的石礅上，面目呆滞地晒太阳。从受伤那天起，他就再也没有说过一句话。连里曾想把他送回老家潮阳去，但家里人不愿意接受他。说潮阳老家房无一间，地无一垄，反正养不活他，这辈子就让六连养老送终了。反正生是共产党的人，死是共产党的鬼。他那当小学民办教师的父亲泪流满面的样子，我至今仍然记得，他拉着老雷的双手："就让他在六连当英雄吧！"

平日里粗鲁异常的老雷，此刻手足无措，对着这位聪明而又无情的父亲——至少老雷是这样认为的——他只有一个劲地表示道歉，他没能把孩子们保护好。老雷高大威武的身躯，在矮小委顿的小学民办教师面前，点头哈腰，几乎是弓着上半身，才能和民办教师平起平坐地说话。平时这个老军阀，可是一位斩钉截铁响当当的人物，调皮捣蛋无恶不作的知青们，没有一个人敢当面顶撞他，只能暗地里算计他。所以他有时会在连队大会上交代完各种任务之后，不忘对几个连里有名的调皮知青公开点名，指名道姓地吆喝："×××，你放老实点！别在我后面使绊子。让我逮住，拖到山里剥你的裤子，扒你的皮，把你的小鸡鸡剁下来当鼓槌……”大家便哄堂大笑，快乐地散会。

老雷的耿直忠厚和粗俗简单，在团里是出了名了。他是师长的入党介绍人，师长也对他另眼相看。老雷是六连的土皇帝，也是知青们最害怕同时最喜欢的人物。信宜老鬼、小潮汕，包括我，都在大会上被老雷点过名。不过，我是被表扬，他们是被批评。那时，我就知道表扬使人进步的道理，在老雷面前，我努力表现得很积极，常常以这样的方式骗过老雷。

坦桑有一个儿子，那年他 10 岁，跟着坦桑一起下放到六连。坦桑的儿子叫龚伟，龚是聪明的意思，伟是伟大无疑，又聪明又伟大，这就是龚伟给我的第一印象。

龚伟长得很高大，才 10 岁，跟我一般高，那年我 15 岁，1.54 米高。龚伟好像比我还高一点点。跟他在一起时，我总要不自觉地挺直腰杆，昂起前胸，显得高一些。而他总是笑眯眯地说：“你干吗像将军?”他很认真地说，一点儿不像开玩笑。

我开始不明白什么意思，后来才知道，我那挺胸昂首的样子，在他看来就是将军的样子。

龚伟长得很英俊，皮肤很白，两道剑眉在脸上占了很大比例，墨黑墨黑的卧在白皙而宽阔的额头上，显得非常精神，不像一个 10 岁孩子的神情。他说这眉叫哪吒眉，他就是哪吒。“你知道哪吒吗?”他问我。神秘而且鬼异。

我当然知道，却故意回答他：“哪吒是谁? 鬼吧? 神仙吗?”

他很失望，一副很不屑的神态：“不跟你说话! 哪吒都不知道。你们知青都是坏人。”走不了几步，又回过头来，很高兴地对我耳语，“我就是啊!”

知青们经常逗他玩。他常常跑到知青宿舍里来，到处翻东西。知青们喜欢他又烦他。尤其是那些女知青。他会从最隐秘的地方，把女知青的月经带搜出来，一块小布条连着根细绳子的那种，把它系在下巴，做捋胡须状。把女知青们弄得又害羞又好笑。他会认真把玩着月经带，自言自语：“我妈也有。姐姐，怎么用呢?”他问这话时，像个 3 岁孩子。

龚伟是个智障儿童，有点脑瘫，但他是六连最自由的人。他总是不知忧愁，自由自在地满六连跑，漫山遍野跑。什么话都说，什么问题都问。老雷常让他骑在自己脖子上、肩膀上，他便用小树枝抽打老雷的后背，把老雷弄得高兴无比。坦桑无暇顾及他。六连没有小学，职工子弟都到附近荔枝峒的小学校去寄读，荔枝峒小学只有一位老师，从小学一年级教到六年级，总共只有 13 名学生。龚伟没有上学，坦桑艰难地教他认字画画。

坦桑最害怕的，是担心龚伟有一天会掉进沼地里去，自从他知道了沼地的危险。

沼地是六连的鬼沼，也是六连的圣地。那是我此生所见过的最美丽的天堂，同时又是最骇人的地狱。六连的许多人并没有真正体味过沼地这种神鬼之象，而我是六连里与沼地最亲近的人。我在伐木队的时候，每天都要穿越沼地边缘的小路，从山上到六连，或从六连到山上去。沼地的一年四季，酷暑寒冬以及各种天相气象下的风景与声息，几乎都不知不觉地沉入我的灵魂之中，成为我知觉的一个部分。特别是在我快乐与痛苦的时候，都看得见它神鬼一般的呻吟与欢叫，都听得见它在风火雷电的呼啸中舒展与扭曲的样貌，尤其是在大地沉静无声时分，我甚至体验到它在地底下翻侧的动静，那种被压抑扼制得太久，盼望冲出地底的浩然正气，在艰难困苦的挣扎之中的苦况。

我一个人赶着沉重的牛橇，往山上送米，在沼地边缘的陡坡上，憋足死力，推着老牛的屁股，让老牛不至于前蹄打滑，把沉重的木橇拉上坡去。此刻，我便感受到鬼沼地底下的群鬼们，它们身上的重压。那是千万年的岩石压在胸中的苦闷。鬼沼给我的，即便是在花海满天时分，我也经常看见它在乌云满天的阴霾中的愁绪。而在此刻，我有时会看见龚伟的影子，就飘浮在沼地上空。他在满天花海的沼地上空，自由地游走，像一个护花天使，那样欣喜，无忧无虑。我太羡慕龚伟那样的人生。他有一位溺爱他又放纵他的美丽无比的母亲，在他身边日夜守护着他。他又无须像我一样终日从山上到沼地到六连又从六连到沼地到山上，做着苦工，还有思念，无穷地思念亲人。那种空落比苦工更为难受。

龚伟高兴的时候，会引吭高歌。他只会唱一首歌，那就是："我爱北京天安门。"他永远只唱这一句。以各种音调和节奏唱，低吟时像说话，浅唱时像念白，高歌时如天外之水一泻千万里。

龚伟有时会自言自语，在专注地做各种事时自言自语，说的也是这句话。

"和谁说话呢?"有时我见龚伟周围空无一人。他正在和一只虫子玩，把虫子从这一只手，让它慢慢地蠕到另一只手。他对着虫子说话，说的也是这一句："我爱北京天安门。"反反复复。他的快乐痛苦与愤怒的根源就是本能。除此之外，别无他欲。而龚伟却是我们知青快乐的源泉，因为，无论什么东西，都能让龚伟逗乐。

如果有一天，这快乐的源泉忽然就不在了，那我们将怎么办？我甚至从没有想过这个问题。只是在多年之后，我才悟觉到，在非常岁月里，这个问题有多么重要。

我经常到坦桑的碉楼，多少也因为龚伟的关系。我虽然比龚伟年长5岁，我虽然已是知青，但15岁依然未尽脱孩子的心性，和龚伟多少较为接近。在知青中，我属于年龄最小的，和年龄差别不太大的龚伟，很容易成为朋友，而他的单纯又常常令我记忆起童年往事。

坦桑的碉楼，其实就是一座猎人的树屋。这座树屋在六连驻地还是原始森林的时候就存在了。百多年前，或者更久远，据说是一位苗族老猎人，在深山里搭建了这座树屋，在冬天时狩猎黑熊和水鹿。这间树屋在20世纪初年，成了黎族峒主王亚龙农民军的总部。这位王亚龙，将是这部小说的另一个重要人物。

1950年六连在这里开垦，猎人弃屋离去，这座建造别致的树屋，便成了六连垦荒的临时指挥部。它珍贵的木料和牢固的建筑，成了六连在垦荒初期的最好庇护所，任何野兽和土匪都无法攻上树屋。它的功能类似碉楼，上下二层，靠几根硕大的圆木，凿上梯级上下，从窗口可以望见六连，特别是雅加全貌。连部建好之后，碉楼就被荒弃了。

坦桑接手管理牛圈之后，把废弃多年的碉楼重新收拾，住了进去。本来下放干部离群索居是不允许的，但是老雷以为碉楼和牛圈近邻，有好处，方便放牛，只要在树屋上登高远眺，就可发现牛群的踪影，何况六连住房紧张，一下子来了这么多知青和下放干部，盖茅屋都来不及，树屋就在牛圈下风，风吹起臭烘烘的，正好让下放干部改造思想。他这最后的说法非常符合知识分子改造的条件，大家无话可说。

他批准了坦桑的请求，允许他和龚伟住进了碉楼。

碉楼便成了龚伟的天堂。我也自然而然成了天堂的常客。碉楼的粗犷和蛮野非常吸引我，而龚伟和他美丽的母亲总是令我重温童年的家庭生活。想起肥婶和凤卿姑，和父母兄弟姐妹们在一起的日子，让我暂时忘记原始森林里的恐怖和沼地里的鬼魅。

坦桑几乎每天早上，都把主要精力放在对栅栏的检视上。他总是手持砍刀，忙着收拾枯枝残树，很用力地把树枝打进泥土里去，很细心地绑扎着栅栏。而事实却常常是，经他绑扎过的栅栏，牛群更容易一冲而过，酿成更大的恶果。我们经常在他的惊呼中，帮他拦截那些为了一口青草，在沼地边缘疯狂奔跑的牛群。

我至今依然时常想象坦桑那妩媚却又常常显露着绝望的眼神。设想一个放牛的男人，放着牛却有一双女人般妩媚的眼神，那将是多么的不幸。而那时，我任是如何，也是无法去理解这其中的奥妙的。但我还是很想时时能够见到坦桑，仅仅因为那眼神，总是能够唤起我心中的某些东西，像小虫在心中蠕动时的那种感觉。

那天，知青们都上山去砍伐，我一个人留守在营地，中午没有开伙，我便就地掘了几根木薯，煨在火炭里权当午餐。

我听到牛铃铛清晰而又缓慢的声音，一头老牛大摇大摆地穿过沼地，进入我的视野，天知道这头足有千斤重的灰褐色老牛，是如何趟过松软得如同薄冰一般的沼地，进入到我们处于沼地另一边的山坡上的。我简直不敢相信自己的眼睛，那老牛正一步步地接近我，它平稳地毫无顾忌地进入了我们的营地。我好像觉到它正在对着我笑，我知道老牛正在经过的这一段沼地，正是我们称之为“深滂”的沼地中最危险的地带。不久前，一个黎族老猎人和他的猎犬被它陷没，几天后他的猎枪和背篓被发现，而尸体却不知去向。

老牛坦然地在“深滂”上行走，坦桑惊呼着跟在它的身后。他也像老牛一般行走得平稳，只不过坦桑处于万分惊慌之中，他不时奋力想去揪住行进中的老牛的尾巴，却始终无法跟上，他只好在老牛身后，不知生死地亦步亦趋。

我的惊悸与担心拥塞在脑际，我完全失去了判断，心中只想着即将出现的可怕后果，那就是可恨的老牛，把自己连同可怜的坦桑一起带进沼地的烂泥之中，我将再一次目睹一头牛和一个活生生的人的沉没，在孤寂无人的原始沼地里，活活地淹死在千年的泥淖里。我已经见过无数生物，一只机灵的野兔，一条奔跑着、轻盈如同一片红云的黄猄，一只正在低飞、掠过沼地上金灿灿的金茅草的白鹤……还有那永远不知疲倦的喊叫着学舌着的海南八哥，是如何在一瞬间，被如同胶水般的沼地，慢慢地绞杀、扑灭，最后无声无息地沉入泥淖之中，只冒起几个白色的小小的气泡。

风依然吹着甜蜜的口哨，细雨依然飘飞着它润泽而又轻软的线条，沼地芦苇上轻盈的白色花絮，依然在和煦的阳光下摇晃着诱人的腰肢，还有蜜蜂、沼地上的花粉，是它们永不厌倦的春药。

如果此刻有第三者，我、老牛和坦桑之间有一个旁观者，这个旁观者一定会惊疑于人生天地间的奇迹，是如何诞生的。但是没有。四野肃然，天地是如此宁静，宁静得我们听得见彼此的心跳。老牛平稳的喘息与喷气，坦桑惊慌张开的大嘴，却没有丝毫的声音。我也听不到自己的呼喊，我感觉到老牛那不屑的调皮的眼神，它自己导演了这出活剧，却又自个儿欣赏着这出活剧。它像是处于一种嘲弄的自得之中。我甚至清楚地看见老牛鼻息那些毛发让气息吹起的颤动。

坦桑是危险的，而老牛很泰然，不像是去赴死，却像闲庭信步。我却无论如何像是见到了鬼。我不停地喊叫着坦桑的名字，让他放弃跟着老牛的愚蠢举动，但我确实始终听不到自己的喊叫。有一种无边的恐惧，弥漫着周围的旷野。

坦桑好几次已经陷进去半个身躯，却又轻松地拔了出来，继续行走，这无论如何都是不可能的。泥淖一旦淹没腰身，人几乎就失去了自拔的能力。但好几次，坦桑陷进去又拔了出来，而且我分明见到坦桑的下半身是干净的，那种发着恶臭的酸气，像铁锈水般的黄色泥浆非常黏稠，那气味足以令人窒息。但坦桑干净如初。我甚至看到坦桑脸上有些微微的笑意，不再有恐怖，神色很是泰然。见鬼了！我不敢相信眼前的一切。我早已不相信人世间有奇迹。我只知道恶和恐怖正在主宰周围的一切，我无时无刻不被这种恶与恐怖包围，深陷其中。而此刻的沼地，似乎阳光灿烂，似乎遍地花开。

坦桑在老牛的引领下，正走在铺花的大道上。他们如在花园里散步，头上笼罩着、喷发着浓郁香气的花环，那是晶莹欲滴、如翡翠般，或赤金或葱绿或橙黄或青紫的颜色，这颜色映照着老牛饱经风霜和坦桑惊喜异常的眼珠。我从未见过如此辉煌绚丽的人间景色。我努力搜寻《格林童话》里所有可能的纯美描写，努力搜寻饮马滩曾经带给我的童年印象。没有。千真万确的是，此刻没有饮马滩，没有中尉的灯塔，没有马家祠堂的金碧辉煌或破败没落，没有硕士第令人窒息的空间和久久挥之不去的阴晦之气。

阳光确实普照着远近的山野，天蓝如洗，没有一丝云彩，森林也寂静无声，只有沼地似乎在孤静的气氛中有一种热闹非凡的气象，老牛和坦桑就像堂吉诃德和他的瘦马，只是缺少一个戴铜盆的桑乔。而我或许正是那个试图投奔堂吉诃德，愿意为之牵马效劳的马夫。

阳光正在慢慢地退出沼地，天边泛起大片大片的火烧云，红彤彤地燃烧着远处的森林，沼地上的老牛渐渐变成剪影。坦桑依然不紧不慢地跟着老牛，向沼地边缘缓慢地移动。我想呼喊他们，趁天色还亮，赶快通过沼地，但依然听不到自己的声音，我只感觉到自己拼尽力气地狂呼呐喊，依稀中只看见坦桑笑意盎然的脸。

几天后我在沼地的山坡上见到坦桑，我说起此刻的情景，惊讶于坦桑和老牛的安然无恙。坦桑一脸的讶异，他听着我的话宛若在听痴人说梦。他说他从来就没有进入过沼地，我所描绘的老牛也并不存在，在他放养的牛群中，从没有一头牛的毛色是灰褐色的，他放养的全部都是雅加非常普通的白水牛。这种白水牛在雅加非常普通，但在雅加以外的地方却非常罕有。凡是进入雅加的牛群，即便毛色灰褐，到了雅加之后，不出几个月，也会自然变成白色，那种粉红色的白色。“你什么时候看过雅加的牛群里有灰褐色的?”坦桑这样问我。细细揣摩，确实如此，雅加从没有过灰褐色的水牛。

我以为坦桑有意诳我，我分明看到坦桑和老水牛过沼地的一幕，但是坦桑否认。我开始在心中质疑坦桑的真实性，自然也开始怀疑自己的神志是否清醒。

雅加每天都有神秘的故事传说。手指上点灯的苗家老人和善于放蛊勾人妻女的巫术，是我在雅加听说得最多的传闻。往往都是真有其人，传说者说得确凿，信誓旦旦。我也就信其有而常常小心提防。

坦桑住在小河那边的碉楼里。知青连有好几位下放干部，他是最年轻的一个，年纪在30岁左右，人们对他有许多传闻，每次的斗争会批判会，他都是陪斗的人员。看不出他有多大的罪恶。在斗争对象中，他是最不起眼的一个。他脸色黝黑，长年日晒雨淋但还看得出很是英俊，总之是令人一眼看去，就不会忘记的那种。我常常想，在这样一张有些粗糙的男人脸上，却长着一双犹如女人般的妩媚双眼，这是什么道理?尤其是他凝神注视你的时候，你甚至感觉到他在以眼调情。而且常常是发生在男人之间。他似乎对女性没什么特别的兴趣，也少见他与女性有什么交情。

我所在的连队，是一个民族农民村，从地方归并到农场来，原因是土地归属上的问题。除了知青和下放干部，职工大部分是少数民族，所以男女关系比较开放，常常有种种绯闻发生。民族同胞阶级立场非常坚定，但他们自有逻辑，在斗争会上尽管分清敌我，可在私底下的生活里，男人就是男人，女人就是女人，男女之情是人之常情，也就没有太严格的男女对立关系，所以下放干部白天是批判斗争的对象，可晚上情况就不同了。彼此在小伙房里吃过晚饭，到第二天出工之前，并不妨碍作为一家人那样相处。大有旧时城里酒楼模样，挂块“不谈国事”的酒旗，似乎所说也就无关国事了。这种奇怪但却十分温暖人心的现象，是我离开雅加之后许久才悟到的。

第二章

这是雅加大岭森林中，积疴已久的山岚瘴气中的气象。这气象似乎在许多年前，数度出现在梦境中，在冥想中，偶尔会在森林里的山道上隆重出演。已经记不清有多少回，反正在阴雨绵绵的时辰，山道上就会于迷蒙的细雨中，出现这样的景象。仿佛中世纪的油画《那些可怜的手啊挥个不停》，分明是但丁《神曲》里的情节。“我看到一群赤裸着的魂灵/他们却在十分悲惨地恸哭/……那个伟大的灵魂是谁，他似乎对于火/毫不在乎，那么傲慢地歪斜地躺着/仿佛火再没有把他烤熟似的？”

坦桑在雅加算得上是一个奇人。

坦桑偶尔会邀我到他的碉楼里去。那是一间搭在河边峭壁上的树屋。在傍河的岩石边的大树间，悬在河水上的木屋，有两层。远远望去，像一座碉楼。茂密的树叶和崖壁上的藤蔓把木屋遮蔽得严严实实。坦桑的木屋非常吸引人，它使我想起中尉的灯塔，心中便有着一丝温暖。只是中尉的灯塔是我随时可以光顾的地方，可坦桑的碉楼却是未经邀请不可入内。坦桑对此非常执着，几乎到了不留情面的地步。我很想知道碉楼里有什么秘密。按理说，一个客居异乡的下放干部，在深山老林里形同穴居，白天劳动，接受批判斗争，晚上躲在碉楼里歇息，有什么秘密可言呢？但是，坦桑的妩媚，一个男人的妩媚本身就是天大的秘密。

记得第一次去坦桑的碉楼。那天下着雨，河水迅猛地上涨，这是雅加最令人惊惶的时刻。原本一条细流如溪的小河，在山里连下几十分钟的大雨之后，说不定在哪个时刻，就会瞬间变成一条滔滔的大河，摧枯拉朽，非常厉害。那天，我刚刚涉过小河到对岸去，后脚跟还未完全离开河水，突然间千山轰鸣，地动山摇，迅猛无比的山洪像天外之水，猛扑小河两边的山林土地。山野间好似发生了大海啸一般，只听得见上游传来树木被压断压折的“嘎吱”声，下游顷刻便成了一片汪洋。我被洪水追逐着，拼命向高处逃去。

我远远地看到坦桑的碉楼，那对着河流洞开的窗户里，分明是坦桑妩媚的双目在眺望。他的不动声色令人气愤。他像一个热烈的魔鬼，更像一个冰冷的巫婆，就站在窗户前，他冷冷的但是妩媚的眼神令人颤栗。

我全身湿透，冷得牙齿打战，抖抖索索。雨水洗过的树干，一夜之间便长出许多青苔，黏稠而且滑腻，像蛇皮似的，几次脚底打滑，险些摔下河去。好不容易爬上坦桑的碉楼，我听见坦桑发出欢快的笑声。那笑声同样令人发怵。我不知道是什么东西吸引着我，在这个下雨的日子，不顾一切地到坦桑的碉楼来。坦桑也偏偏选择这样的时分让我到他的碉楼来。

在雅加，坦桑这个汉人在族人眼中是一个怎样的人物？在我眼中，他的不可思议和神秘正是他吸引我的地方，虽然那时我并不知道坦桑的确切来历，但是，坦桑在雅加无边的荒凉和陌生之中，是唯一能够唤起我某种熟悉和温暖的人。我之被他吸引，被一个比我大十几岁的男人所吸引，对于一个 15 岁的男孩而言，是否正常，我不得而知。我从没去想过这个问题，这不是那时那种年龄的人所可能想象与揣度的问题。

我还没有认真描述过坦桑这个人。我始终以为对坦桑的外部描述其实是并不重要的。下放干部，那时何止千万，能有什么特别之处呢？总之，坦桑不像一个男人，他举止和样貌都有几分女人的味道，这是我尤其不能接受的。可他的穿束却很有男人的气势，他永远像族人一样，头上打着一个乌结，称为英雄结的，由一条长长的宽大的黑布扎成，乌结的前沿低低地压住了眉骨。他以为这样可以遮住他眼睛妩媚的部分，使那眼神不至于太暴露在明朗之处，但在我看来，恰恰相反。

由于乌结的缘故，他那妩媚的眼神显得更加幽深，他也许不懂得适当的遮蔽，反而使欲被遮蔽部分显得更加突出，正如中东女人的面纱让眼睛更加魅人一般。我见过羊栏那边的穆斯林女人，她们给我的正是这种印象。这些都是我成长之后的想法。总之，那时的坦桑，给我的突出印象就是那双魅眼。

乌结仅仅是坦桑族人装束中与人唯一不同的部分，其他的装束和那个时代的所有下放干部并无不同之处。坦桑总是高挽着裤腿，露出过于惨白的双腿，一双永远是沾着泥水的解放鞋和腰间破旧但看起来很有些岁月与历史的腰带，腰带上照例挂着一只藤编的小腰篓，那是族人的标志之一。腰篓里插着一把锋利的砍刀。

他身着一套洗得发白发黄的旧军装，是可以附带肩章的那种。军衣打着几个补丁，我知道那种军装是50年代初期的将校军装，粗纺布但很结实，也很笔挺，有暗暗的纵列的布纹。这套老旧的军装和头上的乌结，实在使这个叫坦桑的男人，显得更像男人，但我每每遇见他时，常常会在心中想象，如果是一个女人这样装扮，是否会更加好看？这些都是我今天的想法了。乌结和军装已经永远消失了。连同那年那月那时，一个叫坦桑的人。

坦桑永远都是孤独的，他一个人在山坡上草甸里放牛，几十只水牛，从放养到生育都归他一个人管。他既是饲养员又是兽医。这在那年月艰苦的劳作中，算是一个较为轻松的活了，至少无须像别的人那样，在大会战中拼死拼活。坦桑担忧的是，别让牛只陷进沼地里去。

在我看守沼地的日子里，我与坦桑便有着更多的邂逅。

我气喘吁吁地爬上了坦桑的碉楼。

碉楼临河而建，离地面有十几米高，碉楼就搭建在大树的中部，离树梢至少还有十几米远。这棵巨型的大树，在雅加并不是最大，却是雅加最高最好的树种，那种叫金丝楠的奇特的树。有起码十几个才能抱得住的腰身。这样巨大的树王，在雅加的原始森林中随处可见。

在碉楼上，可以望得见雅加大岭辽远的原始森林。据说在天气晴朗的日子里，可以眺望到迷蒙的大海，海上的船桅。这是坦桑最为得意的事情。他说他之所以让我到他的碉楼来，为的是让我能够看得见大海。我曾经向他简略地说起过中尉和灯塔的事。也许正是这个缘故，他特别留意让我来看大海。在原始森林里看海，有一种很奇特的感觉，有如被囚禁的囚徒，得以把脸贴在天牢窗户上，看阳光灿烂，看日出日落一般。

我那时正是怀着这样的心情在碉楼上看海的。尽管那天下着大雨，几米之外一片迷蒙，但是坦桑依然带我到那扇据说可以看得见大海的窗户前，指点着远处，于迷蒙之中向我描绘晴天里从此眺望的大海。我什么也看不到。但是，在他的描述中，我重启了中尉、饮马滩和寮居的海边。那些是我在此刻的原始森林中不愿回想的记忆，我只是偶尔会在梦中游行于那些连沙砾都感到熟悉的地方。

“你真的看不见大海？”

坦桑很好听的嗓音里也有一种妩媚。我是一个心灵脆弱容易被感动特别容易被温柔挑动的男孩。我听着他的话不禁想起我的母亲和姐姐，她们也有如坦桑一般的嗓音。可是，她们此刻在哪儿呢？在干什么呢？

“哪儿有海？”我很绝望。在雅加的大山里，我已经度过了好几个初一和十五，历经几度月圆月缺。在山里窝棚，没有电，没有收音机。可以体认人间的东西，就是一盏马灯，几个衣衫褴褛的伐木知青。没有书也没有连环画，只有几本人人都必须带着的《毛主席语录》。

“你不能想象一下吗？想象天放晴时，想象你在童年海边时的灯塔，想象你说起的那个中尉。”他望着我的眼神，让我心中收紧。这个男人的眼神，在我这个孩子心目中都有一种摄人的魅力，何况在那些成熟的大人中间呢？我甚至怀疑起他的性别，至少是一个双性人。尽管我对双性人的知识几等于零。

他说起中尉时，就像说起一位邂逅已久的老朋友，其实，我只是在一次偶然的机会无意中说到中尉。中尉曾当过农垦局的副局长，也算一个公众人物，知道中尉并不稀奇。

坦桑说得最多的就是想象这个词。以至于我后来在对学生讲课时，无意间也常常对学生说，你们想象一下吧！想象，真的能够让人在绝望与孤独中获得一种无穷的慰藉么？

碉楼其实很简陋但却不失温馨。比起中尉的灯塔，这儿算得上是一座王宫。窗台上吊着几丛用椰子壳装上水种植的雅加兰，那种能开五色花的兰花，它长年浸泡在流水中，长剑似的但却异常柔软的叶子，修长而且俏丽。这种兰花在几十年后，被移植到城市，卖到国外，一棵单丛的雅加兰，要卖到几百美元。一个男人喜欢兰花，在我看来，也是不可思议的事。中尉喜欢的是灯塔和大海，还有我的藏獒。除了兰花，屋子里还种养好几种我在森林里司空见惯的花树，那些花树平时在路边在森林里一点也不起眼，可是经坦桑一摆弄，它们竟然像尊贵的公主似的，显得神气，尊贵异常。

碉楼里弥漫着雅加兰的清幽，那种清幽的香气的确让人想起了一些什么，那是母亲在不经意间传递给我的体香？我说不好。原始森林粗粝的生活中，这种幽香唤起我久违的感觉。进入碉楼，我只想哭，也许恸哭最能表达我在 15 岁时，进入异乡为异客的最为真实的感觉。坦桑是个男人，是一个在我心目中，连我都不如的男人。那时知青自称是“毛主席派来的人”，族群里的老乡对毛主席有独异的感情，他们对毛主席派来的人自然也敬仰关爱几分，而下放干部基本上是阶级敌人。说实在的，在我不期然的心灵表层，我对坦桑也是瞧不起的。

可是一进入碉楼，我有一种恍若隔世的感觉，我似乎回到此前父母的老屋。这里有一种浓得化不开的私密气氛。不像是一个男人的寓所，倒像是一个女人的香闺。兰花和花树构成了碉楼的主调，望海的窗户充满了对远方的憧憬，屋子里简陋的摆设，无一不显示着男人过度精细的谋划，这是一种精致的生活和有追求的生活方式的最好体现。

坦桑让我坐到窗户旁边的餐台，说是餐台，只是几块海南黄花梨拼成的方桌，那时我并不知道海南黄花梨是名贵的木材。他在方桌上摆上了两个杯子，那种陶瓷的器皿。一个30多岁的男子，以酒的方式招待一个16岁的孩子。他倒酒的方式很优雅，本来酒是装在罐子里的，他非要将它们倒在一个瓶子里，然后再倒在胶杯里，这些我看来是多此一举的礼节，在许多年后，让我充满着不尽的联想。一个人，在逆境中依然能够保持一种生存的优雅，那是需要多么博大的胸襟呀！

许多年后，在离开雅加许多岁月之后，每当我回忆起在雅加的那些日子，坦桑的一点一滴都让我心动心悸不已。我甚至有一种永远怀拥着他的冲动。

碉楼里清风阵阵，雨后的空气润泽而且寒冷。我透过碉楼地板上的缝隙，看见脚底汹涌的河水，翻滚着浊浪，在无声地叫啸着。此刻已近午夜，我在碉楼上已整整待了一个下午又一个半夜。伐木队是回不去了，我也没有回去的想法。坦桑倒很体贴，他早已生起了火盆，碉楼里很温暖。我又一次看到他妩媚的眼睛。

这双眼睛在暗夜里显得非常神秘，也令我惊奇。这种心情只有在母亲身边才可能发生。

我不想离开碉楼。我说不好这是什么原因，我也不想去探究它。我只觉得碉楼就是我的理想。我对生活的全部要求。在目下，碉楼是我的最好去处，我太喜欢碉楼的气息了。

当我在火盆边的楼板上酣然睡去时，我做了许多梦，梦到了硕士第那个和母亲温存的夜晚。我第一次如此亲近地贴近母亲的身体，听母亲诉说许多让我惊愕的话语。

我感觉到有一双手，温软如同棉絮般抚摸着我的脸颊，我在这种温软的抚摸中酣然睡去。那是外祖母的荷池，荷池中有夏日的莲花和莲蓬。那种雨珠在荷叶上滚动的情状，圆润同时有丝丝的暖意。

我在凌晨时分醒来，睁开眼睛扑入视野的是昏黄的盆火，盆火将熄将灭，在黑暗中闪着幽幽的磷光。我的头倚在坦桑的大腿上。这一夜，坦桑都没有挪动大腿，就让我躺在他腿上沉沉睡去，我依稀记得在即将睡去时，我是独自蜷缩在楼板上的，什么时候，我的脑袋就枕在他的大腿上？

坦桑已然睡去，我不敢造次，也不敢惊动他，于是也不敢挪动身躯，正在为难，坦桑醒了。他连忙扶起我的脑袋，有些不好意思地说："抱歉！不知什么时候，就睡着了。"

我努力想回忆昨夜的情景，我是在午后时分进入碉楼，在午夜时分不知不觉睡去，在凌晨时醒来，期间我都做了什么事？说了什么话？全然没有记忆。我始终沉浸于一种过于温暖的气氛之中。时光就像流水一样逝去，完全没有知觉。

我很想问问坦桑，他为什么对我这么好，我只不过是伐木队里一个小小的伐木队员，充其量只为他拦过几次牛群，免使它们闯入沼地。

说一个16岁的少年，让一个30多岁的男人迷住，这怎么解释？

许多年后，我有时会想起那时的坦桑。但时过境迁，我居然寻找不到当时的感觉与印象，尤其是我在知道坦桑的全部之后，我的心痛难以言喻。幸好时间确实是治愈一切的良药，世间任是什么事情，也许都无法阻止时间对于伤痛的修复。

我依稀记得，昨夜晚饭之后，我喝了几口坦桑给我的米酒，之后便昏沉沉地睡去，好像听见坦桑温软的话语，在我耳边轻轻地响起，他说什么我全然不知，雅加的酒水让16岁的男孩在短时间里昏迷不醒。

1967年初，正是无产阶级文化大革命最为酷烈的时候。连队里每个晚上都会召开例行的批判斗争会，那些斗争会虽然话语老套，有时甚至无话可说，但既然是例行的，也就夜夜照例行事，夜夜开得壮怀激烈。坦桑作为反革命分子，夜夜也照例在8时整准时去连队的篮球场上接受批判斗争。他总是早早地到场，先是帮革命者们张罗着点燃汽灯，那种打半天汽才能勉强点燃半个小时的老式汽灯，有时要折腾一个晚上才能够勉强把会开完。他们有说有笑地把汽灯点好，把批斗会场的桌子凳子摆好，等待同志们进场然后接受批斗。

批斗会已经像一日三餐那样，非常程式化了。人们也早已不把批斗会当作什么大事，先是连队革命委员会主任，也就是连长说说最新指示，然后把下放干部们勒令上台，所谓勒令，也形同儿戏。坦桑是陪斗的角色，他总是最后一个上台，站在最末，然后非常老练地低头哈腰，先是向毛主席请罪，口中念念有词，总是“罪该万死”之类。然后便做飞机状，双手向后伸直，腰身自然向前弓行。这样的姿态自然要持续保持一个半小时以上。我自己试过，3分钟就非常难受。我问坦桑，他是如何练就的，坦桑说得很轻松：“这有什么难呢？与死相比，这是太容易做到的事。”我相信这话的真实性。

陪斗是坦桑每天晚上的功课，既是功课，也就并没有特别的负担。那天晚上，他在我睡去之后，便独自去连队接受批斗。午夜时分回来，我已然沉沉睡去。

我经历过1966年父母的厄难，我能理解坦桑的处境带给他的这些磨难。今天我们说起这些，虽然并不轻松却也没有切肤之痛的疼感。但如果人作为人，已经把非人的一切视为正常的话，只有无言是对的。

如果今天，我有机会和坦桑再面对面对话的话，也许一切都不是原来的情状。如果他还活着。那该多好，一个60岁的老人，和一个将近80岁的智者的对话，将会是怎样的情景呢？

我自然没有忘记那天晚上碉楼的一切。

我在凌晨醒来时，大约坦桑已经结束陪斗回来多时了。批斗一般都是在午夜时分结束的。

雅加的海拔很高，所以即便是夏季，夜晚和凌晨也是寒冽的。碉楼里的火盆终年不熄。终年不熄的火盆让碉楼里有一种永远的烟火味，我总觉到这烟火味里有一种脂粉的气味。我问过坦桑，他指指火盆里的木炭："沉香。"

沉香的香味是非常特殊的，那是一种直通神明的东西。雅加有许多关于沉香的传说。只有和神明有沟通并得到神明的信息、恩宠的人，才有可能发现沉香。那是善行者所为。雅加的沉香传说，无一不与善行有关。而且沉香总是与弱者同行的。

凡是在雅加生活过的人，都会知道那个举世闻名的关于沉香的雅加传说。相传交趾有人到雅加寻找沉香。雅加的沉香举世闻名，也最为名贵。交趾寻找沉香的队伍走遍了雅加的森林和谷地，耗时多日依然一无所得。他们雇佣的挑夫是一个贫苦困顿的残疾者，有着一头的癞痢。癞痢头在沉香队伍里饱受欺凌，队伍觉得他非常累赘，终于在一天深夜，把他遗弃在原始森林中。癞痢头在午夜时醒来，饥寒交迫，发现自己被遗弃了，只好燃点起营地里那些被队伍遗弃的木头。岂知四野一片芳香，原来这些木头通通都是名贵的沉香。故事的结局更出人意外，癞痢头在天亮时分，发现自己生出了一头黑发，沉香一夜的熏陶，不单治愈了他的头疾，赐给他健康与英俊，还给了他无尽的财富，民间故事都是这样结局的。终究是一个好人好报的故事。

这样的故事传说了千百年，可现实常常是另外的结果。我有些怀疑编织这样故事的人们的用心。我问坦桑对此的看法。坦桑不置可否。他苦笑着说："宁可相信故事，也别怀疑故事。但故事终究是故事，万万不可当真。"他的话令人费解。

雅加的沉香总是令人迷醉。刻意寻找它的人总是无法寻找到它，而它似乎总是留给不经意且对它没有任何企图的人们。我把这个想法告诉坦桑，坦桑依然不置可否。

坦桑的碉楼和坦桑一样令人费解。多年之后，回想那已经消失许久的碉楼景象，我的内心仍然残存着一丝久别遗失之后的惆怅。有时甚至怀疑那碉楼是否真的存在过。也许那搭建在高高的金丝楠树干上的树屋，与我所描述的碉楼，记忆中的碉楼，其实并非同一回事。正如我曾经在沼地里目睹坦桑和老牛的那一幕一样，也许是并不存在的。我时常在夜间时分，为此而异常的感伤。这种感伤传染开去，影响着我对某些记忆的判断，尤其是对坦桑这个人的判断。

可是，碉楼的气味就是沉香的气味，沉香的气味是千真万确的，它已经深入我的脑髓。沉香就是碉楼，就是坦桑。

第三章

沉香的焚烧是一片大火，蓝色的烟雾是焚后的残香。这之前有一场未曾被人目见的火雨，它曾经统治着这片幽阴的原始森林。

细辨那火雨之后沉寂的穿行，神明的穿行，分明有一个声音："我活着是什么，死了还是什么。"

这声音无处不在，像是不死如缕的魂灵，顽强地缠绕在树林、在空气、在河谷的每一沙砾，随着向山外奔涌而去的河水，不知流向何处。这声音时强时弱，似有若无，如黄钟大吕，又如游丝萦回，像厉鬼叫啸，又似病女娇喘。一定是男鬼和女鬼，在时光中行走。有一百年的时间了吧？在我出生之前的几十年间，他们就已经存在于这大岭大山之中。这种景象传说了好几代人，从爷爷到孙子，孙子又成了爷爷。传说在民间不胫而走，有好多版本，好多梦境，可是没有一个人能够完整地讲述一个完整的故事。谁都希望故事应该是完整的，但谁也都知道所有的传说都是不可能完整的。这似梦非梦、似真似幻的故事，就永远活在传说中，尤其是山里的森林里的传说中，就很不可靠。

雅加的时间，总是由夕阳时分开始的。这个有些古怪的说法，顽强地沉积在我的习惯里。自从来到雅加，我都是在夕阳时分，才开始一天的工作。这种看起来怪诞的行事习惯，让我的学生备觉疑惑。

白天族人们自有自己的劳作，很难有充分的时间接受我们的访问。我的学生们过惯了城市的节奏，朝九晚五的生活与日出而作、日落而息的千古习俗看似相同，其实大谬不然。夕阳之后的时光，才是族人们真正享受生命欢娱的时光。

据说史图博在进入族人村落时，也往往选择了夕阳满天的时间。这也是我遵循这个时辰的一个理由。

我没有任何理由不遵循这样的原则。可以毫无愧色地说，在所有同龄的中国人中，我是最早听说过史图博这个人和他的事情的，早在我 15 岁时的 1966

年，我就知道史图博这个德国人，并喜欢上他。这种说法没有一点吹牛的成分，尽管听起来太有吹牛的可能。所以我从来都不向任何人说起这件事。

这件事和瘌痢头得到沉香的幸运一样，太有民间故事的意味。而我从来都把这种所谓的幸运当作一种无法回避的命定，正如我在童年时遇到了中尉和他的灯塔，然后便有了我后来的雅加的远行。我之所以在本不该遇到史图博的年龄，却早早地知道史图博这个与我的生活完全无关，而后来却成为我生活中的重要部分的人，并非是一种偶然。后来发生的许多事实，都陆陆续续地证明了偶然是并不存在的，所有的偶然其实都指向一种必然，只是我们中的许多人，没有能够跟随这种偶然走到最后而已。

我数度进入雅加，又数度离开的全部经历，都与史图博这个名字相关，许多莫名其妙的人和事，都与这个名字有着千丝万缕的关联。我确信这就是命运的指向。

中尉给我讲述有关史图博的事，他其实并非在说史图博其人。他意在跟我介绍一个与史图博事件有关的人。那时我对这个人并无深厚的兴趣，相反，却对史图博这个名字铭刻于心。

史图博是一个德国人，我对德国人的好奇皆出于我家中的一口小铁锅，那只小铁锅用铝合金制成。这口小锅，听母亲说，它随我家族的迁徙历经百年以上。从曾祖父那一代人起，它就顽强地留存在四处流浪的家什中，许多珍贵的家传都在流离之中遗失了，反而是这口不起眼的小铁锅，一直跟随着家族的兴衰，从北向南，又从南向北，在四处流转中磕磕碰碰地幸存下来。

我见到这铁锅时，它已经老旧不堪，可是从没破漏也不需修补。锅盖早已在流转中不知丢失于何时何地。这口铁锅上镌刻着几行德文，其中标明制于1840年，汉堡的一家铁工厂。它大约也就是那时进入我们的家族。这口铁锅在“文革”时被当作“崇洋媚外”的物证，被抄家抄走了，至今下落不明。许多年过去，有时我还会想念它，想念那些在这口铁锅里舀饭吃的日子。

这口历经160年而不需修补的铁锅，令我对德国工匠有一种由衷的敬意。由物及人，史图博和德国铁锅，就这么简单。

2010年的冬天，据说是百年一遇的寒冬，报纸上这么说，我自己是并不相信的。元旦刚过，天气奇冷倒是真的。雅加的天气很好，由于海拔很高的缘故，尽管地处热带，但雅加山区一年四季，夜间和清晨都比较寒凉。在一天之中，雅加最好的时光是夕阳将尽未尽的时候，那是集结了雅加所有温暖的时刻，也是雅加的所有生物最为活泼和满足的时刻。我想人类也理应如此吧。

在雅加中部，一个叫沟谷的县城，县委书记是我80年代的学生，我到雅加的时候，他恰好到中央党校去学习，据说新近要提拔到省民宗委去。我对他别无他求，只希望他安排属下，给我们派个向导。他指令宣传部长和我们接洽。宣传部长是个女的，中央民族大学90年代的毕业生。在沟谷已经任职多年，从镇文化站到县文化局，新近才升任宣传部长。我们在电话里约好下午下班之后，到县委招待所见面。

宣传部长如期而至，矮胖、健壮，见面握手，落落大方，自我介绍姓名王艳丽，是本地族人。无须客套。她说县委书记的老师来了，理当热情接待，有什么问题尽管吩咐。我也不客气，简单把来意说明，希望派位族人，熟门熟路做个向导就可以，她当即说，那就派党史办主任吧！

党史办主任？这和我们此次的专业调查有些隔。我向她提出几个人选，这些人都是我们从有关资料上获得的。她有些为难，这些人她闻所未闻，不知要到哪儿去寻觅。我问起其中有叫王佬龙的，问她认不认识。她一愣，忽然有些警觉。"这人……"她欲言又止。

"认识？"我试探着问。看出她的犹疑。

"嘿！这人不太好办。关系很复杂。你们认识他？"宣传部长的口气里透露着阶级斗争的信息。起码我是这么感觉的，至少是我曾经熟悉的一种官方口吻。这反而使我有了某种进攻的意味。

"不认识，但是多少知道。他父辈是个传奇人物。"我想先试探她的意思。

"我们不想去碰这些人，很麻烦的。教授，你有所不知，民族问题很敏感的，我们都很小心。弄不好，很容易出问题。"她年龄不老，可思想挺老到的。这是我对这位70后的宣传部长的基本看法。也难怪，在沟谷这种地方待久了，很难不作如是想。

这几年在基层游走多了，碰到这样的情况不少。我很想将她一军，但想想在人家地头上，她的上司又是我的学生，还是和谐一些罢了。

我还是忍不住："很麻烦是什么意思？"我明知她所指为何，但还是想追问到底。

"有人在为他出头，向政府要待遇，民政部门也很为难，事情都过去那么久了，解放前好几十年的事，谁说得清楚。你说对吧！"她说得很在理。我所说的这个王佬龙，确实是个非同寻常的人物。宣传部长所说的有人，指的是什么人？为什么？我一无所知。她的话反而撩起了我的好奇心。其实，我对这位叫王佬龙的了解，仅止于知道他是一位族人名人的后代，他的先人曾经是一位声名显赫的峒主，他和雅加的革命史有极其复杂的关系，至今评价不一。要讲雅加的革命史或民族史，无论如何都不能回避此人，可现实却是，谁都在想方设法回避他。

这些都不是我的兴趣所在。我之选择了王佬龙，其原因仅仅是，他的先人，曾经于二三十年代面见过史图博、黄强将军、萨维纳和左景烈。这些人和我所主持的研究项目《史图博研究》有关联。黄强将军曾是广东南区善后公署参谋长，1936 年曾当过雅加第九区行政督察专员兼保安司令。他写过《五指山问黎记》。萨维纳是法国人类学家，他曾于 1925 年随黄强将军入雅加，于次年出版了《海南岛志》。而左景烈则是国立中山大学研究农林植物的教授，他也于 20 年代来过雅加，写作有《海南岛采集记》。这些人都与王佬龙的父亲有过接触。而王佬龙的父辈出身行伍，又是峒主，他于 1926 年出版了著作《琼崖各属黎区调查》。

选择王佬龙作为向导，是我非常成熟的想法。宣传部长的疑虑与推诿，更加重了我寻找王佬龙的决心。非王佬龙不可。

看来要找到王佬龙，只能指望远在千里之外的县委书记了。我当即给县委书记打电话，无人接听。

没过多久，县委书记从北京来电，说明天傍晚，党史办的符主任会把王佬龙带到，我们只管签收即可。我顺便问起王佬龙的事，他满口答应，说等他学习归来，他会亲自处理善后。但是，我从书记的口气里也听出另外的意味。王佬龙的事绝对不简单，他的事自然和他父辈的评价密切相关。其实，我也并不知道宣传部长所指王佬龙的麻烦之事，究竟为何事？

所谓麻烦之事，肯定地说，既不是好事，也不是坏事，处于好坏之间的事，也便是左右为难，奈何不得的事。这些事真正是棘手。我想，王佬龙一旦陷入如此境地，此生此世要想彻底解放也难。

王佬龙明天傍晚才到，我便想抽空到坦桑的墓上去看看。有好些年了，不知坦桑的墓是否已经让荒草淹没，或让人开山辟地魂归异处。

宣传部长很是热情，听说我要去雅加六连，说可以陪同，我婉言谢绝。我已领教这位年轻部长的思想意识，她是位阶级斗争仍在弦上的人物，起码是观念仍然停留在她出生的那个年代的人物，说是陪我，极可能是我奉陪不起。

碉楼自然早已不在，那棵硕大的金丝楠已经让人连根挖起，不知于何年何月被卖到何处。原始森林也早已成了荒山秃岭，40 年间，几千年形成的原始森林，又回到史前的蛮荒。这是我在离开雅加之后，就再也寻找不到雅加的伤痛之一。

记得那时雅加的流水是清冽如同冰雪，那是一个由纯美的大自然共构而成的纯美的世界。大地如同一块饱吸了清泉甘霖的水绵，随便在哪儿都可以踩出甘甜的水流来，有丰盈流水的土地，自然生育着最为丰满的物事。而现在，在雅加，所到之处，呈现着干裂与干涩。

我记得坦桑的墓地就在沼地边缘的山坡上，坦桑去世时我已离开雅加多年。他去世时的许多细节无法寻考，也并非常人可能知晓，这也是我最为伤痛之处。一个和你亲近的人的故去，他的故去居然是并不明朗且有许多的迷茫之处，而你又永远无法解开这些谜团。

在早晨或是夜晚，岭顶总是有人在唱歌，唱着黎歌或是苗歌，很幽怨的曲调，如泣如诉。我问信宜老鬼听到没有？信宜老鬼不置可否，他对此没有兴趣也并不关心。问得多了，信宜老鬼说一定是我的耳朵出了毛病，他知道有一种病叫幻听，他的阿姨是赤脚医生，“没错，你一定得了幻听！”他很肯定地说。

我不知道幻听是什么病。我的母亲是个英文老师，之前做过妇产科外科医生，我从来就没有听她说起过幻听的病症。不过，我可以写信时顺便问问她。

我和龚伟在碉楼时，又听到岭顶有人在唱歌，我问龚伟听到没有，龚伟正在玩一只刚逮到的小松鼠，他心不在焉地回答：“有啊！天天都唱歌呢。”我说是个女人在唱歌。

龚伟轻声说：“我在唱啊。”

我问坦桑。坦桑说，山里到处都有人唱歌，没有什么奇怪的。“你怎么这么留意唱歌的事？”他说这话时看我的目光很疑惧。

“我总觉得有人在唱歌。那声音从岭顶传来，却在我的耳朵里转啊转的，永远找不到出口。”我说。

“那是什么歌？”坦桑很关切地问。也许在他心目中，面前这个知青，和龚伟有太多相似之处，“不要胡思乱想，没有人在唱歌，也不会有人在唱歌。”

一连好几天，我会在半夜突然醒来，看到黑黝黝的山影里，站着好些唱歌的人，穿着很奇怪的衣服，我好像在哪儿看到过这种衣着。他们没有头，只有躯干，声音就从空洞洞的脖子里涌出来，连着血喷出来，我看见带着血的歌声，在空气中飞溅着。他们迈着坚定的整齐的步伐，在我面前轮番走过，唱着无字的歌，哼着相同的音调。我不知不觉地走进他们的行列，尾随着他们，一起在唱歌行走中。我顽强地相信，岭上一定真有人在唱歌。

那天，我又赶着牛橇，驮着大米和蔬菜，在沼地边缘的山路上，慢悠悠地跟在老牛后面，向山上爬行。鬼沼非常宁静，空山看不到行人与生物，连平时常有的狗吠，猎人赶狗的狗吠都没有。空气里有烟火味，看不到刀耕火种的山坡和人。我忽然又听到了歌声，那是一首我有些熟悉的黎歌，我是说那音调，我似乎在哪儿听过。我确信这是我曾经听过的歌声，我不知不觉身不由己地循着歌声而去。不，应该说是老牛跟着歌声，我跟着老牛一起，让歌声引领着前行。

过了不知多久，我忽然觉到已经走了好多时间，周围是我从未到过的山岭。我不知道这儿是哪儿。歌声似乎依稀可辨，哀怨的余音留存在我耳朵里，久久没有散去。我似乎看到山巅的树草中有人影，艳丽的筒裙，非常秀丽的形影在我不远处的树草中隐隐约约。歌声就是从那儿传来，是那人在唱歌。

她明显知道我的存在，她在用歌声诱惑我的去路。我想我是碰上女鬼了。应该说是碰上放蛊的人。传说会有懂得放蛊术的族人，把迷魂药藏在指甲里，碰到中意的人，便轻弹出去，中蛊的人，便会在黄昏时自觉到放蛊的人那里去过夜，这种所谓蛊术，通常都是男人对付女人的。

从没听说女人对男人放蛊。我一点都不害怕。那艳丽的形影让我兴奋同时心安，我确信那是某个族人女孩，在山中行猎采摘，她们都是些热情大胆、善良而又美丽的女孩。六连就有许多这样的族人女孩，从不知道城里人的那些虚情假意，把说出来的、做出来的任何事情都当真。爱就是爱，不爱就是不爱。说的就是想的，丝毫也不知什么叫做扭捏和做作。我只想跟着她去看个究竟，释怀我多时的疑惑。我真的害怕得了信宜老鬼所说的那种病。

我不知道当时是怎么转回来的，我又回到刚才的山道上。沼地就在旁边，那里依然静悄悄的。从这儿往山下望去，看得见六连和藏在茂树中碉楼的屋顶。

好多年后，我偶然在一本古书里看到类似的记载，那是晋王嘉的《拾遗记》卷四。里面写道：燕昭王七年，沐胥国有道术人名尸罗，至燕郊，“善炫惑之术”。能指端出浮屠，喷水为雾，左耳出青龙，右耳出白虎，或化为老叟，或为婴儿，神怪无穷。

我自然不轻易相信这种无稽的方术。但是，那些被以为方术的东西，不都是人类的梦想与有意为之的伪托吗？虽然如此，原始森林里的许多幻象，还是存在的，往往在山林里迷路的人，最终会从另外的方位，无意识地回到原点。

我确信在雅加的大山里，那个让我听到她唱歌的人是存在的，她就生活在我们中间。只是出于种种理由，她始终没有让我们真正地寻觅到她的踪迹，或许，她别有不愿轻易示人的用意，山林本身就孕育了神妙。岂止是左耳出青龙，右耳出白虎。

还是龚伟说出了其中的奥秘：我在唱啊！多年以后，我才明白了龚伟的真言。他其实是童言无忌地说出了这个世界的真谛。

信宜老鬼李前平告诉我一个骇人的消息，坦桑让大陆来的公安人员抓走了。我不相信。他说得千真万确，是他亲眼所见。我和他一直赶到沼地的山坡，从这儿可以远眺坦桑的碉楼。

这天的阳光格外灿烂，天空湛蓝湛蓝的，没有一丝云彩。我们是在午后赶到沼地边缘坦桑放牛的山坡的。每天夕阳时分，坦桑会在这儿拢牛，他会敲击硕大的木制牛铃铛，分布在草丛里的牛们会慢悠悠地回到他身边。他会一头一头细细辨认和点数，把不是自己的牛只小心剔出，又四处寻找未归走失的牛，待到所有的牛都找齐了，他便把牛群赶到河边的牛栏里去。这时，已是暮色苍茫了。

离夕阳时分还远。山坡上果然没有见到坦桑的牛群，也没有见到坦桑的身影。信宜老鬼的话不是全无根据。从这儿到碉楼，还有很远的路，看似在眼前，走路差不多要两三个小时。我决定到碉楼里去。

应该说，对坦桑，我早就有预感。他不是一个安分的人，他和中尉有太多相似的地方，总让人觉到他们有太多的秘密，他们的经历里也有太多令人疑虑的东西。我总感觉他们这些人始终处于危险之中。这些危险好像不是出于外部，而常常是出于他们自己的内心。他们的内心孕育了他们的危险。我明白自己的这种想法本身就很危险，但我无法阻止这样去想问题。

认识坦桑，是在我刚到六连不久。我正在沼地清理沉木，中午时分，正准备歇息，我燃起一堆篝火，煨上几根刚刚挖来的木薯，用炭火煨出来的木薯，外皮焦黑，剥去外皮，再在炭火上烤得焦黄，薯肉却是雪白的，非常好吃。我刚要美餐一顿，坦桑就站在我面前。

“你叫亚雷!”他很肯定地问。

我没有正面回答，用心地审视着面前这位不速之客，我不是第一次见到这个人。我知道他叫坦桑，知道他是专职放牛的下放干部，知道他有一个碉楼。我请他吃木薯。他却拿出一个信封，里面有一根香肠。他把香肠递给我。

我没有接。香肠很诱惑，自从到六连来，几个月了，没有吃过一口肉。我知道这香肠一定很宝贵。

他把香肠放到我面前的草地上。也不说什么，从火里挑出木薯，剥皮，吃了起来。我闻到了木薯的香气。他手里有一个装满酒的瓶子，那种装咳嗽水的扁瓶子：“喝一口?”

我迟疑了一下，接过瓶子。扁瓶里的酒看起来很多，实际上也就一两口。

我一口气把酒喝光，有些不好意思。

“果然不错，很好。男子汉，要能喝几口才好。”这是迄今他对我说过最长的一句话了。

他的话令人觉到我们认识好久了。

“你咳嗽，不能喝酒。”我说。

他笑笑，并不回答我。

“我听见你咳嗽的声音，很厉害，那样会死的。”不知为什么，我对他有一种莫名的关切，这不太合乎两个陌生人之间的交流。

“你说得对，是不能喝。不过，这种土造的酒度数很低，没什么酒精含量，偶尔喝喝，不碍事。何况，人的生死，与酒无关吧？”他像是在说道理，又分明在说着一些什么。我见他说这些话时，那双妩媚的眼睛里闪过一些阴影。

“那天我看见你和你的牛在沼地里！”我试探着说，对那天的事，我百思不得其解，甚至怀疑那天是不是我在山坡上做了一个梦。

“哪天？我天天都在沼地里呢。”

“我说的是沼地里怎么能够走牛和走人呢？”

我不明白何以固执于这个话题。这样的话题此后我又问过坦桑好多次，每次得到的答案都是不置可否。就是没有答案。连事实本身也受到质疑与否定。我究竟想要证明什么？我只能承认在那样的年代，每个人都有一种偏执的病症。我也毫不例外，始终处于一种人类的病相之中。

我和信宜老鬼赶到六连连部的时候，已经是傍晚时分，今夜连长说批斗会暂停一天，理由是这几天大会战，大家都累了。批斗会改在白天工地上举行，那时团首长会到现场来参加批斗会。这无疑是一个喜讯。但信宜老鬼却不这样认为。好不容易从山上下来，连队里却冷冷清清，太不过瘾。信宜老鬼有自己的见解，批斗会一开，连队里的男男女女都到球场上来，那也是调笑调情的大好时机。那些民族女孩才不管你批斗会什么的，她们自有自己的放纵情感的方式。信宜老鬼有些沮丧，他甚至忘记他和我到六连来的主要目的：求证坦桑是否给大陆公安抓走了。

我连问几个人，直到无人可问。都说不清楚，没听说过。下放干部随时被叫走，或押到什么地方，这是常有的事，他们归连里管理，却不是连队职工，归团部的工作组直接领导，只有连长才有权知道他们的去向。

没有批斗会的连部就不是连部，家家户户早早关门闭户，冬天的夜晚就更是如此。球场上空无一人，昏暗的灯火透过草屋的窗棂影影绰绰，四野充满着一种说不出的鬼气。球场旁边电线杆上有一盏15度的电灯，灯泡吊在灯绳上，在风中摇晃，像林中的鬼火。山林中不时传过来各种莫名其妙的声音，是虫鸣，是小动物的叫声，这些声音在林中窝棚和篝火边，我们早就习以为常，可是在人烟集中的地方，就不免让人想起毛主席《送瘟神》中的诗句：万户萧疏鬼唱歌。这种诗句在那个年代，是连3岁小孩都并不陌生的。

坦桑的碉楼里没有灯火，远远望去，那棵金丝楠犹如横空出世的怪物，黑黝黝地耸在河边。我把握不住该不该到碉楼里去看看。未经坦桑允许，我从没有贸然去碉楼。信宜老鬼却不以为然，他是个没心没肺的家伙，他极力主张到碉楼去。他从没有进入过碉楼，他对碉楼也很好奇。

我想坦桑一定真的被抓走了。我一时想不出他被抓走的理由，可是，中尉不是也毫无理由地被抓走吗？

雅加河这一夜非常宁静，甚至听不到它往常淌水的声音。刚才还是黑沉沉的夜空，月亮升起来了，山野便显得清幽同时有一种更加鬼魅的印象。所有的树木和物件，在清幽的月光下，显得很迷蒙，分不清边界也就变形了原初与真相。原来柔和的也许就很粗粝，原来明丽的也许变得狰狞，世界在月光下完全幻变了原来的模样。我对雅加野外的夜晚从来都有一种很顽强的惊悸，也许与此地族人对鬼的崇拜与描述有很大的关系。族人视鬼为自己的敌人也是朋友，既是祖先的魂灵也是福音的来源，多解与矛盾的说法，令鬼在人的精神生活中，有至高无上的地位。我深受这种文化的影响，因之，从来对雅加发生的任何奇事怪事深信不疑，我总以为这与迷信无关，而与人对世界的认识过于浅陋有关。鬼有恶鬼也有善鬼，这与人世间的情形，大致都是相同的。这也是既是敌人又可以是朋友的缘故。族人的观念实在是非常入世同时非常高明的。我对鬼从来都没有恶感，只有深深的敬畏。

坦桑的碉楼，门没有闩上，虚掩着，我小心地推开那扇我很熟悉的树皮门。随着树皮门的开启，一缕月光投射在屋子中央，风吹进屋子，掀动屋子中央火盆里的火星，眼前的情景差点把我吓个半死。

没有坦桑的允许，我不敢和信宜老鬼贸然进来，我让信宜老鬼在树下等我，刚才我是独自上碉楼来的。

面前的情景，在多年以后，都久久地震颤着我的灵魂。

我犹如见到女鬼。

临窗那张我熟悉的黄花梨木做成的方桌旁，坐着一个白衣白裤的女人，面对窗口，背对屋门，漆黑的长发流泻在脑后，直至腰身。从门口射进去的淡淡月光，照在这个女人的背影上，有一种很凄凉惨绝的青白釉色。这个背影一动不动，仿佛凝固了一般。我有一种灵魂出窍的惊悸。有一种投错了门，进入陵室地宫的惶恐。这不是坦桑的碉楼么？坦桑的碉楼何以进入了女鬼？聊斋里的女鬼，电影和小说里的女鬼，就是这样的形象与情状。连月光也是如此青白。

她分明觉察到我的声息。

我想拔腿回跑，但已挪不动双脚，喉咙好似堵塞了木头，或被鬼扼住一般。我听得见自己心脏狂跳的音响，我听见信宜老鬼在树下狂呼我的名字。我已无力去关心信宜老鬼的存在，我只想马上离开此地。我相信今夜我一定撞上了鬼。

我陷于极度的惊恐之中，脑袋却一片空白，身体的所有功能瞬间离我而去。

冥冥中我听见擦火柴的声音，女鬼点燃了吊在窗口的马灯，碉楼里一片光明。

女鬼转过身来，那是一个完全不同的坦桑，长长的黑发，妩媚的美目，宽松的白衣白裤，若隐若现地显现着她非常美丽的胴体。非常飘逸的女人。

我更加相信这是一个女鬼，直到她叫出我的名字，我所熟悉的嗓音，令我回到了人的世界。我晕眩。我不知道应该说什么。我的脑袋依然一片空白。直到她走过来牵住我的手时，那手的温暖才使我回过神来，确认面前这个女人就是坦桑。

她听出我的疑惧与疑惑，她笑起来，非常迷人。这种迷人只有女鬼才有，人世间是不可能有这样迷人的笑靥的。直到今天，我依然这样认为。

“你不是男人吗？”我慌乱，唐突而且十分弱智地问，这比较符合一个16岁的男孩的知性。

“我从来没有跟你说过我不是女人。”她笑得很勉强也很凄楚，但很令人心动。我得承认，她是一个女性，这正是我所希望的。这种下意识的希望，其实早就萌生在我们第一次的见面中。

信宜老鬼在下面等得不耐烦，他自己跑了上来，他也愣住了。继而冒冒失失地问：“你是谁？坦桑不是被抓走了吗？你是他妹啊？”

此刻我才真正回过神来。

第四章

我已经听说过无数遍这个故事，每一次传说都不尽相同。年代太久远了，故事的主人公们如果活着，应该有100多岁年纪了。尽管故事情节十分虚幻，但作为故事本身，却异常真实，有名有姓的人物和故事梗概永远不变。我在很年轻的时候，就听说了这个故事，那时听得毛骨悚然，那是在一个阴雨绵绵的冬夜，在灯塔里，由中尉说出。外面是不断咕咕呻吟着的海浪，乌云弥漫了整个海空，中尉在昏暗的灯光下，给我讲述这个在海南岛雅加大岭中传说已久的故事。他是有资格讲这个故事的真人之一，因为他和故事中的人一样有类似的经历，不过，他是把故事当作革命传说来讲述的，和民间流传的有很多出入。

坦桑没有被抓走，我也没有再问此事，倒是信宜老鬼摸不着头脑。待他弄清楚面前这个女人就是坦桑时，他反而快活非凡。他是个容易快乐的人。他咧开嘴大笑："你把我们都骗了！我早就猜你不是男人。我还跟人打过赌，你看，我赌赢了。"他得意得很。不知为什么，我也很快乐。坦桑原本就应该是个女人才对的，你看她那媚眼。我在心里说。

"今天我明明看见你让大陆公安抓走了，怎么又没事啦？"信宜老鬼依然大大咧咧。

坦桑只是笑笑，笑得很勉强。看她那样子，我明白她被带走，或许也是迟早的事，我心中隐约有一种担忧，中尉就是她的前车之鉴。

我只是不明白，坦桑何以要女扮男装。大约六连的所有人，都知道她是个女人，而我们却一直把她当男人。

那天我们在碉楼里待了很久。坦桑给我们看了她许多照片。她当过兵，后来上了北大，读的是民族学。下放前在某民族研究所工作，主持南方少数民族的历史研究。"文革"开始前，她就已经受到批斗，罪名是"三反分子"。这个罪名最严重，三反分子的具体罪状就是"反对毛主席的革命路线，反对社会主义制度，反对共产党"。其实，这个罪名对谁都适应，所有的人都有可能被安上这个罪名。

令我惊讶的是，我在坦桑的书桌前，看到了史图博的《海南民族志》。这是上下册线装的油印本。中尉曾经给我讲过史图博这个人，说过这本书。

“你知道史图博？”坦桑见我注意这本书，便很庄重地问。“我知道这个作者，听说过他。他是德国人，我家里有一口德国造的小锅。”我把两件事连在一起说。信宜老鬼不明就里，坦桑却忍俊不禁。

“是吗？说来看看。”

我告诉她，有一个叫中尉的人，曾经给我说过史图博的事。

“有这种事？中尉？这本书没有公开出版，中译本是我们研究所组织人翻译的，从日文翻译过来，还没有德国原译本。你那个中尉是干什么的，也是搞民族研究吗？行外的人很少知道这本书这个人。”她很好奇。

“中尉是外号，人人都这么叫他。至于他叫什么名字，我也不知道。可是，我父母知道他，我可以问问我爸妈。”

“哦……”她舒了一口气，不再说什么。

我努力回忆中尉在这个问题上曾经对我说过的话语，那是我来雅加之前，中尉在灯塔里为我饯行。那天晚上中尉喝了许多酒，他给我讲史图博并非本意。他为的是说一个人，那是一个和他的生命有直接关联的人。对了！他说到雅加，说到关于雅加的事时，他是很克制的。我此刻很想对坦桑说出我的想法，但又觉得世上决无此等巧事，中尉和坦桑之间，的确有某种关系吗？

我想凡是对雅加负有责任的人，都会知道史图博及这本《海南民族志》吧！这应该是一个常识，没什么可大惊小怪的。何况，中尉从没给我说过雅加的六连。我之来六连也不可能是中尉的安排。

我还是对坦桑今夜的表现心存疑虑，我过于早慧的心灵直接地告知我，坦桑的反常包含着一个危险或者说是秘密。我来过许多次碉楼，却从未发现坦桑女儿身的蛛丝马迹。她几乎在所有人面前都遮蔽了她女儿身的真相，今夜她是怎么啦？信宜老鬼没有说谎。坦桑一定发生了什么事。也许她将从此离开这里？下放干部始终都是要离开的。而我们将永远在雅加生活下去，直至老死在这儿，想到这一些我不寒而栗。虽然我至今并不后悔当初的选择，没有人威逼我来雅加，是我自身的逃离。

知道坦桑的性别，我们之间的交往反而有些不自在。我对坦桑说出了这种顾虑：“我们以后还能经常到你这儿来吗？”我很唐突。

“在旧社会，我足可以做你们的母亲。有什么不可以的？想来就来，我很欢迎啊！”她说这话时长发飞扬，马灯的橙黄色光晕在她脸上变幻着斑驳光色，把她那妩媚的双目映衬得更加神采。

她拿出来一串鹿肉，放在火盆的炭火上烤，鹿肉上的油脂落在炭火上，发出了“滋滋”的呼响，碉楼里弥漫着诱人的肉香。也许是油脂燃烧的焦味刺激的缘故，她咳嗽起来，咳得很厉害。她又拿出一瓶五加皮酒，让我们喝，她也喝。她一边咳嗽一边喝酒，看得我很过意不去。她本不该喝酒的。可是看得出来，她常常喝，只是喝得很优雅。

今夜的坦桑，美丽得无与伦比，一位成熟的风韵的女性，和两个少不更事的男孩，在雅加的碉楼里喝酒，这样的情景，也许此生不会再有。

已是满天夕阳，王佬龙没有来。致电宣传部长吧，关机。不一会儿，部长来电说抱歉正在开会，问王佬龙来了没有。县委书记的吩咐，马虎不得。听得出她有些着急。部长的态度与昨天有很大不同。大概是在书记那里领了圣旨。她见王佬龙还没到来，便说再派人去查查，并说要安排晚宴。我说沟谷是贫困县，书记又不在，还是免了。我刚从六连赶回来，也疲惫不堪。她热情不减，建议我们搬到迎宾馆去住。我想她也够累的，不想麻烦她，便婉拒。只是拜托她尽力寻找王佬龙，早些把向导给我们带过来，就功德圆满了。

放下电话，有人敲门，进来一个矮胖的汉子。自称是党史办的老符。他也是王艳丽部长派来的，还带来几箱此地山区特产小蟠桃。

老符同志很是殷勤，随手递过来几册书。扉页上端端正正地写着“××教授贤兄大正”之类的话语，看得出他是此地的文化名人。书是那种自费出版的杂集。汇有新闻报道、工作总结、古典诗词、现代政治抒情诗、文化掌故风物之类的散文，还有几篇读后感等等，杂七杂八，蔚为大观。

我对老符的到来，是甚为欢迎的。这种同志，在基层工作久了，第一手材料丰富，但筛选不够精辟，也缺乏高度，容易概念化，但是很好的索引和向导。他往往能把你带到有价值的田野调查现场。这就够了。我问起王佬龙，他说已派人去查找了，还没有结果，没关系的，有的是时间。基层的同志就是如此，对上级领导或上面来人，总是满腔热情，但操作起来却又不急不慢。老符见我很着意王佬龙，便安慰我道：“王佬龙也起不了什么作用的，没什么文化，连话都说不明白，有我老符在，沟谷县内哪个地方包括雅加全境吧，哪儿都不是问题。”他说得很豪壮，就差拍胸膛对天盟誓。

老符纯朴得可爱，也天真得海阔天空。他忽然很神秘地凑过来：“到处都是兄弟，教授酒量不错吧？这点很重要哦！有酒就是兄弟，你想从他们口里掏出什么都不成问题。”老符不单见面熟，而且人来疯。他又转而对我的学生雨天说："下乡调查没什么秘诀，多准备些酒，与民同乐，就 OK 啦！"这位老符真逗，弄得大家都挺乐的。

尽管老符强调没有王佬龙照样行，王佬龙也起不了什么作用，我还是要求老符先带我们去王佬龙的村庄，掘地三尺，也得把王佬龙找出来。我有种强烈得不可思议的预感，想要的东西，都在王佬龙那儿。

我说马上就出发，老符有些为难，说到乌烈，八九十公里山路，已是半夜，何不干脆在沟谷吃晚饭，他找几个朋友一起来喝一杯，明天一早赶早走。我坚持要走，他只好服从，说是回去打点行装，看来得走上十天半月，必须把工作交代一下。也对，便把他放走。等了约有一小时了，给老符打电话，没人接听，只好到党史办去找。党史办早已下班，没人。县城很小，但到处是人，去哪里找？也不好再去麻烦宣传部长，只好再等。学生雨天是个山东女孩，发牢骚："这里的人怎么这样！简直是逃跑嘛！"

我说："你们会经历更多这样的事。在基层、乡下工作，没什么谱。人热情，但没有秩序和规划，很随便，要学会适应。"我让雨天不停地给老符打电话，打到他不好意思非接电话不可。

又过了半个多小时，只见老符边接电话边走过来，见了我们，连连作揖："不好意思，不好意思！遇到村里来的族胞，非得灌两口再让走人。教授们，多得罪了，久等呵！久等。"他满脸通红，满口酒气，已有几分醉意，开始说囫囵话。我倒不怎么反感，酒醉之人，必是豪爽之人，老符也大约如此。族人喜酒，性情慓悍，我从 15 岁时就已经深得其神韵，无可厚非。

司机小王也是族人，他倒是沉默寡言，有几分腼腆和木讷。老符偶尔会用生硬的族语和他交谈，小王常常听不明白老符的口音，于是支吾了事。族人的语言非常复杂，五个支系之间往往难以沟通，不知他们各属哪个支系。符姓族人往往是来自东部山地海边。

县城沟谷离乌烈还远。出发时已是夜里 9 时，路不好，到处在修路，车走得很慢，看样子要凌晨才能抵达，那时连歇息的地方都难找。老符却不以为意，说下乡嘛，在队部喝两盅天就亮了。乌烈那边有喝晨酒的习俗。

雨天笑说："符主任家一定是做酒的！"

"做酒有什么难的？家家都煮酒呢！"老符很是自得。

老符说得不错，雅加高寒，地气湿热，山岚瘴气。酒既驱寒，又能祛邪气，确是山里族人除百病、健身养生的好东西。雨天他们这些孩子，对酒文化只知其一，不知其渊源，只知其文明世界里的酒色情性，不知文化世界人生世界里的酒气性情。我很想对他们从头说起，说说在荒僻的年月，酒与生存的关系。

老符其实是个性情中人，说起酒色，他便眉飞色舞，这种人做党史工作，应该是很适宜的。中国共产党党史，哪里是老夫子的夫子之道，述而不作者所为呢？我见过好些县里的党史办主任。我曾经去采访一个历史事件，找到党史办主任，他递给我好些资料，我一看说不行啊！这些是文艺作品，是对这个事件的想象虚构然后拍出的电影、创作的小说。岂知他言之凿凿："我们县里的革命史就是按照这些革命材料重新编制的，没有错。"

我说彻底错了，黄世仁、杨白劳那都是文艺人物不是历史人物，周扒皮半夜鸡叫也不是阶级斗争史料，是小说里的人物情节。那时我还有些年轻，党史办主任是个有些革命经历的半老同志，有些倚老卖老。他很严肃地批评我："这位同志，你有没有党性原则！你说的那些人都是法定的阶级斗争人物，都是阶级敌人的代表。你可得注意阶级立场！看你还年轻，我这回就不与你道理，下次可就不是小事。"他批评得理直气壮，我明知无道理可讲，难怪这个县事情多多，原因皆出于这种观念。

阶级斗争还有法定的人物？这是哪门子哪家子的法？这位党史办同志看来勤勤恳恳兢兢业业地为党工作了半辈子。最后我忍不住扔给他一句话："共产党录用你这样的人真的很不幸，谁也不会饶恕无知篡改自己历史的人，何况是做方志工作的。"说得他恼怒异常，拿起电话要报公安局，把我当现行反革命抓起来。我也毫不妥协，明确告诉他，文化大革命早就结束了，我问他是不是和"四人帮"同一伙。把他气得半死，真的当我的面报了警。至于公安会不会由他所愿来抓我，事实是，我至今好好的，从没见过公安的面。

我把这事说给老符，全车的人都笑翻了天，以至于那些天关于黄世仁和杨白劳那些事那些人，谁是谁非，是欠账不还有理还是仗势欺人罪恶的讨论，大家争得面红耳赤。

老符听了很是尴尬，他说这个党史办主任是哪个县的？他非得问个所以然。"真是丢脸，真是丢脸啊！"老符很是正义和知性。他除了在酒的问题上非常偏执外，其余一切皆为中庸，也很一分为二。他反过来宽慰开解我们，说民族干部立场坚定，但水平低，别见怪。我连忙纠正他，说此人绝对是正版的汉族，连四分之一、八分之一的族人血统都没有。这不是立场问题，也与阶级觉悟无关，是个知识水平和思想意识的问题。

老符很是谦恭地说："我们是得加强学问修养，提高提高，全靠你们这些教授啦！"

老符是个很意思的人，随性，好脾气，也知情解意，纯朴，头脑并不复杂。

相处几日，大家都很喜欢他。连沉默寡言的小王司机，开始时说老符是个假族人，很有些轻视，后来也其乐融融，几杯酒交杯，彼此便兄弟兄弟。

雨天惊奇于酒的魅力，我说酒是人性的一种表达。我跟她说："世界上最名贵的酒，并不是人酿造的。你信吗？"

"不信！"我看她一脸困惑，便问老符："你说呢？"

老符会意。凡是在雅加生长的人，都知道最好的酒从哪里来，是什么。老符附会我，说教授说得没错。

"难道是鬼做的酒最好？有鬼吗？"雨天突然望着车外黑黝黝的山野。说到鬼，车突然颠了一下，她惊叫起来。

"什么叫鬼斧神工？但凡宝贵神奇，一定和鬼神相关，族人信鬼不信神，鬼和人生有关，是人的一部分。自然可信，神是上天的，和人生无关，是敬仰崇拜的，是虚无缥缈，仰望星空。这点，对于一位博士生而言，无须多说吧？"

老符也听得入迷："教授真有学问。我也信鬼的，但从来就说不出这等道理，教授你收我做学生好了。"

司机小王也听得很有兴味，他阻止老符："你别太多话，让教授说。我们族人是信鬼不信神，我也不知什么道理。"

雨天缩起肩膀，抱紧前胸："小王，车窗上锁没有？别让鬼进来啊！姥姥说，白天不能说人，夜里不能说鬼。要不然，说鬼鬼就到了。"

"放心。雅加的鬼都是善鬼，没有恶鬼和厉鬼，否则，我活不到今天。"我笑说，"窗口就贴着一个鬼脸呢！"

雨天发出瘆人的惊叫："教授你别吓人！"她缩成一团，挤在行李中间。

"还是说酒吧，酒比较温暖。"我想缓和一下气氛。天下起小雨，雨扑在车窗玻璃上，风声雨声有些凄厉，四野没有半点星火。汽车在山道上小心行驶，窗外是树影山影，山间有流水，有风雨的夜晚看不到鬼火，真是可惜。此刻我的思绪有些游走，我想起坦桑和雅加山里的那些人，包括救我一命的知青朋友，坏家伙信宜老鬼李前平，他们有的早已不在人世，真的是成鬼成仙成神明了。我有些伤感。每回抵达雅加，或在城市里梦回雅加，都禁不住要感伤几日乃至几月，真正体味了死是生者的痛苦，是死者的幸福这个道理。而这些，雨天他们是不甚体会的，老符也如是，他活得现实也活得实在，包括那位把文艺当作现实的某县党史办主任，他也活得有滋有味，别有一番欢喜与信念，不像坦桑和中尉。

那些过早逝去的人，是因为上天怕他们太痛苦，所以早早把他们收去了吧？信宜老鬼，听说他也早早的先我而去，他活着时是快乐的，变鬼也一样机灵、无畏的快乐吧？他现在也还快活吗？我的伤感就是沉默。无言是最好的良药。突然的寂静让车里的人觉到奇怪与压抑。

“老师你还没说完呢！我还想听听最好的酒，鬼是如何造出来的。”雨天好像已经不怕鬼了，她敢于对鬼直呼其名。

我深深地呼吸，缓过气来：“雨天，你想想，哪种动物有鬼气，最精灵，又接近人类？”

这是个简单的问题，可是雨天想得太复杂了。她说了好几种只有国外才有的动物。那些动物确实有灵性，对人类也很友好，诸如她所说的各种宠物，哈巴狗等等。

我说哈巴狗怎可与鬼联系在一起呢？它们不是狗，是人的玩偶。而鬼绝对不是人的玩偶，他们是与人同行和人一样的神祇。他们和人一样有一种平等的意识。千万不要把鬼和人隔绝起来，这种学理上的问题，我想做民族学的雨天是明白的。

坦桑又一次不辞而别。老雷吩咐我和信宜老鬼，在坦桑回来之前，要好好放牛，出了差错，就把我们枪毙。这是老雷的原话。他话里有许多无法发泄的不满。我看出了这一点，却无法看出事情的原委：是对坦桑离去的不满呢，还是对坦桑即将发生的事情不满？总之，在我看来，老雷的态度和心情很是复杂。他心烦意躁的样子非常可怕。他一定知道一些不能明说的东西。我想问题一定非常严重，连向来粗暴简单无所畏惧的老军阀都隐忍地发泄。那几天，六连的气氛很奇怪，好像有什么大事发生可又没有丝毫风声，而我却蒙在鼓里。

碉楼的门被打烂了，几件简单的家具七零八落地瘫在角落里。坦桑的所有东西都不见了，屋子里唯一能代表人类住过的东西，就是毛主席像。毛主席像恭恭敬敬地挂在屋子正中央，老人家慈祥地注视着这间简陋得不能再简陋，空无长物的屋子，显得特别的寂寞。

火盆里有烧过字纸的灰烬，寒风从门口吹进来，掀起火盆里的灰烬，在屋子里卷扬着。坦桑离开还不到十天，可这屋子阴冷得如同坟墓。

这是一次精心的抄家，没有落下哪怕是一张纸，凡是可作为证据的东西，都被精心地搜查过同时带走了。这是我对抄家的经验。我倒抽了一口冷气，我太明白这种抄家的性质及其结果，这是早有结论、查证过程的搜查。坦桑犯了什么罪？

我想着坦桑那张比《在烈火中永生》江姐的表演者于蓝还要端庄、还要漂亮的脸此刻的神情，她妩媚的眼睛此刻的情状。她会像江姐一样，在中美合作所里受尽严刑拷问吗？像江姐一样唱歌，唱《红梅颂》？对狱友说“为了免除下一代的苦难，我们愿，愿把这牢底坐穿”？我的思维完全混乱了，我对我的想法感到害怕。坦桑是现行反革命，这是毋庸置疑的事实，正如父亲是“三反分子”一样。这才是现实。

平日里碉楼的温馨与温暖已荡然无存，那种因为坦桑而有的淡淡的令人沉迷的气味也无处可寻，像坟墓，压迫着周围的一切。碉楼已成了四面通风，如废弃多年的废墟。我害怕风会把墙上的毛主席像撕裂，那可是无法饶恕的罪行，而我是最后一个离开碉楼的人，于是，我小心翼翼地取下毛主席像，将它小心地卷起来带好。

我又在碉楼里细细地寻觅，希望能带走一点可能保存纪念或是记忆的东西，坦桑或是龚伟的东西。可是没有，除了我的记忆，碉楼里没有留下任何人的东西。这里关于人的所有踪迹，都被无情地抹去。包括曾经吸附在碉楼的每个角落里的思想，吸附坦桑和龚伟声音的板壁，全部让冷寂清洗了一遍。这儿压根就没有人住过，或说没有住过叫坦桑的女人和她的儿子。多年之后，每当我想起当时的情状以及那些想法，我依然有一种不寒而栗的颤抖。

在坦桑遇难之后的第 37 年，许多人为她祭奠，雅加的党报也发表了纪念文章，称她为“雅加的张志新”。以革命烈士的名义吊唁她。这个年份的隆重纪念，令人感怀。坦桑是在 37 岁的时候遇难的。如果她还活着，应该是 74 岁的老人了。74 岁的老太太，依然还有着一双摄人魂魄的天赐媚眼，那是怎样的人间风景？

在坦桑忌日那天，我下意识地找出那张珍藏了几十年的毛主席像，这是最后的碉楼恩赐给我的，有关坦桑，有关碉楼，有关那段岁月的唯一珍藏。

这是一帧 1966 年版的毛主席标准像。他是那时唯一目睹抓捕坦桑现场的人。他和坦桑目光的最后交流，一定是饱含忧郁，无边的忧郁。他目睹了一位誓死保卫他，最终却以革命的名义被处决了的年轻女性的离去，碉楼的离去。

血水来了，雅加河又成了血河。

那年春天，人们看见平日里清澈见底的雅加河水，翻滚着红色波浪，如血般赤红的河水，从雅加的千山万壑中汇入雅加河。

太阳当空，天空无比的湛蓝，没有一丝云彩，也不像上游下过大雨的样子。有胆子大的捧起河水尝了尝。河水涩涩的、腥腥的，有血的味道。

在阶级斗争的年月，人们并不敢公开谈论此事。族人们在私底下轻描淡写，他们心中有数，虽然说不出科学道理，但他们有关于血河的神话传说。千百年来他们见怪不怪。归根到底是人们对天不敬！诡异的气氛流遍雅加每一个角落。做过道公的八公却很是泰然，他对老雷说：“天出血，这是真有的事。是人在哪儿又做错事了。天一生气，天眼就出血，流下血泪，天上几滴血，地上就流成血海。”

老雷理论上是个无神论者，他在淮海战场杀敌无数，他并不相信八公的鬼话。但骨子里，他依然是个农民，中国农民无法摆脱因果报应的迷信心理。他口头上批评八公妖言惑众，心底里还是忐忑不安。虽然雅加血河的事，他不是第一次见识，来六连十多年间，有过那么七八回。他细细回忆，每回事前事后都发生了什么？想不起来。好像也没有什么特别的事发生，但每次总是让人不安。这种奇怪的天象，依然令人担忧。他也不敢向上级报告，弄不好被当成阶级斗争新动向。雅加河水是红是白，关六连屌事？反正也毒不死人。他也不多和八公讨论此事，既然不是人可以解释，就与阶级斗争无关。

我去碉楼找坦桑，想问问她血河的事。

在碉楼的河边，我见到老雷正在和坦桑说话。坦桑远远地望见我，便把我唤去。我站在一边，老雷见状，说：“你也过来听听。”我遵命走上前去。

他们说什么，我不想听。

坦桑今天非常美丽，她穿着那件丝质柔滑的红背心，军上衣草草地披在身上，半只袖子还耷拉着，露出浑圆光洁的肩膀。她并不在意自己的装束在两个男人面前有什么不雅。而我却觉得很不自在。我的不自在可能让坦桑有些觉察，只见她不经意地耸了耸肩，拉好了上衣，令人销魂的肩膀消失了。

脚下是翻滚的血河，如此逼近地目睹血一般的河水，我努力遏止心中的恐慌。我想起八公关于天出血的说法。

老雷是来向坦桑讨教血河的事。在他心目中，坦桑既然是从事民族研究的，她理应对血河有个解释。

我曾在坦桑这儿听到关于血河的传说。这是一个美丽而悲哀的传说，一对族人男女在三月三对歌相爱，将在雅加桥上相会。有一位恶人嫉妒，于是乎在桥桩上做了手脚，相会的男女跌入河中，鲜血染红河水……传说归传说，无人会相信，两个人的鲜血会染红一条河流。

老雷问坦桑：“你相信这个故事？”

坦桑说：“我相信。”

老雷很诧异：“你没事吧？坦老师。”

“我没事啊。我怎么会有事？神话传说嘛，没有什么信不信的。”坦桑很轻松地说。她的话里有一种怪怪的意味。

“我想知道的是科学道理。”老雷自言自语。

“科学道理？当然会有。也许……”坦桑欲言又止，“也许是植物所致，或者矿物造成，要实地调查，请教专家才行。”

“得给个说法，要不人心惶惶。”老雷很忧虑。

“去哪里寻找说法啊？雷连长，人作孽，天要收。没有办法的事。”坦桑话中有话，连我都听得出来，老雷不会不明白。只见他有些警觉地瞄了坦桑一眼。此前他一直没有直视坦桑，在坦桑面前，我觉得粗豪的老雷有些腼腆，很不自在的样子。

“八公也是这么说的。但这是什么道理啊？文化大革命，形势不是小好，是大好啊！”老雷突然就冒出今天看来很无厘头的话来。我有些忍俊不禁。坦桑大笑：“对，文化大革命就是好！就是好！”

坦桑的笑声被河水卷扬而去，传得很远。

顷刻间大家静默，无话可说。

突然间，我听到岭顶有人在唱歌。血河是从岭上流来，血河之源，有人在唱歌。

“听见吗？有人在唱歌！”我与坦桑对视，轻声说。

“是有人在唱歌。”坦桑也轻声回应。

“谁？什么人？在唱歌？唱什么歌？”老雷已让血河折磨得有些神经兮兮。他不明就里，紧张地问。

坦桑含笑不语。

“老雷，要不一起上去喝茶。”

老雷连忙推辞，抬脚就走了。

天气有些热，坦桑把军上衣脱下来挽在手臂，红背心紧紧地裹着她火焰般燃烧着的躯体，像山林里暗夜中的火把，要把黑暗的原始森林烧透一般。我顿时感到周围一片灼热，仿佛空气也燃烧起来。我看见沼地的天空一片血红，各种各样的野生动物四处奔突，嘶鸣着生命的嚎叫。难道血河也冲击了沼地？

岭上真的有人在唱歌。我听出那歌的旋律，是那首在雅加流传了许多年的民歌：

五指山咧五条河
你知哪条流水多罗

你知哪条流下海
你知哪条流回来

五指山咧五条河
西边那条流水多
蒋家兵败流下海
父母胜利流回来……

歌词是新的，而旋律却已经流传了千百年，每个时代，人们都给这古老的旋律以新的内容。

此刻，这古老的旋律里有血的味道，从岭顶飘然而至。我听见血河在呼吸，它带血的呼吸在风中呜咽。我努力分辨着歌谣飘来的节律，它和着河流的血泪，汩汩地流淌着。

我跟着坦桑上了碉楼。坦桑把军衣扔到床上，她端起水壶，对着壶嘴，咕噜咕噜地饮水。之后，她站到窗口，对着碉楼下奔流而去的雅加河血红的流水，轻声地唱起英文歌。那时，我的英文很烂，小时候听过教英文的母亲唱过英文歌，她也教给我几首，而我总是没能完整地唱完一首英文歌。我只能够断断续续的听懂坦桑歌里的单词。

坦桑转过身来，背对着窗户，目光注视着我。她像是一个演员，对着我一个观众，她表情丰富地唱着那时我还不知所以的英文歌。

坦桑早已不在。我时时努力地回忆坦桑那时的英文歌，是一首怎样的歌？

许多年以后，有一天，我在北京的一个酒吧里，偶然听到有些熟悉的旋律，我突然意会到，这正是坦桑当年唱的英文歌，原来它是鲍勃·迪伦的《答案在风中飘》：

一个男人
必须走过多少路
他才可以被称为男人？
一个人得有多少耳朵
才能听见人们的哭泣
一个人要转多少次头
才能假装什么都没看见？

要有多少尸体，他才会知道
已经有太多人死去？
我的朋友啊，
答案就飘在茫茫风中

这是1963年初，21岁的美国青年鲍勃·迪伦，在村子的咖啡店中，写下的后来成为经典的歌曲《答案在风中飘》。

同年8月28日，在美国百万人民权大游行中，马丁·路德·金发表了震动世界的演说《我有一个梦想》，马丁·路德·金就站在鲍勃·迪伦身边。他和多位黑人、白人歌手一起合唱了《答案在风中飘》。这首歌成为民权运动、反战运动的圣歌。

这首歌传遍全世界。

那时的坦桑，如何能够唱这一首歌？她是如何知道这首歌的？她知道马丁·路德·金，也知道鲍勃·迪伦。那时，我也知道马丁·路德·金，《人民日报》发了消息的，可是我并不知道鲍勃·迪伦和这首歌。

我迅速找来鲍勃·迪伦的歌《暴雨将至》《像一块滚石》《重游61号公路》《在洪水到来之前》《哦，老天》《回到根源》《我将会自由》……

但是，我只要《答案在风中飘》就足够了。因为这是我在60年代末，在雅加的碉楼上，听一位美丽女性对着我唱的英文歌。

她唱着迪伦的歌，却像是在描写迪伦的心境，而迪伦的心境如同我的心境。自卑同时脆弱，因敏感而缺失安全感，青春期拖拉得了无止境，并以叛逆抵挡着这个无望的世界。那时我自然不能如此深味自己。

中国许多人完全不知道迪伦的时代，坦桑已经在唱鲍勃·迪伦的歌了。这也许正是坦桑悲剧的原因之一。有梦想的人从来都是叛逆的，尤其是内心的叛逆。坦桑曾对我说起迪伦的《答案在风中飘》，那时她说了许多，但我大多并不明白。后来我看到迪伦的传记，他曾经说过："我确实从来都是我自己：一个民谣音乐家，用噙着泪水的眼睛注视灰色的烟雾，写一些在朦胧光亮中漂浮的歌谣。"我忽然就明白了坦桑对我说过的所有关于迪伦的话。那些话都与人的内心激情与叛逆有关。迪伦抗议了一个时代，坦桑也是。

第五章

昨夜又看见了这个传说。40 多年过去了，传说依旧，但已物是人非。40 多年间，这个故事作为梦的主题，以多种形式出现的频率，令我惊悸。它如此魂牵梦萦的道理何在？

在阴雨天无事可做的时日，不管身处何地，此时的光阴似乎融通了彼时的境界，有时清晰，有时模糊。群鬼搀扶着跛行着，在烟雾濛濛中走出，从血肉模糊中渐渐清晰，那是一群身着各种军装的战士，从密林里，从河流的滩头上，簇拥着走来，脸上有血渍，身上有枪伤，无声无息，仿佛行进在无声的凝固之中。

看来今夜大部分时间要在车上过，到目的地至少也是凌晨的事，没有足够的时间休息。我说，大家还是抓紧时间小睡一会儿吧！

雨天全无睡意，小王开车很闷，也需要有人和他说话，老符酒劲已过，没有酒补充，也愿意谈论酒的话题，过过干瘾，何况他还有许多族人关于酒的知识急于传播呢！平时没有表演的机会，此刻他谈兴正浓。

如果坦桑在场多好，她对酒一点儿也不陌生，在雅加的时间，她的精神导师就是雅加甘醇的酒液。那些痛楚的日日夜夜，酒曾经非常有效地缓解她心灵的痛苦。每一次和坦桑对饮，我都只关顾自己的情绪，而很少能够体味坦桑在那样情状下的心灵折磨。这是我在成人之后常常悔之莫及的地方。我承认对坦桑已经产生一种类似畸恋的情感，那种乱伦似的罪错在此后的岁月里，常常在半夜时分咬噬着我的灵魂。我很想大喊一声，让宇宙听见，让群鬼明白，让神灵别错怪我，让坦桑知道，有一个人，永远没有忘记她并且敢于在灵魂深处，以别一种方式悼念她。

那是人世间最为清洁的思念与感恩。可是她已经听不见了。我们曾经一起说过，去寻找那世间最甘醇最美妙的酒。至今我仍然没有找到，也许此生此世再无机会。雅加正在消失，雅加的文化也正在沦陷。而坦桑想望的事，我却无法为之完成。

汽车经过溪谷，车轮在乱石上辗过，把车里的人震得东倒西歪。刚才昏昏欲睡的雨天和老符又精神起来。出发前顾不上吃晚饭，只有老符多喝了几口酒。想必大家已饥肠辘辘。雨天心细，带了饼干。

吃了饼干，老符说明天晨酒一定要开怀，他看了看手表，说离晨酒大概还有五六小时。小王说如果真的饿了，找个有木薯的地方，挖几个木薯，烧了吃。

这个建议雨天第一个响应。在她看来，这不是个解决饥饿的问题，而是一个浪漫举动。小王说挖几个木薯没有关系，族人不会计较，也不算偷。我自然明白，在族人心目中，山里的一切没有公私之分，也没有异己之别，大自然赐予的一切，谁都可以接受，只要不心存邪念和糟蹋就心安。

在小河边烧起篝火，于小王、老符，包括我，都是家常便饭。篝火野地突然间使我感觉到年轻且精力充沛，有一种寻求扩张的弹性，至少有一种拥抱占领世界的欲望与野心。我明白这种感受，在城里、在人群中是决不会产生的，只有在大自然的怀抱中，在野性的原野里，才有可能，那是年轻的源泉，也是力量速度和动力的基原。

坦桑就在附近，在那潺潺流水的溪谷之处。我独自离开篝火，木薯烧熟的香味弥散在溪谷的每个角落。雨早已停了。其实，山中的雨，常常是东边日出西边雨，一里不同天，涉过一道小河，翻过一座山包丘陵，气象气候就全然不同，暴风骤雨和日丽风和是同一个概念，天地日月同和是雅加最美丽最纯粹的品格。

我分明听见了坦桑的咳嗽声，嘶哑但传播悠远，有一种唱歌的韵味与节奏。这是我在山里即使迷路，也能辨认坦桑和她的牛群去处的先导。它像牛铃铛一般清脆的声响，引导着我的灵魂去抵达某个福地。

我循着那声音，沿着黑暗的溪谷往上游走去。没有一丝亮光，而我却走得健步如飞，已经看不见篝火了，我还在溪谷中往前行走。直到听到雨天和老符焦急的呼喊，我才熟门熟路地转折回来。在黑暗中行走的感觉真的很奇妙，仿佛有一个灵魂在前方导引，双脚只需机械的迈动就可以了，不管是岩石是峭壁与藤蔓，都无从阻挡。

我的神情恍惚，令雨天生疑，而老符却颇能理喻。他不但信鬼而且对行山打猎有一些心得，对族人神奇的民间传说也略知一二。

老符说教授可能让鬼给迷魂了，而且是女鬼。但不要紧，是鬼就不怕，让人给迷住那才可怕。这是老符的逻辑，可见老符也不是凡人。我有些错看他了。其实他的内涵深着呢！不仅仅是个酒鬼。但凡酒鬼既有可恨也一定有可敬之处，老符就是。我有一种寻觅到知音的感觉。

篝火的确非常浪漫。对雨天而言是这样，对我与老符就更有一番意味。坦桑的夜晚，几乎都是在火盆边的夜晚。那时雅加没有电灯。马灯的光亮太过涣散也很微弱，看不了书也写不了字，倒是火盆的篝火，一拨亮就照亮了整个碉楼。而且燃烧着的是今天看来价值连城的雅加沉香。那深夜沉香的香味，足以使雅加的千年百年在烟雾中重生。

雨天对篝火钟情。这个将近而立之年的女博士，从学校到学校，从未过一天的社会生活，她对人生有一种惧怕的心理，对前途有许多的忧虑。我原以为她们这一代人会有许多比我们那时更为浪漫的憧憬与理想，殊不知她们考虑的东西更为实际。这是她的第一次篝火，以往的篝火对她而言就是烧烤盆里的炭火。所以她说这个夜晚对她而言有非凡的意义。我自然也愿意她这样认为。

尽管同样的事情，退回去 40 年，只能说是伤痛的纪念和残酷的写照。但是，那些印象和生存的方式，是无权也不能强加给她们这一代人的。同学们在讨论学问的时候，常常会接触到关于民族苦难的问题，这个问题自然也不可避免地会引发苦难对于个人的意义与价值，而每一代人对此的认知和体验都是不同的。正如坦桑和我的篝火，和雨天们烧烤盆里的城市的篝火，可以同日而语吗？如果不可以，理由又是什么？苦难在本质上对人类总体而言有何区别呢？群鬼在夜里整整一个世纪的游行，无头躯干在忏悔与分裂中尾随，究竟为着什么呢？这些话题对雨天对我对小王对老符，都同样深奥。

但是对坦桑呢？

我想，活得最真实的当推无头躯干。这话此刻我无法对任何人明说。

碉楼里开始有了微明的光亮，明天，不，应说是今天——已经是黎明的曙色光照大地了——一定是个艳阳天。火盆里的沉香烧得正旺，那香气浓郁得化不开。这一夜的功课是阅读史图博《海南民族志》的前言部分，油印本的前言很简略，坦桑说原本大部分文字涉及资产阶级的民族学理论，故不予译出。但是，坦桑自己另有全部译文的文字，她自己译出后，记在一本牛皮纸封面的抄本上。我记得那薄的封面上印有“牛皮抄”3 个字，是民国时期商务印书馆印制，附送给作者的。坦桑说这样的牛皮抄几近绝迹，这本牛皮抄是她父亲留给她的纪念。

那天夜里我读的是史图博的前言全译本，那本牛皮抄里还有许多的旁批。老实说，1966 年的初中毕业生，要读明白史图博的著作，决不是一件易事。其实起初我也没有太大的兴趣，可能是因为坦桑对我的吸引，才使我常常跑到碉楼去。去碉楼，除了读书，我没有别的理由，这也是坦桑对我这个小知青的特别恩宠。

那时的坦桑，在我知道了她的身世与来历之后，她在我心目中，简直就是神明。我的父亲早就已经是我童年的神明了，坦桑更是。设想一个充满憧憬又饱含忧伤的孩子，在坦桑这样的女性面前，是一种怎样的情状？何况那时我已经16岁了，正是情窦初开的季节，而坦桑的成熟与丰韵，是如何令人神迷，只是我没有也不敢明确地意识到这一点而已。

这一切都是在极端秘密中进行，连信宜老鬼也不知晓，这是我与坦桑的约定。任何外泄的风声，于她于我都是危险的。

那时的史图博，应该是中国人的罪人。他私自闯入雅加，以一个德国鬼子的身份，对族人的文化进行“歪曲”描述。这是那时人们的看法。而坦桑却把这个人的著作，传播给一个无辜的知青。这无论如何都是一个罪大恶极的事。以当时论，是资产阶级和无产阶级争夺接班人。虽然，那时的我，并不被公认为是无产阶级革命事业接班人，我连人民都不是，只是一个被流放到雅加的狗崽子。我时刻记住自己这种身份而从不敢有所造次不敢有非分的想法。这种卑贱的合理性，早已根深蒂固根植在我的意识里。我并无奢望去改变这种卑贱与卑微的身份。尽管在每次填表时，我都心存疑虑地在“家庭出身”这一栏，填上“自由职业”，却也知道到了组织那儿，有一个更糟糕也更确切的名目在更正这个出身，那就是“地主”。地主本意应是土地的主人。拥有土地已然成为一种罪恶。财富本身就是政治与罪错。

史图博这篇“后记”，我读了好几天。坦桑一一为我讲述了史图博这本书的意义与内容，我慢慢喜欢上这些文字，喜欢上这本牛皮抄。

每次读后，坦桑会把牛皮抄和油印本认真藏好，藏在碉楼墙后的一个树洞里。那儿有好几本这样的油印本。

每每遇到疑难的问题，坦桑会站在我后面，把脑袋探到书桌前。在碉楼里，她已经不再缠乌结了，她的长发会拂着我的脸庞，我便会有一种说不出，也不好说出的快感。她的头发经常是湿湿的。白天雅加的太阳很大，她又缠着乌结，所以每天晚上回到碉楼，她照例都会用洗米水洗头发。我在碉楼的时候，几乎从没见到坦桑的长发是干的，每回都是湿漉漉的。

女人的湿发似乎也是一种暗示。多年以后，我才明白这个道理，尽管这种暗示在那时也许仅仅是一种并不存在的巧合。今天我反而觉得没有什么不好。人生的一切美好，都应该予以尽情表达。只是人类在更多时候，太少去理会这种表达对于生命的积极意义，反而常常无端地去压制或扼制它。

坦桑为我打开了一个全新的世界，我看到了雅加以外更大的天地。雅加在我心目中，也不再仅仅是一片美丽多情的流放地了。尽管我从来就没有在坦桑的碉楼上眺望到大海和船桅，尽管有无数个阳光灿烂的晴天，万里无云的晴天。我想坦桑所看见的大海，一定是她心中的影像，而不是真的看得见大海。但是，每每坦桑问我看到了吗？她指着远处的青黛色的云中山峦："那儿就是大海。"她的肯定令我更为肯定地回答她。"是的，我看见海，还有灯塔，船桅甚至渔人。"我会把狡黠的笑容给她。她总是很高兴。

我那时唯一的愿望就是离开伐木队，到雅加中学去读高中。我把这个想法告诉坦桑，坦桑无语。谁都知道，这是不可能的。但坦桑记住了我的愿望。第二天，她给了我一本《毛泽东的少年时代》。她让我好好读这本书。其实这本书我是读过的，早在小学六年级我就读过这本书。我明白她的用意。

一个在少年时代有许多不切实际的想法的知青，想去读书，在那个时代简直是异想天开。我也明白，是坦桑使我的心变得阔大。一个卑微的男孩，能够在他和毛泽东之间找到平衡吗？不管如何，我还是领会了她的好意。

春天的沼地上长满了各种颜色的野花，沼地成了一片花的海洋。那样无边无际的花海，在雅加并非随处可见。那些娇艳的野花不但迷惑了牛群，连雅加森林里的许多动物也禁不住自投罗网。沼地里每天都传出动物的哀嚎，大大小小的野生动物，包括体形硕大的红翅凤头鹃鸟，都会忘情地一头扎进花海里去，发出尖厉的清晰的哀鸣。

这种雄鸟很是漂亮，头顶着黑色闪着幽蓝的羽冠，身体羽毛上半部黑得油亮，翅膀上覆盖着栗红色的羽毛，下半部却呈现白色带栗红的颜色，后颈有白色的半圆形羽环，背和内侧复羽、飞羽则是黑色并带有绿色光泽，尾部漆黑闪着蓝辉，还镶着橙色的边。这种绝顶美丽的红翅凤头鹃鸟生命力极强，被沼地的泥泞粘住，往往几天几夜哀鸣不已，最后力竭而死。

我常常近距离地目睹这些小动物在沼地里的挣扎，有时我会用长长的竹竿去拨救它们，但是没用。鸟的忠贞是人类无法比拟的。一只红翅凤头鹃雄鸟误入花海，另一只雌鸟会跟随着扑向伴侣，守在它身边。在它身边的花枝上不停地腾跃，用那尖厉的喙去亲吻雄鸟的羽毛。最后双双力竭而死。这种在悄无声息的微观世界里，惊心动魄的生死故事，人类往往无缘相遇。而在雅加的沼地，几乎年年春天，我都会以凄凉的目光，目送这种神灵一般的圣鸟，从沼地的泥泞，直达天堂。

春天自然是坦桑最为烦忧的日子，她的牛群也常常误闯沼地。

春天的沼地隐伏着美丽的危机。它生机勃勃的花海迷惑了这个世界。平日里深深浅浅、凹凸不平的水洼和冻土，在春水的浸泡下变得异常松软。冬天的严寒，牢牢地封存了秋天飘落在冻土和水洼深处的种子，那些有着坚硬外壳的种子，经过一个冬天地底下温暖的浸泡，自我开裂让温暖松弛了的硬壳，开始爆出胚芽。一场春雨过后，和煦的阳光普照大地，沼地土壤里的胚芽，是最早感受到这种春天阳光的热力的。三两天的工夫，沼地上便铺垫上一片鹅绒绒的新绿。不到半个月，原本萧飒的沼地荒原，就变成一片汪洋恣肆的花海。

春天的风雨催生着花海的蔓延。金灿灿的矢车菊是最先占领沼地的，它无处不在的花籽在沼地地表的严寒和地底温热的双重煎熬下，迫不及待地舒张它们虽然弱小但是野蛮的秉性，天生有一种侵略扩张占地为王的野心。它们伸枝展蔓，把粗糙长满鳞爪似的枝叶，向所有还在惺忪的土地上摇头晃脑，弄不清楚状况的胚芽们，开始了无情的绞杀。

同样不甘示弱的花草是那种叫苦花的五色梅。它和矢车菊一样，有细碎的小花，矢车菊的花色只有金色一种，而苦花不单有金黄色花，同一植株上还盛开着浅红、绛红和白色花。这是一种非常吊诡的花树，它的枝蔓长满尖厉如蒺藜一般的刺。它最喜欢长在埋有死尸的地方。所以我们也叫它死人草或死人花。它的花色非常迷人，在阳光下常常会自然地变幻着色彩。这种苦花给人一种不祥的有如女巫一般的印象，它总是令人想起一些恐怖的夜晚、怪异的事件。可是春天的沼地如果没有这些花草，沼地就会变得没有故事同时缺少惊悚的情节。

沼地上的草甸，每天都在加深着矢车菊金灿灿的颜色。而苦花丰富复杂的颜色也毫不畏惧地争夺着地盘和天空。于是，诡异的金色和红色每天都在延伸和扩大，沼地变幻无穷好似魔鬼的面目一般。

沼地从雅加河套那儿向森林延伸过来。它紧连着雅加河上游的河漫滩沼地，是最危险的地带。呼啸飞溅而来的瀑布在河套这儿变得温婉舒缓，大量的河水在这儿转了一个大弯，留下了各种丰富的沉积物。千百年来的沉积物，包括动物的尸骸和各种让雷火风雨摧折的珍贵树木，诸如海南黄花梨、海南美丽梧桐、血树和猴喜欢树等等。它们沉入深深的河底，在千万年缺氧的地底下，被锻造成永远不朽的阴沉木。这些在暗无天日的千年变迁中的沉积，变成了神话与传说，在岁月的湮没中四处流传。那些都是开天辟地之时，很久很久以前的从前，关于天火，关于地煞，关于初民们的荒诞故事。

这些故事和沼地一样古老、一样神秘，无人能够完整地把一个故事讲完，或者说无从能够讲述一个完整的天衣无缝的故事。沼地本身就是不完整的，它每天都在变幻着色彩和面目。就连风的颜色和味道，也是天天、时时不同的。无人能准确地辨认来自沼地风的颜色与味道。你站在沼地面前，你就只有听天由命，你甚至无法选择你对沼地的行动。你可以对着它吼叫、对着它宣誓，甚至向它掷出你的全部愤怒和决心。但是，你将什么也得不到。沼地无时无刻都在以它的方式嘲笑人类。

六连曾经想改造这片无边的沼地，筑堤疏堵，引雅加河的大水冲淤，全都无济于事，最终以牺牲几条生命，埋葬几十头水牛为代价了事。沼地依然无动于衷地流传着它的故事，每天我行我素，在繁花似锦的花海里，添加了更多的危险。

牛群是六连最宝贵的财产，伐木队的主要运输，全靠牛把木头从山里拉出来。坦桑的工作就是把牛养好，不断为伐木队输送强壮的水牛，又不断接受从伐木队退下来的伤牛，把它们调养好，再送回伐木队。

坦桑一个人管不住春天的牛群。沼地的花海是一个危险，而春天牛群发情，平日温顺的公牛母牛会变得凶猛而且疯狂。连长下令从伐木队调2名队员，帮坦桑放牛。这虽然看起来是个美差，放牛总比伐木省力得多，但伐木队每天可补贴一斤大米。放牛却什么补贴都没有，为了一斤大米，许多知青还是愿意待在伐木队。我说服了信宜老鬼，我们俩一起跟着坦桑放牛。

信宜老鬼很够朋友，他对我的要求满口应允，但条件是在月底发工资时，送给他一包南海牌香烟和一包大钟牌香烟，那时的南海牌香烟是每包3角8分钱，大钟是1角6分钱。我不假思索就答应了。那个月发工资时，我拿了5角4分钱给了信宜老鬼。信宜老鬼在镇上饭馆请我喝了一杯1角钱的苦咖啡和一碗1角5分钱的面条。

我把此事禀告坦桑。坦桑意味深长地跟我说：“你知道54分钱意味着什么吗？我说的是54这个数字。”

5角4分，54分，我不明白这个数字有什么特别之处。坦桑让我想想，我想了几天，想不出什么奥妙。

我反过来去问信宜老鬼，信宜老鬼一头雾水，不明白其中有什么玄奥：“不就是南海和大钟么？”

如果是南海和大钟，还须去问信宜老鬼么？我很想从坦桑那儿知道54究竟是什么，却憋了许多时日，我想坦桑有一天会告诉我的。我想让她自己主动告诉我。

我和信宜老鬼本是生存在不同世界的人。我们俩虽然也没有什么话说，但在伐木队，跟他在一起，我总有一份安全感和勇敢。他在雅加土生土长，到处都是他的世界，又很有本事，总是能够空手套白狼。他几乎天天都能赤手空拳就捕获到野物，大鱼、鳖或者松鼠、山羊之类的东西。我很喜欢跟他在一起，度过那些心烦意乱的空虚时间。

信宜老鬼从小就跟着父母亲流落在雅加的山林之中，是从大陆逃荒到雅加谋生的流民。雅加的大山里，有不少这样的流民，原是大陆居民，因为种种原因，在雅加山中落地生根，有的家庭已经是第二、第三代人了。这些人没有户口、没有档案，几户一群，散落在深山里。他们在大陆是贱民，在雅加却是隐者。他们轻易不出山门，和周围族人保持良好关系，隐忍地生活着。

信宜老鬼在雅加出生，他对雅加的每一处地方，都熟悉无比。他之成为兵团战士也颇为传奇。

他们家就在六连附近的山谷里，一家人和六连的领导职工都很熟悉，经常有来往。他的父亲李同知道六连到大陆招知青，便给老雷送去一只刚刚猎获的山猪，那山猪足足有 200 多斤重。

老雷毫不客气地收下山猪，却对李同说："兵团是什么地方？是革命队伍！要想进兵团，哼……"有些话老雷没有说出来，李同却已听得明白。他知道自己的出身，信宜乡下的大地主，能够在六连的领地上苟且偷生，就是人民政府宽大为怀的结果，这里面也少不了老雷的恩典。老实委顿的李同不敢多言，诚惶诚恐地离开了凶神恶煞的老雷。临走时不忘多看了那肥硕的山猪几眼，老雷也不理会，李同便悻悻地走了，此后终日唉声叹气。

信宜老鬼那年已经 18 岁了。说是流民，不如说是在六连长大的。他从小就天天泡在六连。他听说后马上跑到连部，找到老雷，开口便问老雷讨回那头老山猪。

老雷乐了，大笑，拍着桌子："你小子想翻天？老子李同贿赂革命，小子老鬼想破坏革命！来人啊！把这反革命狗崽子抓到保卫处，就地正法。"

果然有几个警通班的战士，闻讯把信宜老鬼捆了起来。信宜老鬼也不怕，这些战士他哪个不熟悉？平日里一起下河捕鱼，上树掏鸟。他并不挣扎，老老实实束手就擒，却冷冷地说：

"把我枪毙了，也得要回山猪！"他理直气壮。他很清楚老雷。

"拉出去毙了！弄得干净点啊。"老雷收起笑声，严厉地发话。

信宜老鬼狠狠地瞪着老雷，他知道老雷故意在唬他，但这是 1967 年！他心很虚，双脚开始发抖，忙向老雷求饶："放我回去！山猪不要了。再也不到六连来了。”

“当真？好吧，放了他。谁再见到老鬼出现在六连，立马把他毙掉，啊！”

信宜老鬼逃出了老雷的魔窟。

晚上，李同收到老雷送来的一份山猪肉，有10斤左右，山猪肉包裹在野芭蕉叶里，血红的血滴了一路。李同受宠若惊。他把老雷六连的通讯员纪小豪送出去几里路远，一路上喋喋不休，请他在老雷面前多多美言，让儿子到六连当兵团战士。

纪小豪很烦李同，但马上有山猪肉吃，心情不错，便对李同说：“连长让你明天去连部找他。”

李同很警觉：“好事还是坏事？”他谄媚地问，倒把纪小豪给恭维得气派起来。

“我哪里知道。让连长找去，有什么好事？莫不是让你再弄头山猪来？老李，谁不知你是打山猪老手啊！山猪是国家财产，你打山猪是犯法的！打到了，马上送到连里来。要不，就地正法。”他像大领导一般教训李同。把李同弄得心惊肉跳的。

这一晚，李同翻来覆去睡不着觉，他搞不清楚老雷的把戏，叫他去连部不会有什么好事。打山猪本来是犯法的，可是六连和族人哪个不打？何况山猪又送给老雷了，他想不出个头绪。和儿子在六连被捆绑的事联在一起，李同顿感事情闹大了，偷鸡不成反蚀把米。这个老军阀！不会把送山猪的事，当阶级斗争新动向给办了吧？这年头，谁也看不懂形势。人都变得比鬼还精了。

李同如期到连部，到处找不到老雷，通讯员纪小豪一会儿说老雷去河边看地，一会又说他去了山上伐木场，从早上朝霞满天到傍晚日落西山，雅加河上传来各种动物的鸣叫，李同才在一处茅草地里找到老雷。老雷诧异地问李同：“听说你整天到处找我，干吗？”

李同更是诧异：这个老军阀搞什么鬼？

老雷真的忘了叫李同来连部的事。他忽然想起来了，恍然大悟，拍了拍脑袋，朗声大笑，然后对着李同，面授机宜。

几天后，李同带领家人回到久别多年的老家信宜。那几日，县里正在动员学生和社会青年到海南上山下乡。信宜老鬼是村里第一个报名的。他的户口就在信宜。他作为信宜适龄青年，终于报上名。信宜虽然也是落后地区，但人们对海南雅加并无好印象，皆以为那儿是不开化的红番地。但地主家的子孙居然能参上军，让村民们大惑不解。李同把去兵团当知青，添油加醋说成去参加解放军，村民们将信将疑。既然李同已经请村庄里的元老们喝了酒，人们也不多追究。

李同一家凯旋雅加之时，信宜老鬼便正式成了六连的战士。李同表示儿子既然光荣入伍，要求老雷让他到最艰苦的地方去。老雷也不客气，把信宜老鬼派给最危险的工种，上原始森林伐木。

一头山猪终于换来了信宜老鬼的名分，也改变了李同一家在雅加的地位。李同一家不再被称为流民，也即盲流，而名正言顺地成了六连革命职工家属。

第六章

没有经历过战争的人们，永远不会明白战争是怎么回事。电影、小说、包括纪录片里的战争，永远不是真实的战争。那是别人眼中，包括亲历者在描述中的战争，都不是战争，这是中尉最早传输给我的关于战争的理念。那时我还小，并不十分理解中尉这非常极端的话。自从看见了传说中的故事，在冥想中听见那些如鬼如神明般的灵魂的对话，以及各种各样不断变化中的传说版本之后，方知中尉说得有理。每个人心中的战争都是不一样的。刀锋割开皮肉，血奔涌而出注满土地；子弹从眼中穿入，从后脑飞出；炮火轰断了四肢，肉体在战壕里慢慢冷却，心脏却仍然在跳动等死的那些漫长时间，那才是战争，战争的每一秒钟，度日如年的漫长。

走进叫乌烈的村庄，天已大亮，找到队部，队部空无一人，村庄里静悄悄的，天未亮人们就下地去了，只有几位年迈的老婆婆，在自家门口捻着木棉线。老符熟门熟路，找到王佬龙家。

这是一座船形的茅草屋。我们是从后门进去的。后门与正门相对，隐藏在一堵隔墙后面。屋子里很昏暗，大白天却没有多少光亮。船形屋里分隔着两个小房间，每个房间的门都很狭小，通过更为昏暗的过道和后门相通。这个后门其实是开在房顶上的，从屋外可以望见这个后门，如果正门受到攻击，屋里的人通过这个后门，可以顺利地逃到屋后的山林里。

乌烈是少数还保持着族人民居的村庄之一，大多数的族人村庄在21世纪初年，都已改建了瓦房。不知是命运还是巧合，后来我们沿着史图博当年走过的乡村寻访，发现当年他走过的那些乡村，至今大部分都还未被改建，虽有些已经面目全非，但当年的遗迹依稀可辨。

王佬龙的家和当年史图博见到的族人船形屋并无二致，整座村庄除了村口临路的地方，盖了几座瓦房和村委会的二层小楼外，大部分的茅草屋都保持船形屋的原状，这令我们十分欣慰。

老符却很不以为然，他独自感叹，埋怨有关部门，对这里的民房改造太不用心。我告诉老符，以我调查所得，族人对这种民居改造并非十分赞同。我见过有的村庄整体汉化以后，许多生活习惯和民俗遭到破坏，文化价值的流失暂且不说，生活风习的改变是会使民族心理遭逢意想不到的伤害的。其实千百年形成的民居风习是自有其存在的道理的。那种和自然环境融为一体的民居建筑被轻易改造之后，生态环境也随之遭到破坏。比如雨水的流向、水源的保护、垃圾的处理等等都没有受到关注，反而把原来合理的部分给抛弃了。老符一时还不能理解，但并不反对我的看法。

王佬龙的家破旧不堪，真正的家无长物。门没有上锁，虚掩着。乌烈依然是夜不闭户，看来也没有什么可偷的。

村长王亚大闻讯从山兰地赶回来，见面第一件事是安排会计去张罗午餐。这时离午餐还有几个小时，我看出这自然也是老符的意思。说是去杀一只黑羊或是黑狗。喝酒是老符的江湖第一要义。只要找到王佬龙，再杀几只羊几只狗也值得，我已做好付钱的打算。

村长说前天就接到县里电话，要王佬龙到沟谷去。但王佬龙是谁？不就是个傻瓜吗？他自己怎么去得了县城呢？他最怕的是大官，除了村长以外的官家，个个都是佬龙惧怕的大官。村长说得众人都哄笑起来。这时我才发觉，周围已经围观了不少村民。乌烈平日很少有外人来。

我问王佬龙此刻在哪里？村长说早晨还见着，人多他就逃，可能到山兰地窝棚里去了，差人去把他抓回来就是。村长说得无意，我却觉得诧异，“抓”是什么意思？

我说王佬龙不是犯人，怎么去抓呢！老符连忙解释。说误会了，村长不是这个意思，王佬龙不敢见人。人多更怕，所以要找到王佬龙，只好派人去把他硬拽回来，这就是抓的意思。

我对村长说：“这样吧，你派个人，带我们去山兰地里找佬龙就可以了。其他就劳烦你们了。中午大家聚一聚，也就是杀羊宰狗的意思。”村长满口答应，说老符知道佬龙的山兰地，他领着去就可以。

老符面有难色，他用族人的语言对村长嘀咕了几句。我明白老符不想沾什么干系，要村长另找人带路。村长便派了青年阿火，阿火很是热情，说走就走。

春夏两季，沼地对人们有更多的诱惑，它太像一个青春期的少女，青涩但是舒展着性感的热力。她的开放让人们忘记了那些千古流传的危险。而秋天的风雨和肆虐的雅加河流水，无时无刻在提醒人们对沼地心存警惕。那是一个乖戾的不失风情的妇人，她的风情和憔悴一起妖娆在眉眼，和闪烁贪婪的眼神一起，令人既爱又恨。

只有冬天，沼地才露出它狰狞的面目。干枯的苇草在无声的寒风中无力地摇摆，洼地的花树全让无情的秋雨——秋天最后一场秋雨扫趴在泥洼里。干裂的冻土上残存着花枝的尸骸，风吹干冻土上的湿气，覆盖上一层带着白霜的薄薄的干土。沼地里所有弱小的生物早已销声匿迹，唯有苔草地衣仍然顽强地生长着。棕黄色的叶状地衣，赤褐色的枝状地衣，暗红色的壳状地衣，在冻土和砾石的不同层面竞相生长着。它们顽强地争夺着萧飒的空间。你甚至可以发现，那些只有在春天生长的毒红菇，正在努力钻出红色的尖芽。何止是毒红菇，黄伞、橙盖伞、绿菇这些剧毒无比的野菇，在严冬的地底，就已经积蓄并爆发着春天的生命，为着即将到来的春天花海，拼尽生命地迸放着自己即将的恶毒的美丽。

雅加冬天的天空依然是无比明净清澈的。但是沼地静风季节的寒风，不是从更高的山岭上吹来，也不是来自太平洋，而是从几千年沉积的河底谷底里升腾而来的，它是一种阴鸷之气，一种山之岚、地之瘴。它以它残暴的气象，规避着一切外来的侵犯。这种气象，其实是生物天赐的大爱。冬天的沼地以这样的方式，保护着那些在冻土与阴冷底下蛰伏着的生命。包括冬眠的蟒蛇和海南獴，包括有着坚硬外壳等待破壳而出的各种花树的种子，包括藏在茧中幼虫的蛹等等。站在人类对面，或说包围着人类社会的另外一个世界，正是沼地所要包容的世界，那是沼地一年四季舒展收藏着的世界。这个世界也是龚伟的世界。

多年之后，我才悟到这个道理。龚伟是一个天才，他的气质和天分是常人永远无法比拟无法企及的。在和龚伟交往的所有人中，包括我，都没能真正进入龚伟的内心，唯有坦桑，既是龚伟母亲，又是他的大姐，既是他的“情人”，又是他的朋友。她是真正读遍龚伟心灵诗章的人。

坦桑和龚伟都以各自的方式，走进了沼地的世界。不同的告别式里有太多相同的意味。

我虽然至今未与佬龙蒙面，但我对王佬龙一家并不陌生。早在各种有限的资料中，零零星星地见识过王佬龙和他的父亲，只是没想到时隔半个多世纪，这一家人依然陷在浓重的迷雾中，死者没有给人留下明晰的形象，而生者早已让人抛弃，弄不清面目。随着这一家族传人的最后消失，历史上曾经掷地有声的时代活剧就将永远消匿在尘埃之中。

乌烈在雅加大岭北麓，雅加的几条大河都发源于此。王佬龙的山兰地在千米以上的高山，那儿是鹦歌岭的主峰。选择或说逃离人群到高山离群索居，王佬龙究竟是怎样一个人？

从乌烈到岭顶，路途不远，也就几十里山路，走路也需三四个小时，我顾不上村长的劝阻，叫上老符，让阿火带路，司机小王挑着行李，就出发了。村长见状，说是领导们这一走，中午的羊啊狗啊怎么办？我说就算我们犒劳乡亲吧，不必等我们归来，这一去也许三五天难说，不找到王佬龙，我是不会下山的。

雨天兴致勃勃，她第一次到雅加来，对什么都备感新鲜。阿火是个纯正典型的族人，去过深圳打工，但终究不太习惯，回乌烈包了几亩山地种山兰。现在山兰一斤卖到十几元人民币。几亩地每亩一年打上百把斤，也就是几千元的收入，再采些野生灵芝，有时偷偷地猎些山猪、黄猄、狐狸等野生动物，背到沟谷去卖，一年下来，万把元的收入是跑不掉的。所以阿火很是满足。他说在雅加乌烈过自在日子，比起在深圳打工让人管理，不知好上多少倍。

他和雨天很谈得来，深圳的酒吧歌舞厅游艇俱乐部，北京的天上人间，广州的经典传奇，这些高雅的消费场所，他都不陌生。虽然没能进去消费，但跟着老板做保镖，他是见识过的。他说有一天他也要做老板，在沟谷开一家酒吧。他说族人生活虽然贫苦，但一点也不比城里人差，城里人挣了几个钱，都不够买一平方米房子，活得别别扭扭，有什么好？他有许多问题要问雨天，他们俩走在前面，谈得热火朝天。

老符办公室坐久了，肚腩又大，没走多久便气喘吁吁，满头大汗的样子实在有些可怜。他一屁股坐在路边草丛里，骂起王佬龙来。“这皮烧成心让人受苦，不是好东西！”

“教授，你们干吗非得找王佬龙？他什么事也做不了，什么话都不会说，不信，见面你们就知道了，白跑一回吧！”老符已经不止一次强调这个意思，我不禁也心生疑虑，如此执着地寻找王佬龙，有没有价值？我想应该认真地和老符探讨一下王佬龙父亲的事。这个人是唯一见过并与史图博有过交往的族人上层人士。他与史图博等外国人的关系，对研究史图博及族人文化有很大的学术价值。

沼地靠近雅加河的一边，是一片狭长的河漫滩草甸，那里遍生着茂密的芦苇和边角锐利的三角咸草，芦苇粗大肥硕，枝干挺立如刀如戟；咸草乌黑青亮，透着刚直威严。沼地的水洼时有猛烈的骚动，那是凶恶的蝮蛇和蟒蛇在芦苇荡里捕食野物，惊飞起一群群的翠鸟。

雅加的沼泽，给我留下永远伤痛的，是一种叫斑鱼狗的翠鸟。这种鸟又叫花斑钓鱼郎，它有很洪亮的叫声，一见到河水里有鱼，它便会边高叫着边敛翼俯冲，有时会口衔比它体重大得多的河鱼，迅速地飞回崖壁或枯枝上的巢中。这种鸟非常凶猛，又非常漂亮，通体黑白斑驳，喉咙有白色的羽毛。尤其是它的眼睛，淡褐色的虹膜跟人类非常相似，你似乎可以与它四目相对，以眼神交流。我曾经在沼地里捕捉到一只母的花斑钓鱼郎，送给龚伟。

我至今仍然时时见到龚伟怀抱着那只钓鱼郎时的情状。他把脸贴在钓鱼郎的羽毛上，那种惬意和深情的表达，就像和情人耳鬓厮磨。这种鸟非常机警，它们对同类对外界的一切都保持着莫名的警惕。窝里的鸟蛋一旦被人摸过，它们必定弃巢弃蛋而去，永不回头。我对龚伟说起这一些，目的是不让龚伟到沼地河滩去掏鸟窝，那里危险。而龚伟在坦桑放牛的时间里，基本上是一个管不住的孩子。

哪知龚伟却很认真地问我："你摸过我，妈妈也不要我了吗？有好多人去过家里，妈妈也不要家里了吗？"

想不到龚伟会作如是理解。我觉得这话很好笑，便对他说："人是人，鸟是鸟。"

"人和鸟不是一样的吗？"他举出了许多人和鸟是一样的例子：人要洗澡，钓鱼郎也要洗澡；人要吃鱼，钓鱼郎也吃鱼；人有孩子，钓鱼郎也有啊！他说了许多诸如此类的事。

我无法反驳他，只能听他自言自语。

为了寻找花斑钓鱼郎，龚伟许多次独自进入沼地。他每次给我看的钓鱼郎都是不一样的。最后一次，他再也没有走出来。

龚伟说过，他要做鸟，不要做人。妈妈干吗要上台去做飞机？他所说的"做飞机"，就是上台批斗，弯腰屈背做飞机状。"我很怕啊！"他自言自语，怀里抱着一只刚刚逮到的钓鱼郎。

"做鸟好，做花斑钓鱼郎最好。"他说着，很高兴地咧开嘴笑。他笑时牙齿露出来，很白很整齐，刚好露出了八颗。中央台招播音员，要的就是这种嘴形。龚伟两道浓浓的剑眉此刻舒展得很伟岸。

坦桑在草坡上放牛，会把龚伟带在身边，任凭龚伟在草坡上玩耍，坦桑怕他玩得太疯，跑到沼地里去，偶尔会用一根长长的绳子，把龚伟和一头最老实的大白水牛连在一起。那白水牛的牛铃铛声音很特别，坦桑和龚伟都能马上分辨出来。这样，坦桑就能放心地在草丛里看书写笔记。那天，坦桑又把龚伟和那头白水牛用绳子连在一起。傍晚收工时，龚伟和白水牛都不见踪影，任是如何敲击牛铃铛，就是不见白水牛归来。坦桑独自在附近找到半夜，只好报告老雷。

龚伟和老白水牛一起跑到更远的山里去了。老雷连夜敲响了大钟，让六连的知青，到山里去找。

知青们提着马灯，举着火把，沿着沼地的边缘，向河谷和森林搜索。我和信宜老鬼熟门熟路，我们知道坦桑放养的牛群喜欢上哪些地方。已经是午夜了，深夜的森林令人惊悚也令人兴奋。我和信宜老鬼领着几个知青，在林中小路里四处穿行。每头牛都有自己吃草的习惯路径，森林、沼地和雅加河滩的茂草里，到处都有牛吃草时踏出的路径。不知老白水牛平时吃草的习惯路径？只好借着马灯火把的光亮，仔细辨认那些即使在白天也只能依稀看出的草径。

我确信如果在白天，我一定能够寻找到龚伟，担心的是，恐怕龚伟和那白水牛已经落进沼地。我把担心说给信宜老鬼，老鬼推测说一定陷进沼地了，否则怎么听不到牛铃声？只要牛在走，牛活着，牛铃铛就不会停。老鬼说得有理，牛铃声就是牛的生命，只要牛脖子轻轻一动，牛铃铛就会发出清晰的响声。牛铃是最名贵的木头凿空挖膛做成的，铃声悠长而又明朗响亮，我不敢想象龚伟和老牛陷进泥淖里的那种惨相，可我不得不在黑暗的摸索中，脑子里不断地出现龚伟在泥淖中挣扎的惨况。马灯光从老鬼脸上闪过，我看见他绝望凄惨的面容，我们都绝望了。

火把和马灯的亮光，在黑黝黝的原始森林里显得很微弱，只能照见眼前一点点的地方。我喊着龚伟的名字，知青们大声呼喊，林子里回荡着遥远的回声。我打起尖厉的呼哨。在六连，有时找不到龚伟，我会打呼哨寻找他。龚伟在我这里也学会了打呼哨。只是他气很短，呼哨打得不长，声音也不尖厉。

尖厉悠长的呼哨在林中传得很远。但是没有任何呼应。

坦桑已经急疯了。我是在伐木队接到六连出动的口信的，还没有见到坦桑。我无暇去想坦桑。

我盼望着天亮，只有到了天亮，才有可能辨认那些牛走过的路径，才可能找到龚伟。

黑夜里的鬼沼阴森可怕，花斑钓鱼郎在夜里被什么东西惊动，会突然间发出嘹亮但是惨厉的叫声。这种过分机警的鸟，一生都生活在一种小心翼翼的防备状态之中。平时在空中看见水中的游鱼，它们会迅速地俯冲进水中，不管能否捕捉到鱼，它们都会迅速地突出水面，回到空中。它们很清楚：水中的世界不是它们的世界。可是它们又必须靠这个水中的世界觅食，传衍后代。它们就在这个危险的世界里进进出出，始终保持一种高度的警惕。

它们在扑入水中的瞬间，会伴随着一声响亮的悠长的尖叫，先声夺人地向猎物示威。我盼望能够听到钓鱼郎的惊叫，那半夜的惊叫，也许便预示着沼地里有某些闯入者的生命存在。而那生命，可能就会是龚伟和老牛。我在心里不止一次地听到花斑钓鱼郎的惊叫，我让信宜老鬼仔细听，他不耐烦地回应："是你自己在叫吧？神经病！哪里有鸟叫？"我只能相信，我又出现了幻听。这是一种病症。

我们已经无路可去。也不敢再随便乱动，连自己所在的方位也不清楚。我想我们自己也迷路了。在原始森林里迷路，后果是很可怕的。信宜老鬼很有山林经验，他让我们就地休息，等天亮时再找。老雷和坦桑他们也不知在何处。

秋天的雅加是真实的雅加，满山遍野的繁花已经结籽，青葱的树叶也开始变黄变红，渐渐老去，有些乔木开始落叶。海拔较低的山峦，秋天的什木林和次生林开始变得疏朗起来。大自然把一些可有可无的累赘，让刚刚过去的风雨荡涤得干干净净。雅加又回到它最本真的时候。凡是有村落的地方，椰林和槟榔林簇拥着低矮的船形屋和白墙灰瓦的民居，远远近近可闻鸡啼和狗吠，还有袅袅的炊烟。

深山里的人家多少还保存上千年遗存下来的生活风习，顽强地抵抗着现代化的生存细节和粗糙造作的交际礼仪。可是这种抵抗是无力的，它正面临全面崩溃的态势。族人们也许并没有意识到，随着国际旅游岛各项政策和措施的落实，这个民族的原始文化正在迅速地陷落，在保护和保存口号下的灭绝与改造，比明目张胆的侵略更为可怕。

我把这个意思说与老符。老符并不以为然，他提出了一个更为尖锐的问题："你的意思是让族人们过原始落后的生活为代价，去实现保存民族文化的结果？我们族人有权利去城市里住，住在高楼大厦里，叹空调，吃麦当劳……"老符的反驳是有力的，同时也是不可回驳的。任何反驳都可能伤害民族感情。但任何对这种言论的妥协，其实从更长远的角度言，对这个民族的文化利益都是不负责任的。我对老符说，再过20年，最多30年，你们族人的语言，就将成为历史书上的一些符号，而彻底从生活中消失。你的儿子孙子已经不再有这种族人的语言能力，包括你，也早已丧失。关于这一点，老符很是黯然。的确如此。

一个民族语言的消失，就意味着文化的彻底沦陷，但此刻不是和老符讨论这些问题的时候。早在坦桑的时代，坦桑就因为谈论这些问题而遭到批斗，以至于最终付出了自己的生命。我很想对老符讲坦桑的故事，老符会喜欢吗？在我看来，更为严重的问题是，老符作为这些族人的文化代表，正在努力自觉地但却是无意识地丢弃自己的文化习惯，他们的自我背弃有着一种很堂皇和光荣的借口同时辅以很荣耀的假象。这种民族文化的病相，已经不是一个老符的问题了。

多年以前，坦桑就对我表达过这样的意思。这个意思在她的遗著中成为一个非常重要的立场和观点，那就是，如果一个民族文化问题已经上升成为一个学术问题，那么这个问题的颓势和不可救药就已经成为一种不可改变的现实。问题的严重就已经不是事关学术而是动摇了这个民族的文化根基。此刻和老符说这些有用处吗？老符说，他是编党史的，党史与民族文化无关。既然如此，我只有无语。我笑说老符，看来，我得向你们的县委书记建议，把你调到别的部门去，你真的不太适合当党史办主任。老符马上喜形于色。

“那就太感谢了，我早就想调离这个清水衙门，哪怕去当个乡镇党委书记，也比在沟谷县城坐冷板凳强。”他忽然凑着我的耳朵说：“拜托了！真的帮我换一位置，那时，我会把王佬龙家族的所有资料献给你，我手头有秘密情报呢。”

对此我早有预感。发生在20世纪初年的事，不管是民间还是官方，不可能一点信息都没有，尤其是掌控档案史志的党史办，多多少少会有一些相关材料的。否则，说起王佬龙及其父辈，怎么会有那么多秘而不宣的迹象呢？人们在回避什么？一定有回避它的理由，而这理由一旦存在，它就不可能毫无声息，其蛛丝马迹是包不住的。老符终于露出马脚，他有自己的想法。他并非我所想的那么简单，酒囊饭袋一个。我顿时对老符刮目相看，这个家伙，不可小视。他一直在跟我装糊涂。

我也贴着他的耳朵悄悄说：“那你也要把你的秘密情报毫无保留地交给我吧，不过，我怀疑，你根本就什么情报都没有。”

老符不是轻易能被激将的。他外表的随意和愚钝足以遮蔽他心灵的智慧，用大智若愚来形容老符那是太过浅显了。

如果坦桑面对老符将会有什么局面？

坦桑的媚眼能够让老符时时露出他的本性么？在坦桑面前，老符将无以遁形？

老符对我的激将无动于衷。他并不直接回应我的话语，他以沉默和环顾左右而言他来蔑视我对之的激将。他只是憨厚地笑笑，不望着我，把目光投向远远的峰峦，他说：“你见到王佬龙就知道了，你在他那儿就什么都明白了。”我相信这些才是他的真话。王佬龙的处境和状态才是他认为理应的生活。他宁可相信王佬龙的合理性，并深信任何人都改变不了王佬龙的现状，即便能够改变他的生活，也无法改变他的人生。照老符的话说，王佬龙，土都埋到头顶的人了，还指望什么？

我相信老符是王佬龙肚里的虫，他做了多年的党史工作，他太了解其中的种种关系，而王佬龙，正是这种关系中的一只蛹。这是一只注定不能化蝶的蛹，我自然能够理解也相信老符的心思。

路越来越难走，秋天的山水很凶，雨水把山路冲得七零八落，到处是塌方，小小的泥石流堵塞了山溪，倒树和杂草掩埋原来依稀可辨的羊肠小道，几乎无路可走。老符说，只有这条山路能通到岭顶，岭顶只有王佬龙的山兰地，平时几乎没人去过佬龙的山兰地。这条路其实就是王佬龙一人在走。走的人太少，路便成不了路。

我辨认着周围的景象，其实，这个地方我和坦桑曾经来过。六连离乌烈其实只是一山之隔，走国防公路要一百多公里，翻山越岭走近道也就半天时间。我记得前面不远处有一座小村庄，叫荔枝峒的。村边有三棵六七人环抱的老荔枝树。有一年，坦桑花了5元人民币，买下了其中一棵树的果实。那是1970年五六月间，正是夏收时节。我们知青和下放干部，足足采摘了五六天，收获了起码七八千斤荔枝果，全六连的人足足吃了半个多月荔枝。那千年老树的荔枝，每颗有鸡蛋那么大，酸甜得入口就化。知青们贪吃，许多人吃了，得了荔枝病，半个月都屙不出屎来。我问老符那荔枝树还在不在？

说起荔枝峒，老符猛摇头："哪里还有荔枝峒？早就搬迁了。十几年前县里搞旧村改造，先是把海拔最高的村落，往山下搬，荔枝峒是首批搬迁的村庄。县里在山下盖了几排瓦房，硬是让村民搬进去住，住不上半年，村民住不惯，吵着往回搬，哪里还搬得回去？老村早就没了。村民们只好投亲靠友，四处寻觅新家。老的村落没有了，新的村落也没人愿意住。哪里住得习惯？水啊电啊卫生啊都没有弄好，住什么住啊！"老符很有正义感，他对一些强制性的政策后果，深为抵触。

"那三棵老荔枝呢？"我关心的是那曾经给我带来无比喜悦与甘甜的荔枝树。

"砍了。卖了。让几个小青年卖给大陆来的木材贩子，树被运走了，最后钱也收不回来。"老符很感慨，"唉，我们族人就是老实啊！"

以一般的乡规，谁敢动祖先留下来的千年老树啊？那是族人的神明。对神明没有了敬畏，遑论其余。

这个消息比一个村落的湮没更令人震惊。记得那年坦桑买下那树上的果实，采摘之前，村里的几位长者还特别到树下举行了一个仪式，祈愿感谢祖先赐福、降临鲜美的果实给子孙享用。虽然那时还处于“文革”，但在深山老林里，我们这些红卫兵出身的知青，在老人们的要求下，也规规矩矩屈尊伏地叩拜树神。敬畏之情还是在心底里滥觞，不敢造次，惧怕树神怪罪。而同是族人的年轻人，却早已把祖先的训诫抛弃脑外，胆敢把祖树砍伐卖人。真令人心寒。

山路已让泥石流堵塞，我们只好沿着山溪上溯。溪中满是砾石和水流冲刷下来的枯木残枝。我们小心翼翼地攀爬。苦了司机小王，他背驮着行李器材，像猴子般惊险前行。雨天狼狈不堪，她穿着的迷彩裤已让树枝藤条刮得七零八落，满身是泥水，脸上也被芒草割出几道血痕。最惨的是老符，挺着个大肚腩，每迈动一步都喘气不止，他吐纳不畅地说：“教授，再这样走下去，我怕是要死在山里了。”

我想老符也该锻炼锻炼了，退回去20年，老符你不也是山中猴子，上蹿下跳讨生活，地道一个山里农民吗？都是安逸把你养的。我一点都不同情也不理会老符的呻吟。反正你得跟着走，除非想真的死在山里。

山溪在宽大的峡谷盆地里转了一个非常夸张而美丽的大弯，在大弯优美的弧形里，就是昔日的荔枝峒。三面环山，一面向着谷口，几条山泉飞溅成瀑布，从三个方向向盆地汇合，合流而成一条宽阔的平缓的山间河流。河流两岸凡是水流过的地方，是大片大片的湿地，金茅草和芦苇成片成片地舒展着。平缓的山坡上是阔大的茂密的枫树林。正是秋天时节，金黄色带暗红的枫树漫山遍野，多棱多毛的三角枫树籽落满草坡，落在河水里，随水漂流，所到之处，生根发芽，孕育成更阔的枫树林。

怀想几十年前，坦桑领着我到荔枝峒来，那时雅加到处都是这种景色，到处都是河谷与湿地，我并没有特别的惊奇，一如今天般惊羡于大自然的造化。

以今天的目光，回溯40年前的荔枝峒。她在飞瀑的簇拥中，在湿地和枫树林的映衬下，在肥美丰盛的水草、和煦的阳光和鲜甜的空气中，这个小小的族人的村落，如何不是天堂，不是伊甸园呢？那时这一切应有尽有，并不见得奢侈，而此刻，我要靠记忆中的想象来补充这片河谷里的圣山圣水，原来是村落的地方，已是一片废墟，到处是残垣断壁，船形屋的金茅草排早已灰飞烟灭，风雨也早已把一切虚浮的物什荡涤得无影无踪，只有艰难再生的荒草和野树，在慢慢地侵蚀消灭人类曾经的足迹。千年的文明在此戛然而止。

我寻找着村边那三棵老荔枝的位置。我叫上雨天，我想让她品鉴一下，人类在失去敬畏之后大自然裸露的惨状。三个巨大的树桩，贴地匍匐着。树桩上伤痕累累，历经野蛮的原始的砍伐。你甚至听得见那惨烈的惊心动魄的伐木声，在此刻重重的回响，那钝斧挥向千年文明飞溅而出的血渍在空气中画出的浩劫。每棵树桩根部都长出几株新树，有碗口粗，又一个千年的重新开始。我看着如此顽强然而孱弱的新生，伤感布满心头，想起了坦桑和坦桑的岁月。岁月的夭折和人的生命夭折一样，无法补救，无法复活。

我无法在雨天的脑子里复制40年前，宛若伊甸园的荔枝峒，自然也无法让她彻底明白荔枝峒千年的文明与当下情景之间的关联。我只想让她知道，历史无法重新来过，人类的每次慎行，都包含着人类卑微的敬意，都是对大自然伟大的奉献。

雅加的枫树林是世界上最壮观最伟美最飘逸的枫树林。世界之最的说法，是雅加的枫树林对阳光空气和温度都有非常严苛的要求。动植物的多样性几乎是雅加最突出的特质，雅加的山坡从来都是生长着茂密交错的乔木灌木和藤蔓。而枫树林的林相却是疏朗有致的，林地里没有一丛灌木或杂草，干净得如同别墅的草坪。枫树林选择生长在阳坡，而阳坡又是所有生物争夺的福地，枫树林要求的阳坡，须是没有台风吹袭，还要濒临湿地，它高大伟岸的躯体和如伞般庞大的树冠，需要有阳光和充足的水源。枫树林永远都生活在浩荡的阳光里和丰盈的水源地。它的树干砍下来最合适做桥桩，在水里千年不朽。

冬天的枫树林，似战士们林立的刀戟，落尽枫叶的树干向天空张扬着虬枝铁骨。春天的枫树林，满是葱郁的鹅绒绒的嫩绿，那种绿翡翠般的颜色在春雨里娇羞欲滴；夏天的枫树林，那些阔大的三角枫叶，浓绿如同烧蓝溢着沉沉的釉色，庞大的树冠遮蔽日月星辰，承担天地；秋天的枫树林由黄渐红，退却了所有承受的厚重，黄的轻飏，红的飘飞，为河谷的土地铺垫上金红的金黄的地毯。我把这些心底的想象，说给雨天，为的是引出坦桑的亡灵，盼望她在此刻能够与我们同行。

第七章

我在群鬼欢腾和悲戚的叫啸中，看到了全然不同于电影小说中的战争。那是由一个又一个具体的人，有名有姓，性别分明的人的痛苦组成的战争。他们每一个人背后都有悠长的故事。那是一些无法想象的事情，所以它们也就永远活在想象中。

每一次碰见这个传说，我都努力想弄清楚群鬼的数目，然而每一次认真的点数，都没能得出准确的数字。有时是89，有时是86，有时是78。总之，不是人头不对，就是手脚有误。但有一点是确切的，在群鬼尾随的影子中，有一个骇人的情景，那就是，在那些人行走时，一个无头的躯干也在行走。

坦桑的时间。能令坦桑快乐的，就是枫树林。

我至今也不清楚林通是一个怎样的人，坦桑处决之后，他就失踪了。直到几年前，我才听说林通后来住进了精神病院。我很想寻访他，但又细想，寻访到他又会如何呢?

在雅加，林通是和坦桑走得最近的人。他们亲密得连我和信宜老鬼都有些妒忌。尽管在情感上是完全不同的。

我也很奇怪坦桑为什么会喜欢像林通那样的人，一个地地道道的奶油小生。而坦桑却更像一个男人，一个兼顾了男女两性的女人。那时我还年轻，不太明白人世间男男女女的许多奥秘。总之，林通和我们这些知青在一起，他太显得女人气，说话总是细声细气。他来自雅加一个出戏子的地方。那个地方的男人们说话，带有一种唱戏的腔调。男人长得斯文秀气，自然就有一种阴柔的性质，加上说话的腔调，拖泥带水的还附加了许多妩媚的表情。

林通是一位高中老师，写得一手好字，在报纸上发表过一些小说、散文、诗歌之类的作品。他的身份经历，我们全都是在批斗会上知道的。他几乎每天都会到坦桑的碉楼去，在那里张罗吃食，煮几根木薯，炖几只青蛙等等。有时刚好让我们碰上，我们会毫不客气地大吃特吃，他便会很和蔼地教导我们说：

吃相要好，不能咧开嘴吃出声音来。他做了示范，把东西含在口中，闭上嘴唇，让食物在口中慢慢咀嚼。他说外国人吃西餐都是这么吃的。

我反驳他："你这不崇洋媚外？批斗时罪加一等！"他也不恼，只是看着我们无可奈何地摇头。其实我心中明白，他说得很对。我从小在家中，父母就是这样教导的。只是到了六连，觉得更应该像个光荣的大老粗，所以处处向贫下中农学习，说话大声大气，全无顾忌。大口吃肉，大碗喝酒，以为粗豪，以为光荣。吃饭时故意张大嘴巴，咀嚼时吧唧吧唧弄得惊天动地。坦桑会大笑："亚雷，你干吗呢？想当李逵啊？"

林通便会尖酸刻薄地："是李鬼吧！"

林通是坦桑做民族调查时的雅加语翻译，从1956年坦桑到雅加民族调查时，县里就把林通从县中学调到文化局，协助坦桑工作。坦桑的许多民族调查材料，都是林通翻译整理的。文化大革命前，他们联名发表过一些田野调查报告。批斗会上说他们同穿一条裤子。

六连的文化大革命很是奇怪。下放干部们白天劳动时看不出什么敌对关系，晚上开批判会便敌我分明。林通白天负责六连的黑板报。他在黑板报上把自己画成一个有长长尾巴、老鼠模样的跳梁小丑，把坦桑画成一条美女蛇，他们两个半截身子套在一个裤筒里。我看他画黑板报时并没什么特别的表情。我问坦桑，林通干吗这么糟蹋自己？坦桑笑笑："专案组要他这么画，就这么画呗。有什么关系呢？反正也死不了人。"她说得很轻松，"批来批去还不是那些东西？就那几句话，谁心里都明白。"

除了专案组那几个人，还有六连几个出了名的积极分子林胜、长白。他们都是基干民兵。开批判斗争会时，全副武装，平时腰上也扎着皮带。他们对开批判斗争会很有兴趣，也很专业，其余的人都是跟跟风而已。六连是个民族连，民族同胞们并不喜欢这种严肃的斗争气氛。迫不得已就到会场坐坐，跟着呼几句口号。他们也弄不明白，老是斗来斗去，斗几个老师啊，干部的干什么？他们又没杀人放火，偷牛偷狗的。老雷也不勉强，反正上级检查下来，他有民族政策这面大旗挡着。本来调他来六连当连长，他就不乐意，跟民族同胞打交道，虽然简单得多，但民族政策把握不好，是要犯大错误的。这点老雷非常清楚。所以，连里的许多事，他都得过且过，凡事搪塞得过去就好。专案组那几个人爱怎么干，老雷配合着就是，并不十分主动。

老雷是老革命，从四野下来的老战士。从林一师转业到六连，本来就一肚子火无处发泄。专案组几个人也不想去惹他。大老粗惹不得。这点专案组很明白。专案组长老单是土改时参加革命的初中生，经历过土改，镇压反革命运动，三反五反和反右斗争。是个坚定的革命者，对敌斗争经验很丰富。他终日板着脸，脸色铁青铁青的，威严无比。在他眼中，下放干部和知青都是来接受贫下中农再教育的，都是改造分子。我每每见到老单，就会作如是想，我很本能地害怕见到他。虽然我已经非常习惯这种人的眼色。

我很怕让老单认识，让他记住我是谁。我心中有一种恐惧：让老单这种人记住，一定会被陷害。有一回，我从坦桑的碉楼里出来，在路上见到正与人谈话的老单，我加快了脚步，走过他身边的时候，他看了看我，马上停顿和那人说话，又往我的来路碉楼那儿看了看。他的脸上有审视的神色。我有一种被他看穿的心虚。

坦桑对谁都没有戒心。我跟她说起对老单的印象，坦桑笑说："他样子是凶，但样子凶的人不一定坏啊？其实那人很简单的，没什么心计。你又不是阶级敌人，怕他干吗?"

"我总觉得他很注意你。"

"专案组嘛，对谁都很注意的，他们吃的就是这碗饭，尤其我们这些下放干部，谁都有点问题，批斗对象么，也就这样了。你们是知青，有什么好怕的?"坦桑总是很坦然。她说得没错。可是，事情并不这么简单。我觉得坦桑太天真了。

我觉得坦桑心中另有想法，只是不轻易说出而已。我也不便与她讨论这类话题。

天已大亮，我叫上正在打盹的信宜老鬼，赶快去沼地。我想龚伟应该就在那地方，牛群最喜欢去那里。

沿着牛踏出来的草径，我们迅速地抵达沼地和森林相连的那片开阔地。那里水草茂密，长着大片大片的飞机草、芦苇和三角咸草。我隐隐约约听到牛铃的声音。这回，信宜老鬼也分辨出是牛铃的响声。我们循着牛铃声，在茂草中艰难地跋涉。脚下是松软的能够一脚踏出水来的草甸，这些草甸只能容一个人一次性通过。如果踩的人多了，草甸的地表就会塌陷，双脚将被拖进淤泥里，最终把整个人陷埋掉。我小心翼翼地寻找着落脚的地方，一点点地往前方挪动。

牛铃声来自沼地边缘那棵黄花梨树附近。我对信宜老鬼说："就在那树旁边。没错。"

黄花梨树看着就在眼前，可要到跟前还得走上一会儿。我想龚伟已经失踪一天一夜了，性命难保。他如果死了，那坦桑也活不长。

我和信宜老鬼终于快靠近那棵花梨树。有好几次差点就陷进泥淖里去。果然，那老白水牛就蹲伏在花梨树下，没有龚伟。赶到花梨树那儿，眼前的情景好似神话传说中的情节，令人难以置信。

黄花梨巨大的板根一半爬在岩石上，一半长在泥沼里。穿在牛鼻子上的牛绳绕过树干，庞大的牛身半倚在树边，绳子的另一头拴着龚伟的腰，龚伟上半身趴在泥淖的草丛上，下半身陷在泥淖里。那根牛绳绷得紧紧的。牛鼻子让牛绳的拉力勒得鲜血淋漓，鼻子断开大半，白水牛也奄奄一息，两只牛眼鼓鼓的，似乎要喷出血来。看得出老牛努力在绷紧绳子，龚伟靠着这根牛绳拉住才没有陷进泥沼里去。

我呼唤龚伟，他毫无反应，身子僵在草丛里。看不出是活是死。信宜老鬼爬到树上，对着六连的方向呼救。我和几个知青奋力拉着牛绳，把龚伟从泥淖里拉了出来，他已经休克多时了。

老白水牛救了龚伟，而这一切太不可思议了。它仿佛通人性、明人理，懂得把系着龚伟的绳子绕在黄花梨树上，绷紧龚伟，使龚伟不至于迅速陷落，而它为了绷紧绳子，竟然连鼻子也差不多拉断。它的犄角，一只插入土中，一只斜斜插入树皮，用硕大的头，死死地固紧绳子。老水牛以这种极为痛苦的姿势，匍匐在那里。这情状本应是人的作为，而又的确是老水牛所为，无人能解释。事后龚伟也没能描述曾经发生的一切。而唯一说得通的是，龚伟随老水牛在草丛中漫游，落入沼地，老水牛负重自救，无意间绳子侥幸绕上老树，人和牛因此偶然得救。

龚伟得救，人们很快就忘记此事，也无人去深究其中的原因。龚伟的生命力极为强盛，不到一个星期就又到处活蹦乱跳，无事一般。我对他的经历非常好奇，很想知道个中细节，我固然不相信神鬼之说，但人和动物之间这种神妙的际遇，或许仅说偶然未免太简单。龚伟的智障令他无法与人和盘托出，只能解释为动物和人一样，在生命极限之时，所做的无意识自救，也许这是上天的悲悯。

一贯乐观明朗的坦桑，好像因为此事变得一蹶不振，神情很是恍惚。有时她会突然冒出一句：我怎么会蠢到用绳子把龚伟跟牛连到一起……她反复说着这句话，原本妩媚的眼睛似乎也黯然了许多。我很理解坦桑的变化，我从母亲身上也看到这种无端的变化。她像极了祥林嫂，逢人便说这句话。

我悄悄对坦桑说："你做得很好，要不是龚伟和老牛连在一起，龚伟如何能够得救。"

“也是，也是。我做对了吗？亚雷？”她直视我的眼睛里，有一种我经由漫长的岁月，才慢慢读懂的幽深。是我在做了父亲之后，才渐渐体恤到的一种幽深，那是一种无法说出写出的自责与叩问。

平日里非常冷寂的坦桑的碉楼，因为龚伟事件，有了几天的热闹。老雷从附近寨子请了一位老人，用传统的土法为龚伟治疗了几天，为此老雷把自己家中的几只母鸡悉数奉送给治病的老郎中。六连其实可以算是一个有着现代外壳的古老部落，族人们依着古老的习俗，面对龚伟这件事，各有各的解释和应对的办法，并没太大惊小怪，一切皆在事理之中。

有人给坦桑送来草药，有人送来秘制安神祛邪的食物，它们被悄悄地放在碉楼的各处地方，挂在吊脚楼的梁上，放在门口的木板上。在食物匮乏的年代，这些东西的确让龚伟和坦桑过了几天好日子。荔枝峒的猎人八公，还送来一小块熊胆，给龚伟压惊。他想得很周到，让读小学二年级的孙子，把如何用酒冲服几个字，写得犹如天书符咒一般，半是族人的口音半是现代汉语的笔画。我把字条读给龚伟听，连龚伟也乐得笑翻天。

那几天我在山里赶牛拉木，在几个隐秘的路口，都看到用各种颜色的花草扎成的人偶，摆放在那里，形胜着某种隐喻的格局。我知道这是族人的法术，驱鬼辟邪，祈求平安。族人这种流传千古的仪式，在“文革”时被明令禁止，但这古老的风习岂是一纸禁令能够铲灭？虽然仪式不能公开，但秘密照做。我曾经在一次批斗会，见到斗争一位道公，那人非常了得。他表情很是淡然无奈，对挥来老拳，眼看即将击中之时，道公已就势倒地，老拳看似已然击中要害，事实上却毫发无伤。道公活像一个不倒翁，总是在关键时分，非常灵巧地逃过打击，弄得打人的人也很是惊诧。

这就是民间法术的机智之处。有时我会想起这位了得的道公，相信人间神助的道理。因之再大的困顿也很释然。龚伟事件，在族人看来，并非坏事，无非是犯了天意，赎了就好。何况算是逢凶化吉，龚伟安然无恙。我知道族人暗地里做法术，是表达对坦桑的歉意，和对鬼神的敬畏。他们确认鬼沼是不可侵犯的。他们始终以为下放干部和知青们到自己的地方来，是贵人天赐。在六连，每一件与族人相关的事，你都能感受到这种气氛。他们对感恩和报应非常敏感。这也是我多年以后，从这个民族获得的宝贵感悟。他们在我年轻的时候，就给予我这种天赐良品，使我不至于在人性的沼地里陷落得太久。

在枫树林里，我几乎忘记了此行的目的是寻找王佬龙。此刻已是夕阳时分，正是枫树林最动人的时候。老符早已找了一丛干草，拥着干草昏昏沉睡。司机小王不知走到哪里去了，只是雨天，不紧不慢地跟着我。我想时间不早，恐怕得在王佬龙的山兰地里过夜了。趁天还没黑，快快赶路。山兰地应该在不远处，岭顶就在眼前，我似乎已感觉到人的气息，空气里传递着异样的感觉，这是枫树林所没有的。

山兰已经收割过了，茂密但是枯黄的稻秆直立着，稻穗刚刚捻过，有些稻秆上还残留着修长瘦弱的稻穗。山兰在高寒的岭顶，生长得很慢，周期在一年左右，由于是广种薄收，从点种到收获，无须间苗、移插和除草施肥，全凭顽强的生命力，和周围的野草灌木竞争生长，产量很低，但品质很高。这种谷物曾经是族人的主要食粮，但现在在城里能卖上高价，族人自己却无缘享用。政府禁止烧山，这种刀耕火种的产物也几近绝迹。王佬龙是走投无路，村里解决不了他的生计，干脆放他一马，到无人的岭顶，守着小块山兰，自生自灭。这是我个人粗浅的理解，王佬龙与山兰地，也许有更深的因缘?

说山兰是天堂圣品，一点也不为过。也许过不了多久，它也终成纸上的历史，只能供诗人们去凭吊了。这可能是王佬龙，目下留给人们仅存的幸福想象。

穿过狭长的山兰地，可见由鱼尾葵硕大叶片编织而成的草排搭起的窝棚，窝棚在山泉边，是吊脚的，它使我想起坦桑树上的碉楼。当然，完全是两回事。

窝棚没有门，三面是鱼尾葵，向阳的一面敞开没有任何遮拦。一根圆木，砍了两个缺口当作梯级，斜靠在窝棚的横木上，权当梯子。窝棚有两个床铺大小，分成两边，一边铺着金茅草，没有席子，一条旧毯子和一条破旧不堪的军大衣，看得出都是经年的扶贫救济品；另一边梁上有一盏熏黑的马灯，玻璃漆黑，很久没有擦拭过了。几个酒瓶子破罐子散落在那儿。这种情形并不令我吃惊，相同的际遇早在40年前，是我日日的生活。伐木人的日子，也是这样，大同小异。只是多了几件伐木工具而已。

窝棚里外空无一人，我留意到地上有一根冒烟的火绳，火绳刚刚被踩灭，还冒着轻烟，像似有人刚刚吸烟离去。王佬龙应该就在附近。这时天色已渐渐昏黑。老符问我怎么办?忧心忡忡的表情，写满他无可奈何的脸。

我没太在意。其实找到王佬龙才是我的目的。说实在话，这一路的思考，已使我改变初衷，我早已不把王佬龙当作向导，更想真正见识这个人物。渴望走进这个人物内心的冲动，已令我忘乎所以，根本无暇去考虑今夜这一干人的安顿。我想王佬龙的山兰地足够我们吃喝几天。几天的时间，也足以酿出美酒让老符如愿以偿。

雨天问我："找不到人怎么办?"我说没关系，我们就在这儿等，等到王佬龙自己出现。

司机小王有些疑惑，他说王佬龙不是正常人，说不定见我们上山，他逃下山去了，老符也有同感。他独自钻到佬龙的窝棚里，枕着佬龙的破毯子歪歪斜斜躺倒，先行逍遥起来。他说此生都没有这么累过："佬龙这皮烧日子过得不错，你看这床铺，也很舒服啊!"老符很是惬意。随遇而安也是老符的优点，族人的性格大多如此。一根火柴一把砍刀，在原始森林就能存活。我在年轻时也学会了这种本领。

我连忙让小王把下山的路口守住，别让佬龙给溜了。

窝棚的梁上吊着一把腰刀。这是一把长柄的砍刀，像水浒里的朴刀，二尺多长的木柄。族人的砍刀，大多用柚木或金丝楠木做柄。刀片约三寸宽，尺把长，刀梢弯曲成钩状。这样的长刀挥舞起来，煞是威风，既可砍草开路，一挥一大片树草便齐刷刷倒地，也可砍树猎杀动物。族人不论老幼，都有带刀的习俗，各人对刀各有喜好。

这把刀，刀柄是老黄花梨的，也即雅加特有的老油梨，用得久了，木色漆黑油亮，刀柄手握的地方刻有两个"王"字，既可紧手，又当纹饰。这两个"王"字，环颈刻上三圈，又分别在两面相对刻上一竖，像两个"王"字相抱，连在一起，构成一组奇特的标记式纹饰。

这个别致的纹饰，我好像在哪儿见过？这把刀唤起我年深日久的记忆，有一种莫名的躁动。我一定在哪儿见过它。黄花梨刀柄在几十年前的雅加，是太普通不过的，可是现在，这根十几斤重的黄花梨老刀柄就不同寻常。每斤可卖到2000多元，是文物级的宝贝了。

我细细地端详这把刀，我意识到王佬龙也如这把刀一般非同寻常。我们一定在哪儿擦肩而过，失之交臂，这把刀所承载的故事，一定是和我，和坦桑有关。

老符对这把刀也很好奇，他把玩着它，爱不释手。他对这把刀应该是并不陌生的。他见过王佬龙，就应该见过这把刀。

刀在，人在，王佬龙就在附近。刀是族人的生命，王佬龙绝对不会弃刀而去的。

可是，他为什么要躲着我们呢？

坦桑的时间。

对龚伟事件，林通似乎比坦桑更为自责负疚，那几天，除了照常劳动，林通几乎时刻守在龚伟身边。

那天我们把龚伟从泥淖里拉出来。他全身沾满黄锈色的淤泥，饱含酸性的淤泥把龚伟下肢的皮肤腌渍得红肿，皮肤上长满暗红色的疹子，龚伟的上半身，特别是脸，被雅加最恶毒的高脚花蚊咬伤，到处都是大大的透明的血泡。林通一见，就扑了过去，抱起沾满臭烘烘泥浆的龚伟，泪流满面。我相信这一切都是真实的，比起坦桑，林通更像是一个母亲。他非常心疼的样子，夸张同时亲切地表达着对龚伟的珍爱。

努力要求自己变得粗豪，努力隐蔽自己真实情感的我，对林通的表现暗暗反感。我无法接受一个男人，在这些情感细节上的夸张表演。我努力要求自己在任何情感问题上，变得更像牛虻，更像那些江湖侠士。

我看出林通是爱屋及乌了。他爱坦桑，追逐坦桑，这在六连，无人不晓。只是我与信宜老鬼，强迫自己不予承认，理由是林通不值得坦桑这样的女人去爱。这个想法，我一次也没有对坦桑表达过。这是我此生最大的罪错之一。

林通在老家有妻室，育有一子。婚姻是老式婚姻，由父母指腹为婚，妻子是农村妇女，不识字。林通在考上师范中专之时，父母便让他结了婚再走，怕的是家庭里出个陈世美。见了世面接受了新文化的农民儿子林通，要不想成为陈世美都难。师范一毕业分配到雅加中学当高中语文教师的林通，有许多伟大的梦想等待他去实现。他像所有新中国的青年知识分子一样，有伟大的理想，他的理想当然不是区区高中语文教师，他想成为新中国第一代作家诗人评论家。自从草草成婚，到省城读中师之后，他就再也没有回过家。新婚之夜妻子怀孕，为他生下一子。老父亲曾经几次带着他的妻儿到雅加找他，他都客客气气地招待，却始终不肯同房。

他给妻子写了一份“休书”：“汝非林通妻，实为林家人。”意思很明白清楚。他是不愿回头了，但可保住妻子的名分，这份决绝，从积极方面看，只能看作是新文化人对封建婚姻旧俗的抗拒；从情理方面看，林通抛妻弃子，实乃大逆。

“文革”开始，林通受到批斗，其实，批斗林通乃大势所趋。说他发表反党文章，可他那些诗歌散文小说，和一般的工农兵创作无异，也不过是些歌颂新生活，歌颂社会主义的牧歌式诗章，谈不上深刻，也谈不上丰富。但林通理当被揪出来批斗。专案组的逻辑，林通那些诗文歌颂社会主义不错，可他的行为却是反社会主义的，不爱贫下中农的妻子，做出抛妻弃子的不道德行为，可见林通是个两面派、伪君子，他是有反革命两手的。几场批斗下来，林通投降认罪，承认自己向往资产阶级生活方式，贪图享乐，独自在县城过好日子，厌弃农村生活云云。

那之前坦桑已在沟谷做田野调查，林通也已调出学校，给坦桑做翻译。他与坦桑出双入对上山下乡，这在外人看来，不无那种关系，看起来也很有几分才子佳人的味道，在缺少新闻的小小沟谷县城，传得纷纷扬扬。这在坦桑看来并不是事，对林通而言，却是极大的满足。

坦桑被下放到六连，而林通也接踵而至。这点倒很令坦桑意外。林通托了在沟谷“斗批改办公室”工作的学生，得以从别的下放地转到六连。他的美梦是在六连和坦桑终其一生。林通的多次告白，只能让他和坦桑越走越远。可是林通并不明白这个道理，他也许明白却不想承认这种事实。这个在坦桑看来很荒唐的想法，终成林通此生不可逆转的命运。林通注定这辈子将成为坦桑的阴影，或坦桑成为他的阴影。林通可能至死都无法明白此中的道理。

多年以后，我几次到精神病院去看望林通。每次的收获都是不同的。但有一点是不变的：林通依然生活在他为自己编织的幻影里，那就是他曾经的美梦，一个农民儿子，回归生命本质之后的美梦。也许这并没有什么可指责的，也没有什么不好。但是，那不是坦桑可能为他实现的梦想。我常常因此而悼念那个时代的人，包括我自己曾经迷失的那些岁月里的自己：他们总是无法确知自己要什么，能够得到什么？他们总是生存在一个和自己隔阂的灵魂里。

信宜老鬼昨夜在雅加河里放了十几副鱼钩，用小青蛙作鱼饵，今早我们去收钩，收了十几条大鱼，每条有三四斤。还有几只老鳖。我们把鱼获送到六连的伙房，带上两条鱼，去坦桑的碉楼。

坦桑不在碉楼。她的牛群不在牛栏里，此刻应该是牛群入栏的时间，坦桑会去哪里呢？我和信宜老鬼沿着雅加河去找坦桑，急于向坦桑表达我们丰收的喜悦，我会为坦桑做鲜美的鱼汤。我一直因为没有机会表达，因实在拿不出足以让坦桑欣喜的食物而揪心。

这两条鱼是我在雅加见过的最珍贵的大鱼，肚皮上有一个硕大的吸盘，便于在激流中附贴在河石上不让流水冲走。鱼的两根蜷曲的鱼须非常灵动，全身褐色带有蓝色的花斑，周身滑溜溜的没有一点鱼鳞，既美丽无比又非常奇特，而且体形硕大，一定非常肥美。雅加河的鱼很难捕获，除非用炸药炸或用电棒，而这些方法都是政府禁止的。能钓到这样的大鱼，实在令人欣喜。

雅加河两岸也没有坦桑的踪影，我有不好的预感。自从那天信宜老鬼说大陆公安带走坦桑之后，我一直有不好的预感，总觉得坦桑被抓走是迟早的事。虽然我是一定不会出卖坦桑的，但信宜老鬼就很难说，他的嘴太快，喜欢传播各种小道消息。

只好返回坦桑的碉楼。碉楼没有坦桑回来的迹象。天色已经昏暗，碉楼没有灯光，我爬上碉楼，门没有锁，我推门进去。屋里的火盆还有点点火星。我拨开炭火，往火盆里添了几块木柴，屋子里顿时便有了烟火味，信宜老鬼已经把鱼剖好，放在锅里炖。鲜鱼和野姜的香味弥漫碉楼。我愈觉不安。我和信宜老鬼在火盆边昏昏睡去，半夜醒来，碉楼里寒冷异常，火盆的火早已熄灭。坦桑依然没有回来。我叫醒老鬼，老鬼说坦桑可能真的被抓走了。他说那天那些人真的是大陆公安，那些人从来没有见过，样子也很像是大陆来的。

天亮时分，我和信宜老鬼正想出门去帮坦桑赶牛，昨夜牛群没有回来，说不定有的牛会跑进沼地，若果如此，坦桑要负责任的。

我们找不到坦桑的牛铃铛，铃铛不在，平时坦桑放牛总是带着铃铛的，她一敲铃铛，牛群就会向她靠拢。她肯定是在放牛时被带走的。

坦桑和她的牛铃铛一起消失了。

我去找连长老雷，老雷轻描淡写说知道了，坦桑昨天上县城沟谷去，县里来人把她带走了。老雷没告诉坦桑为什么被带走，只是让我们把牛群放好："出了事找你们俩算账！"连长老雷说话从来都是粗声粗气，人不坏但脾气极坏，我们都叫他老军阀，其实他还不到40岁，却像个60岁左右的老头。

老雷把我叫到一边："你们这些知青，不要老是到坦桑那儿去，别把人给害了。下放干部事多着呢，你们别掺和！对了，亚雷，那些人昨天问到你，你可别给我犯事啊！"

我自然明白老雷的意思。我不明白的只是能有我什么事？反正我什么都不会说的。

碉楼没有被搜查过的迹象，这点令我安心，以我的经验，人一旦犯事，第一反应便是抄家，找反动证据。坦桑的碉楼平安无事，坦桑就平安无事，我坚信我的经验。

第三天，坦桑终于回来了。她只是说县里政工组有事找她，问一些别人的事，大陆有单位来外调，没什么大事。我自然相信。但总觉得坦桑的事情没有她说的那么简单。我看她的脸有些浮肿，好像几天几夜没睡觉的样子，老雷一定知道原委，他隐瞒了什么，包括坦桑。

那天我去碉楼，在树底下便听见碉楼里有人说话，我上了碉楼，门口靠墙立着一把长柄砍刀。我对砍刀有一种崇敬的钟情。这是一把与众不同的刀，刀柄做得很精致。纹饰也很别致，细细辨认，是两个"王"字环抱在一起。族人的刀柄很少有纹饰的，别的器物倒常有纹饰，诸如织机、骨簪，大多是与女性有关的器物，男性族人的用具包括弓弩，都少有精致的纹饰。这把刀的主人，应该是个非常心细又耽于沉思的人，我这样想。

坦桑一见我，马上迎出来。我见到一个男青年，20 多岁吧，坐在火盆边，心想这应该是这把刀的主人吧？那人见我，便要告辞。坦桑也不挽留，在门口，她对那人说："告诉王大姐，我可以为她作证。专案组的人什么时候来，我会给写证明的。"那人千恩万谢地走了。他走出碉楼的第一个动作，便是从我手中把刀拿了过去，匆匆地看了我一眼，也不打个招呼，也没有任何表示，就走了。

坦桑目送着他，什么话也没有说。

我至今对他没有什么印象，许多年过去了，我只记得这把似曾相识的砍刀，它太别致了。后来每每见到族人的砍刀，但凡稍有些风情的，我都会想起这把刀，心想，两个"王"字相抱的纹饰，究竟表达了什么意思。史图博的书中，有几百幅关于族人器物包括吉贝的纹饰图案，里面也没有这种相似的纹饰，这一定是刀主人别出心裁的寓意。

坦桑碉楼里的那人，就是王佬龙，那时他还是一个青年。王佬龙生于 1943 年，是一个遗腹子。父亲于他出生半年前，惨死在日本鬼子的严刑拷打中。1943 年的王亚龙，是一个民族英雄。

王佬龙的整个家族，包括父亲、祖父、若干叔父、姑姑等族人，都和雅加百年来的历史变迁有千丝万缕的关系，这些人物，都是中国近百年来革命斗争中的族人翘楚。只有王佬龙是一个例外，他只能算是一个革命时代的弃儿。

那时的王佬龙，不叫王佬龙，严格说他没有大名，只有小名叫亚大，村里的人从小就叫他亚大，这是族人对大儿子的统称。王佬龙从小就是一个不配有名字的人。

我在坦桑那儿知道了王佬龙的身世。王佬龙一家的传奇，是坦桑最早关注的题材，在坦桑的研究项目里，就包括对王佬龙父亲王亚龙的研究。

记得王佬龙走后不久，坦桑在给我讲述史图博的民族研究资料时，特别说到王亚龙这个人和他的家族。她说从研究民族性的角度言，王亚龙是一份最具典型性的，也是翻开这个民族最优秀同时也最真实一页的关键性人物。

坦桑对王亚龙入迷的程度，对这个人物所表现出来的疯狂惊喜与惊叹的程度，我今天才有所理解，可是在 40 年前，坦桑就已经非常深刻地发现了王亚龙的文化价值。她甚至说，我们如果不能真正理解王亚龙及他所做的一切，我们就无法真正进入这个民族的内心，真正发现这个民族与生俱来的智慧和勇气，就无法明白这个民族在中华民族大家庭中独有的精神面貌。这些都是坦桑几十年前的原话，这些话即便在今天，也并非是人人都能说出，包括族人自己。

可以毫不夸张地说，在现代中国，坦桑是第一个认识王亚龙的文化价值，同时理解这位族人翘楚，并且客观评价，肯定王亚龙的民族精神，予以充分肯定的学者。

在这个世界上，最困难的事，是真正走进一个人的内心，准确理解并复述他的内心，尊重他的内心及其选择。人类之所以做错许多事，其原因皆与此相悖，包括坦桑本人的命运，也如是。

第八章

“他提着割下来的人头的头发
头在他手中像一只灯笼般地摇动着
而且望着我们说道：‘哎唷！’
他替自己把自己做成一只灯笼
他们是二而一，一而二的
怎么能够这样，只有安排这回事的上帝知道
当他正在我们石桥的脚下时
他提着头把臂膀高举起来
使他说的话我们能够听到
说的是，现在且看这痛心的刑罚吧
活着来看亡灵的你啊
看看有没有我这一样厉害的刑罚”

这是但丁《神曲》中炼狱的一幕。尾随的无头躯干又是怎么回事？百思不得其解的烦恼纠结着许多岁月。

夕阳还没有完全散尽。从岭顶可以看到半山湿地缓坡上的金色三角枫林。秋天的金红色枫叶，在山谷的气流中，缓缓的像月亮船在太空中遨游似的翻飞着，落在平缓的河水中，像小船般驶向远方。

王佬龙如期而至。我想他在天黑之前一定会回到他的砍刀跟前，果真如此。我相信这把如同他生命的长刀和他终生的约定。他可以抛弃人间的任何东西包括人类，但他一定不会抛弃他的砍刀。我知道王佬龙此刻的出现，不是因为我们的缘故，而是这把刀。

这把刀和40年前我见过的那把刀一模一样。40年间，它一点都没有变老，却愈见年轻，孔武有力。而他的主人，却从一个委顿的青年，变成一个惊恐的六神无主的老人。

1989 年 12 月 18 日，沟谷县人民政府恢复了王佬龙的城镇户口和商品粮指标。这意味着王佬龙在这一天正式成为中华人民共和国沟谷县的国民。这一年他 46 岁，正式进入中年。这之前的 46 年，从 1943 年出生到 1989 年，这个叫王佬龙的人，连他自己都不知道他应该是哪国人？哪里人？该去找谁讨一口饭吃。自从他在 10 岁时，婶母给了他一把长刀，让他在山林里靠着它活命时起，他唯一的伙伴和依靠就是这把砍刀。

我至今也无法知道，刀柄上刻着的两个“王”字环抱的纹饰，究竟寄寓了王佬龙的什么心思。也许任何猜测都是徒劳无力的。

天色昏沉，经雨天擦拭的马灯，在多年污垢被彻底擦掉之后，灯光便明亮起来。雨天自从到达岭顶，一直在擦拭马灯的玻璃，这是她在岭顶唯一值得做的事。

本想该有久别重逢的见面仪式，和王佬龙也算得上是年轻时代的朋友了，自那次匆匆不著一语的蒙面，至今也已 40 多年了。那时坦桑还在，真可谓是人生值得珍重的友谊。

岂知王佬龙拾起砍刀便要走人。老符连忙喝住他：“佬龙，干什么呢!”把他吓了一跳，只见王佬龙马上站住不动。我见老符过于粗鲁，连忙过去拉住佬龙的手，连声说：“我们是老朋友，到山上看看你，没别的意思。”

王佬龙很木然，大约习惯了各种人对之的呵斥，并不为意，只是有些惊恐。这一幕让雨天大受惊吓。她也十分惊惶。阿火像看一个怪物，只是连声笑道：“没什么，没什么。等会喝喝酒就好了。”说着，阿火上前搂住王佬龙的肩膀，非常亲热地说：“阿伯，你出钱，我带你去深圳、广州见世界。不要再扛砍刀种山兰了，去酒吧泡妞。”

我见王佬龙嘴角跳了一下，还是面无表情。司机小王用族语对王佬龙耳语着什么，王佬龙便很谦恭地对我点点头，忽然猛的点头哈腰作揖状。我连忙让阿火在窝棚外的空地上清出一块地方来，大家席地而坐。司机小王拾来几根柴火，就在众人中间烧起火堆。

岭上太阳一落山，四野便一片昏黑，阴冷的寒风随之而起。秋天风大，王佬龙只穿着一件背心，一条半拉子军裤，看样子是从劳保商店买来，或从那儿捡来的旧裤子。他冷得抖抖索索。雨天忙把窝棚里的军大衣拿出来，披在王佬龙身上。

岭上什么都没有，角落里有一口生铁锅，几个破碗。阿火说，要是有把猎枪，准能去打只小山猪、野鸡什么的。他问王佬龙有没有火铳，王佬龙摇摇头。老符大笑：“火铳早就让政府收走了，谁还敢私藏火枪呢？”

雨天笑说："广州亚运会，市长说买菜刀都要实名制呢！"

老符闻所未闻："真的？回到秦始皇时代了么？"大家都笑。

司机小王建议趁天未全黑，赶快下山去。过了荔枝峒就好办了，山下有个小村落，在那里过夜还说得过去。

老符死活不肯动，他说谁走得动谁去，他宁愿在岭上不吃不喝，也得好好睡一觉。他冲王佬龙："你个皮烧，拿酒来喝！"

王佬龙也不说话，起身绕到窝棚后面，提过来两个大可乐瓶，里面装满浑浊的米酒，又爬到窝棚里，从屋顶的横木上，扯下来一长串乌黑的东西。老符一看大喜："教授，有酒有肉，还怕什么？"

那串乌黑的东西，原来是晒干的山鼠肉，烟熏火燎的，坚硬如同生铁。阿火轻车熟路，把山鼠肉一只只扯平，放在炭火上烧烤，香味四溢。

佬龙又独自往山里去，一会儿便拎回来几大串木薯，腋下还夹着几棵硕大的山姜。有这些东西，晚餐算是解决了。

山鼠干让火一烤，肥得流油，两排雪白的牙齿龇咧着，吓得雨天一口也咽不下去。我带头把鼠头一把送进口中，奋力咀嚼，给学生们做示范："入乡随俗，入港随湾。没什么可怕的，茹毛饮血，方显英雄本色。"我故意说得很江湖，我必须给学生们做个榜样，也拉近和王佬龙的距离。

我想借敬酒和王佬龙套近乎。这个王佬龙至今没说过一句话，他对任何人都心存疑惧，从没抬眼看过任何人，这是一个长期生活在自己的世界，非常自闭的人物。这样的人很难打交道，短时间里肯定无法沟通。

我忽然悟到一个道理，就从他最重视的东西说起来，我想到那把长刀。

长刀就搁在他的大腿上。我端详："这把刀很好看，很多年前我见过……"我对着他说，他下意识地把刀挪了一下，更靠紧自己的身体。

"那次在六连，记得吗？在坦桑的碉楼。哦，不，在坦桑家里。"碉楼只是我的浪漫说法，六连没有人说碉楼的。"记得坦桑吗？"

他有些反应，抽了抽鼻子，吸了一口气。

"她不在了。枪毙了！"这是我听到王佬龙的第一句话。他还记得坦桑，那么多年了。坦桑想必活在他心中，她曾经是他婶婶的救命稻草。我不知道那次佬龙去找坦桑，坦桑的证词对他婶婶的革命经历，有没有作用？他婶婶在"文革"中被打成叛徒，找坦桑证明这是诬陷。我后来没再听坦桑说过此事。

"坦桑出证明了吗？"我问佬龙。

佬龙似乎听不明白，他自己去找坦桑的事，也许他早已淡忘了吧？

岂知佬龙摇摇头："没用的。"便不再言语。这些事佬龙没忘，许是深锁在他心里，无处诉说。平时没有人关心过他，也没有人和他讨论这些事。他连说给自己听的机会都没有。我当真从未见过如此可怜、完全让社会抛弃漠视的人。

我跟他碰杯，他动作迟钝，颤颤巍巍的。好像害有轻度的中风症，嘴角总是挂着唾沫，在那儿结成了淡淡的白霜。

大家围着火堆，默默地喝着微苦有些霉味的米酒，嚼着很难咬得动的山鼠肉。好像没什么话说。我努力想唤起王佬龙的记忆，可是他并不呼应。此刻很想和他谈谈他父辈的事，也许他会有兴趣？但我不知此刻是否能说这些事，不好刺激他。

借着火光，我细细地端详着这张老脸，他年轻时还算得上英俊，那时虽然也很孱弱，但毕竟年轻，现在已经风烛残年，将近 70 岁了。政府给了他户口商品粮，但改革开放之后，户口商品粮并不值钱，聊胜于无，仅止于乡间的名分而已。王佬龙事实上没有改变什么，依然是房无一间，地无一垅。70 年来，人们只有在非常时期，比如三反五反、"文革"、阶级斗争路线斗争之时，才会想到他，把他当阶级斗争靶子，打打杀杀一番。在和平清明之时，他就形同废物。

他在火堆边，裹紧破旧的军大衣。岭上入夜的风很凉。雨天早已打开摄像机，摄像机借着飘忽的火光，录下了我们和王佬龙的情景。王佬龙从未见过在夜里张着黑洞的机器，有些慌张，虽说不上恐惧，但看得出他对一切现代的东西，怀有一种本能的提防。他更紧地裹紧自身，像一只藏身地洞的老鼠，哪怕一丝光亮都会让他惊悸，黑暗于他是一种安全。我无法宽解王佬龙，也许他应该尽快结束这种离群索居的生活，到充满阳光的地方去。但是，他的阳光在哪儿呢？

坦桑的时间。

1970 年底，县里在荔枝峒召开批斗大会。那次大会也叫宽严大会，即将在大会上判刑枪毙、劳改一批罪犯，所谓严厉打击，同时从宽处理一批罪犯。配合当时中央"文革"的"一打三反"运动，全国各地都召开这样的大会。六连的全部下放干部和知青，都集中到荔枝峒去。荔枝峒是王亚龙的老窝，王亚龙曾经在荔枝峒制造过一场震撼雅加的大血案。这个大血案在雅加党史上有粗略记载。这个血案共有 100 多名红军战士遇难。罪魁祸首就是王佬龙的父亲王亚龙。当时他既是荔枝峒主，又是沟谷县国民政府党部委员，同时还是国共合作组团中的共产党方面的委员。他的多重身份和在这次血案中扑朔迷离的表现，都不能不使共产党和他结下血仇。

关于这场血案的具体情节，后面我会详细描述。荔枝峒因为这次血案，也因为王亚龙这个人物而闻名于世，它作为阶级斗争的胜地，各项政治运动它都是一个重要舞台，虽然地处深山，但作为反革命老窝，它也无法逃避革命的打击。

那次大会，在现场枪毙了8个反革命分子，宣布从宽处理8个有问题的人。27岁的王佬龙，在斗争会上成了众矢之敌，人们把他作为王亚龙的化身，把阶级仇恨和革命怒火全烧到王佬龙身上。

坦桑当时也在台上陪斗，六连所有有问题的下放干部无一幸免。坦桑是老运动员了，她表现得很泰然，但是，在宣布立即枪毙反革命分子时，我发现坦桑颤抖不止。那种暴风骤雨式的革命风暴，在深山老林里，更显得狞厉与血腥，更具有原始暴力的震撼。

那天我并没有认出王佬龙就是我在坦桑那里见到的那个人。那天场面非常浩大，足有万人以上，沟谷县的民众和附近十几个兵团农场的职工都被组织到现场，兵团军事法庭也现场宣判了一批反革命分子。王佬龙是现场斗争会中最年轻的反革命分子。

王佬龙被五花大绑，两个全副武装的解放军战士连推带扯地把他推到台前，和那些已被宣布枪毙即将执行的人并排在一起，只是他身上没有插上死牌而已。王佬龙吓瘫了。他全身瘫软，任由人推拉牵扯。当主持会场的公安说明王佬龙是红军仇敌，曾经残杀100多名红军战士的王亚龙的儿子的时候，全场沸腾起来，好多人冲上台去，围着王佬龙踢打。全场响起口号："革命血债，以血还血！""红军血仇，不报不行！"

我在海阳故乡也见识过革命群众的剧烈行动，亲眼目睹父亲在万人斗争会的场面，但毕竟父亲所有的反革命罪行都和红军没有关系，都只不过是一些所谓反革命言论而已，革命群众的怒火并没有激荡得如此高涨和仇恨。雅加是革命老区，人们对革命风暴记忆犹新，100多位红军的血案，在雅加民间和各种材料中已流传多年。这是多么重大的血海深仇啊！王亚龙早已不在人世，人们把仇恨集中在他的后代身上，这是不难理喻的。王佬龙那时没有被活活打死，算是命大，要感谢那些现场的解放军战士，保住了他一条命。

王佬龙最终是和那些被枪毙的尸首一起被抬上担架的。他在陪斩现场就吓死过去。他成了一具活尸。

我已经记不清当时现场的更多细节了，只是荔枝峒响彻深山老林的革命口号至今仍在耳畔回响。那是荔枝峒几千年来最为辉煌的岁月。

一个人若是经历过那种遭遇，不是从此百炼成钢，成为世界上最坚强的人，那么，就只能是相反，成为世界上最懦弱最胆小的人。王佬龙从此就成了废人。他其实是一具活尸。荔枝峒因为王亚龙而成为一个罪恶的村庄，那时雅加的人们无人不知荔枝峒是罪大恶极的孽生之地。这可能也是荔枝峒的乡民乐于搬迁的缘故。1970 年万人批斗大会的声势，的确把荔枝峒的村民吓破了胆。

荔枝峒这个千年古村庄成为废墟，是自有道理的。

那天晚上，回到坦桑的碉楼。我问坦桑，王亚龙是什么人，他当真杀害了 100 多名红军吗？

坦桑非常明确地告诉我："这是真的，雅加血案没有讨论的余地，国民政府、早期苏维埃政权，所有的历史记录都明白无疑地书写了这个事实。王亚龙确实是雅加血案的罪魁祸首。就连王亚龙自己也供认不讳。"

王亚龙不是一个文过饰非的人。他从来就没有逃避过残杀这 100 多名红军战士的责任。"不过，他有他的道理。"坦桑欲言又止，有些犹豫地对我说。看得出她有许多的忧虑，她可能犹疑，这些话该不该对一个十几岁的孩子明说。

"王亚龙不是一个简单的人。他是族人中千年出一回的人物，他的经历和所有族人都不可同日而语。"这是坦桑那年对我说过的话。这些话太耐人寻味。可是，王佬龙呢？他的儿子理当承担他的责任吗？

王佬龙已经在承担他父亲的罪责了。这是合理的吗？我的疑惑正在这里。

"是啊，早期共产党人是否也应当检讨自己的所作所为，我们常常以今天的政党素质与品格来衡量历史，是否不太恰当。"坦桑自言自语。这些话语在今天看来，是一种博大精深的政党胸襟，可是在无产阶级文化大革命期间，它们无疑是最恶毒的反党言语。坦桑的想法，她的话语令我害怕，听起来也非常符合共产党长期教育我们的道理，人孰无过，包括政党，都会有从幼稚到成熟，从年青到年老的发展过程。我的第一感觉是权当我没有听见。不过，我相信这些话语作为坦桑的一贯思想，坦桑的这种思考不会仅限于自言自语。果然，坦桑的类似的话，后来还是被发现了。这是后话。

坦桑的口无遮拦和率真的品性，在雅加的六连家喻户晓，她的出事也就理所当然。

碉楼成为六连最危险的地方，但我蒙在鼓里。坦桑也是。

史图博、王亚龙、王佬龙，这些都是坦桑牵挂在嘴上的人物，而这些人物在当时无一不代表着罪恶和危险。

还有那把刻有两个"王"字相抱的刀。

第九章

这些烦恼在游荡的岁月里，集结成一个更伟岸的无头的躯干。在雅加大岭无人君临的幽密大山中，那些从没有人类涉足的无边森林里，那无头的躯干，比起但丁《神曲》中那骇人的一幕，有着更其惊栗的场面。那无头躯干一只手提着自己的头颅，把头颅像灯笼一般高举着，那灯笼明晃晃的，由自己身上熬出来的油脂点亮着，听得见油脂在燃烧过程中“滋滋”的响声。无头躯干另一只手撕裂开自己的胸膛，揪出自己的心脏，血淋淋仍然在跳动着的心脏，像一张笑开的脸，在他高举过头的夜空中，发出骇人的笑声。

岭上的夜晚寒风刺骨。老符、阿火、司机小王都蜷缩到窝棚里睡去了。雨天陪着我，在火堆边和佬龙聊天。说是聊天，全由我一人说道，王佬龙始终不语，任是我如何发问，他都默不作声，只是偶尔点点头摇摇头。这种完全没有交流的聊天，照理很难持续，但是，王佬龙是个优秀的听众，我发觉我与他不是没有交流，而是王佬龙以他的方式，事实上和我存在着交流。

我不断地启发他，希望他能说说他的父亲，说说他记忆中有关他父亲的印象，虽然他出生时，他的父亲已经死去半年之久了。他应该在成年之后，从养母那里得到一些信息。

他出生之后，由他的婶婶抚养成人。关于这段童年往事，只有王佬龙自己能够描述，外人很难猜测。王佬龙的出身早已公开，红军被杀害的血海深仇，在他的出生地，一直以多种版本流传，也成为雅加历次政治运动和阶级斗争的主要题材。其父王亚龙的历史罪行，可说是家喻户晓。王佬龙自幼就生存在这种愤怒的仇视之中。他明白并必须承受这种仇视且不能有任何反抗，这是他与生俱来的命定。对于王佬龙而言，他也许从不知反抗为何物。

夜风很大，火光随风飘忽，在王佬龙的脸上明明暗暗地闪烁。天空有几颗寒星，幽幽的，更增添夜的萧飒。我的目光一直没有离开他的脸。我自觉有些并不礼貌，总是盯着一个固定的目标看，看得我的眼睛发酸。但是，这种唱独角戏的场面，我只能做这样的选择。对着一张毫无表情及回应的脸说话，只有这种选择，足以表达我的心情。

我有过和王佬龙相同的经验，但那不是与生俱来，更没有也不可能将之持续一生。而王佬龙，在他生命的岁月里，他都在经历着同样的困厄，这种无解的困厄，已经成为他命中注定的习惯。一个人，怎么会有如此的忍耐力？怎么会无视别人的话语和关注？我甚至从未发现他脸上哪怕是细微的变化，只有火光在他脸上跳跃无常的光影，还在显示着这是一个活人。他的眼神会在这种火的跃动中，有些许游移。

他既没有表达的欲望，也没有倾诉的动力，我注意到他一直在认真地听我说话，而我的话竟然对他没有任何触动，起码我自己是这样感觉的。我说到他的父亲，我可能客观地说起一些细节，他对此并无反应。我想，他是否和传说的各种版本一样，仇恨自己的父亲呢？仇恨这样的父亲给自己人生带来的厄运？我依然无法捕捉到这种迹象。

雨天是个很有耐力的女孩，她从没经历过这样的人和场面，她一直很安静同时不失兴趣地坚守着她的工作，用摄像机捕捉和瞄准王佬龙，我想，摄像机的眼睛会更准确地表达王佬龙的内心波动，雨天所做的，也是对王佬龙的关切。

午夜已过去许久，王佬龙看起来无半点睡意，他始终半醒半睡的状态，意味着他此生最真实的状况。我没有半点倦意。我太有说话的欲望，我决心用我不断的诉说，来唤醒这个人的心。我想，他是一位需要让话语来温暖启开心灵的人，在过去的60多年中，也许从没有人和他真正地促膝交谈，更多的是呵斥。

当然，我也明白要温热一颗冰封已久的心灵是不容易的，何况夜风又如此寒冽。我甚至怀疑我的热力和可能传递的温暖，在这海拔1000多米的岭顶，还能持续多久？眼看即将凌晨，东方已有抹白，夜色将尽，那时，王佬龙又将暴露在阳光下，没有黑暗保护的王佬龙，又将如何自处呢？我不是上帝，我无力赐给面前这个人他想要的东西。

王佬龙究竟想要什么？我并不知道。老符、阿火和族人小王，他们知道吗？雨天呢？我转向雨天，她依然一脸的明丽，明眸在火光中显得更加明亮，我在心中征询她的意见，她也许领会了我的疑问，她耸耸肩，做出不能和无法可想的表情。她和我一起共历了这个夜晚，她在镜头里看到了这个人的灵魂了吗？

太阳照常升起，岭上显得更加寂静，山林里的夜晚是热闹的，白天反而归于沉寂，夜晚的山林是大自然的世界，而白天的岭顶是人的世界。而当人类也沉默的时候，白天就沉寂了。

我想应该让白天热闹起来。此刻，我才发觉昨夜整整一夜，我竟然自顾说话，竟然忘记应该举杯邀佬龙共饮，也许那才是最好的交流机会。而佬龙可能由于陌生，可能出于礼貌与自卑，他竟然也没有喝酒的动作，他像石雕一般，在我的面前，整整坐了一夜，在镜头前静静地坐了一夜，没有言语也没有什么动静。

王佬龙沉实的忍耐来自哪里？他以屈服的方式，抗拒着世界的逼迫？这是我迄今所得的结论。

唯他方能解开他父亲在世人心目中的谜结。

我知道雅加有喝晨酒的习惯，我请王佬龙喝一杯，他不推辞。他喝酒的习惯有些特别，先洒一点在地上，祭什么人吧，然后一饮而尽，这种生涩的劣等米酒，一点也不好喝，但很烧人，心口一阵温热，在天寒地冻的岭顶，特别受用。我便就着破碗，和王佬龙你一碗我一碗地痛饮起来。雨天也不失时机加入我们的狂饮，同时把镜头对着这有些让人心动的场面。饥寒交迫的岭顶，顷刻便热气腾腾。看得出沉寂了一宿的王佬龙，在酒的悲壮中，脸上有了活气。酒使他回到人间。这么多年来，无言的苦涩的酒，是王佬龙生命的源泉吧？

坦桑的时间。

我不止一次在心底里叩问凡是与我在精神上相遇的人，男人女人老人孩子：坦桑是怎样一个人？王佬龙的父亲，那个与红军有血仇，在抗日战争中又成为民族英雄，在日本鬼子严刑拷打之下宁死不屈的人，他又是怎样一个人？

曾经是共产党的敌人，又是民族英雄。他们在不同的年代，各各扮演了不同的角色，这是历史的吊诡之处吗？抑或是历史本身就是这样安排的，个人无法准确选择自己的角色？这些问题我至今无法准确回答。

在寻找王佬龙的过程中，我一点点地修正着自己的思路，一点点地更正着自己寻找的方向和内容，也许这是一种永远无法寻找到答案的寻找也未可知。

寻找王佬龙的本身就很吊诡。这个早已被世人忘记，也把自己忘记的人，于今天的生活又有什么要义呢？

雨天曾经问过我，大自然里的某些东西包括风景，是否会积淀成为灵魂中的某些意象？她读过我的小说，我明白她话中的意思，只是觉得雨天并非是那种很浪漫的女孩，她的问题似乎超乎我平日对她的了解。而做民族学的人，也许并不需要浪漫，而恰恰相反，现实与实证正是他们所需要的。我不置可否，我想这是一个不必急于解答的问题。雅加的时间会使雨天悟觉到问题的真谛的。只要真正进入雅加的人，是无法回避雅加的施洗的。

雅加的沼地和枫树林，它们一年四季截然不同的姿态与风景，千百年间有一种共同的相似的沿袭，而这种沿袭，却因为某些年代某些人的造访，而完全改观了它们固有的风致与风格。这是我每次重访雅加的深刻感触。

雨天的问题，我曾经问过坦桑，问过劳文斯，也问过那位叫朱丽的舞蹈演员。他们惊奇于我在那样的时光中，会说出这样的话题。我也曾经因为他们表情中泄露出对我的轻慢而暗暗不平，在心里暗自嘲笑他们：小看了心怀大志的知青。

我至今不知劳文斯叫什么名字，只知人人都叫他劳文斯。他本来不是六连的职工，据说他解放初期就在这附近烧炭、种香茅，一个人住在一座船形屋里。老雷来此地组建六连时，劳文斯是此地唯一的居民。他不是本地人，说着一口过分纯正的普通话。在这片蛮荒之地，却住着这样一位大陆人，不免令人生疑。因此老雷首先把他"拘留"起来，关了几天之后把他放了。劳文斯也因此成了六连的朋友。劳文斯和老雷有着不同寻常的关系，我能够感觉得到。劳文斯不是六连的职工，却享有六连职工的政治待遇。说起这政治待遇，那就是，劳文斯作为化外之民，可"文革"却无化外化内之别。县里把劳文斯这位历史反革命分子，让六连托管，凡开斗争会，劳文斯便和那些下放干部站到一起，接受批判斗争。

劳文斯的身份很特殊，说起来既简单也很骇人。批斗会上，他身上挂着的木牌写的是"美国特务"。

劳文斯其实是一个流民，他的一生归根到底是一个传说。我之所以在此刻写到劳文斯，皆因传说在时间中的意义，提醒读者留意。

我对劳文斯并不陌生。在批斗会上已经无数次地读过他脸上的表情，那是一张平淡得无法寻找出任何细微表情的脸，无喜无忧连一丝动静也寻找不到。

在我和信宜老鬼放牛的那些时间，为了寻找那些走失的水牛，我走进了劳文斯在雅加河边的船形屋。

雅加河无数条支流在山间绕来绕去，形成了许许多多优美的水草丰茂的小小河套。劳文斯的船形屋就盖在离沼地不远，离六连很近，离雅加大河不到一箭之地的一个河套里。小溪流绕着河边的岩石和树林，围着船形屋打了一个转，在一棵巨大的陆均松树下匆匆流去。陆均松巨大的树冠和周围的树草，把船形屋藏匿得密密实实，要穿过茂密的灌木丛中的小路，才能抵达劳文斯的船形屋。

这种形制，加深了我对美国特务的想象。难怪这特务能够从解放初期隐藏到“文革”才被发现，原来他的住处，连卫星都侦察不到。

那天傍晚，绰号“花牯”的老水牛没有回栏。信宜老鬼到镇上去取包裹。我必须在天黑之前找到“花牯”。

秋天的沼地黄昏分外迷人。无数的候鸟成片成片飞翔在沼地上空，在金色的夕阳中变换着奇妙的颜色。当它们向着阳光迎面飞翔时，天空便闪耀着斑斓的光色；当它们背向夕阳飞翔时，天际间便仿佛升腾着烧蓝一般的剪影。当夕阳完全沉落，沼地在那一瞬间忽然归于寂静，空气中便有一种死一般的阴冷。刚才漫天的热闹与热烈戛然而止。雅加夜的恐怖就毫无声息地降临了，六连也随之沉入闪烁着星星点点火光的黑暗之中。空气中便传来远远的山峦上烧山的焦味，那种能令人兴奋的焦煳味，就像苦咖啡似的气味。我深深地吸吮了一口这样的气味，这是消除雅加夜的恐怖的最好办法。

我听见隐隐约约的牛铃声，没错，就是那头“花牯”的牛铃，从雅加河套那儿传来。在雅加的夜路穿行是一件极为危险的事。黄昏时分，打猎的人们会启动一切捕猎野兽的索套铁夹，包括威力足以把人炸死的山猪炮。但这些于我而言却全然是小儿科，我熟门熟路地循着牛铃而去，最后进入了劳文斯的领地。

船形屋透出微弱的火光。我知道那是劳文斯的小屋，白天我曾经到过这儿，在小溪流里见过这座船形屋。在原始森林里生活，没有客套也不必生分，正如在大海里迷失，见到船你便有足够理由要求援助。我推开树皮门，火塘边坐着老雷、劳文斯和坦桑。我这才感觉到我的鲁莽有多么严重。足足有一分钟的僵持，所有的人都僵住了。我想辩解说点什么，终于没有说出。老雷严厉的目光在我脸上梭巡，我不明白老雷怎么会出现在这里？劳文斯和坦桑应该是老雷的阶级敌人，他们居然在这里秘密聚会，喝酒。我想，此刻在场的四个人，都同时闪过这个疑问吧？我的心思，他们一眼看穿。

坦桑说：“找‘花牯’吗？”

我说是的。

“来，喝一杯吧。”老雷一放松，气氛马上就松弛了。劳文斯顺手拿过胶杯，倒上米酒，我便就近席地而坐。一时找不到话说。

坦桑对劳文斯说：“他就是我跟你说过的亚雷，很有追求呢！”

劳文斯对我笑笑，并不言语。

我第一次听到坦桑在外人面前称赞我，心情开始放松。

火塘上炖着一锅肉，香气四溢。坦桑夹起一块肉，放到我面前泥地上的碗里，“吃吧，黄猄肉，味道不错。”

火光在他们三个人脸上忽明忽暗。我虽然过了少不更事的年龄，但还是无法真正澄明面前的事实。老雷太超乎我的想象，他怎么可能和坦桑劳文斯把酒言欢呢？白日里那位阶级立场坚定鲜明的连长到哪里去呢？

这个幼稚无知的想法影响了我很多年，使我无法看清人世间的许多真面目。直到有一天，老雷失去了双脚，遍体烧伤成为残障，成为一个知青墓守墓人时，我才明白老雷的一生是活得何等真实与尊严，他是我在雅加遇到的用心生活的人。

在这之前，我和坦桑已有许多交往，和老雷坐在一起喝酒却是第一次，有些拘谨，老雷倒没有什么讲究。我敬了他一碗酒，一饮而尽。他有些惊奇地望着我："酒量还不小哇！"

"会喝一点点，我故乡那边是海边，海边渔民都能喝酒，学了一些。"我谦虚地说。

"不是一点，是一大碗啊！"老雷很豪气地说，又举起碗，"来，敬你的老师，坦老师。哦，劳文斯也是一个学问家，也可以做你的老师，一起敬！"说罢一饮而尽。

我恭恭敬敬地分别敬了坦桑和老雷。

酒是我成长道路上的动力，是我血脉中的血流，它使我立马激昂起来。

坦桑对老雷说："亚雷正是读书的时候，可惜啊！"

老雷说："好好接受再教育吧！毛主席说农村是个广阔天地，可以大有作为啊！再过几天，就到连部当文书，团里批准啦。"老雷没头没脑地说。我以为在说谁呢，并不在意。

坦桑问："你是说他？"她指了指我。

"这里还有谁吗？你，劳文斯，哈哈哈！"老雷爽朗地大笑。

"我？"我惊讶得说不出话来。难道是上帝的指引？是"花牯"的功劳，还是老雷酒喝多了，信口胡说？我心中却充满一种梦想成真的希冀。

老雷是个粗人，他当然也知道这个消息，对于一个伐木知青而言，意味着什么。这是多少知青脱离苦海的第一根稻草。当时我想，如果这是真的，坦桑也许从中起了很大的作用。我已经看出老雷和这些下放干部之间，是心有灵犀的。下放干部虽然是阶级敌人，但在老雷看来，他们都是些文化人，有知识有见地的人。

一个星期以后，我到连部当文书，半年以后，直接被上调到师部当报导员。我记住了那个雅加河边船形屋的夜晚。

劳文斯1945年20岁，在美国大学未毕业便被直接招募进美国驻华顾问团当中文翻译，抗日战争胜利后流亡到粤西乡间教小学，肃反时被清理，开除公职，随乡村逃荒的农民来到雅加，从此隐姓埋名在雅加烧炭种香茅。“文革”开始，他被口头定为历史反革命分子。这之前，他和老雷已有十余年的交情，自从老雷1952年创建六连至今，他们成了莫逆之交。“文革”中，他基本上处于老雷的保护之下。老雷于“文革”前曾多次保荐他到县里教书，但因劳文斯既没有户口档案，又来历不明，属于乡村流民，连代课教师都无法安排。劳文斯的档案在美国，他是台山华侨的第三代人。解放后既回不去美国，也取不来档案，所以说他是流民是最准确的，说他是一个传说，就更准确。关于劳文斯的一切，至今也还是一个传说。可是这个传说，却毫不留情地成为坦桑被判死刑的证据之一。

那天晚上，尾随我而来的还有一个人，而我们四个人全然不知。在我们酒醒之时，树皮门外就蹲伏着一个人，这个人后来在专案组的口供——在某种程度上——使一些传说变成确凿的证据，置坦桑于死地。

第十章

无头躯干就这样走在黑幽幽的山路上，夜风吹送过来一阵阵血腥的味道，头颅发出的光亮，在山道上扫出一片游离着的白色光斑。那是一种惨白的渗着白色的白光。头颅和心脏以及那无头躯干，就在这寒风惨烈的山野间，尾随着群鬼，哭号着，在长长的暗夜里，无处不在地悲恸着无人的山野。

如果不是亲目所见，任是怎样的描述，都无法穷尽此时此地的情状，都无法令世间的人们相信那样的惨烈与悲恸。

当我在枫树林中回望岭顶时，岭顶已让中午的阳光辉映得一片光明，过分强烈的阳光把岭顶的峰峦映照得无比透亮。山峰和天空的云雾融为一体，分不清哪是云哪是山，山的沿线明显地让云雾给蚕食了。天空便演化成海洋，白云是它层叠激涌着的海浪。坦桑在她的碉楼上让我望海，她所指示的大海，大约就是这样的云海。那是比真正的大海更其诡秘和丰饶的想象。

王佬龙是一条已经游不动的鱼，他只有在这样的云海里才是自由的，在黑暗的原始森林里才是安全的。我们没有任何理由去惊动他。我把这个意思传达给雨天，我已经决意不再打扰王佬龙。在离开王佬龙的时候，看得出王佬龙有些依依不舍，刚刚建立起来的一点情感，瞬间就又割断了。这点也令老符很是不解。千辛万苦找到王佬龙，就这么离开了么？什么事也没做，什么话也没说。这是老符的看法。他并不明白王佬龙，王佬龙的内心，已经容不下任何人进入了。

安享天年吧！我在心里说。他并不需要任何人的怜悯。他已经以自己的方式安妥了自己的灵魂。这样的灵魂方式是不能被改变被惊扰的。正如沉睡于地底的那些千年灵龟，任何对之的翻侧都不具备救赎的意义与价值。雨天不明白我的意思，她始终觉得拯救王佬龙，起码帮助他走上正常的生存轨道，是一种人道行为，他无论如何应该幸福地生活在现代社会，回归现代人的生存环境。

雨天采用了拯救这个词。

我坚持说：对于现代人而言，不存在拯救的问题。一切拯救都应是自我救赎。我说得有些极端，但不是吗？世间有一种东西，是无法改变的，那就是命定。我以为王佬龙的一生，就是一种命定。包括我这部小说里的所有人物，他们都不得不遵循着这样的规则。他们无法背离时代要求，去追寻达至一种自己想望的命运。我说的是命运而不仅仅是一种生活方式。

什么是命运呢？雨天已是一位博士生了，可她对此仍然困惑。

精神生活或叫境界吧？我也无法说得清楚明白。对于现代人而言，生存与生活不是最大的问题，也无关命运，而精神困境可能正是命运所要关怀的问题。对于一般个体的人而言，一日三餐衣食住行可能不再是首要问题，已经不是“路有冻死骨”的时代，起码在量上它不是绝对问题，有的可能只是质上的优劣丰歉。可是从精神上言，可能更是关乎人类的总体取向，也可能是一种民族的存在质量。我提醒雨天注意我在这部小说中的人物与情节，它们所可能蕴含的一些重要元素所要表达的真正目的，是事件与行为的精神遗存，而不是事件本身。

重点地讲，史图博游历研究雅加这件事，并非是我们着重要面对的事件，我们想要弄清的，更可能是这件事对于雅加的精神保存的价值。我们的所有追寻，看似是对雅加的回望，这种回望其实是我们面对未来的一种方式。伯顿断言：快乐皆空／甜蜜唯忧伤。真正的力量，在于是否能够乐观而骄傲地去拥抱挫折、失败、犹豫与迷茫。正视它们对我们当下生活的干预、左右与决定。

我写下了那么多过去时代令人忧伤和痛惜的事情，写下了那些在乱世难以自持无法告白的命运，写下一种集体力量下的人性残杀，这是人类历史无法避免的人性自渎，这种自渎在雅加自有人类以来就一直绵延着存在着，蛰伏在人心的历史里，封冻在严冬里，等待着春天的到来，以病相的方式，以救赎的方式，呼之欲出。它曾经受到肯定并享有无上光荣，以傲慢的姿态横空出世，引无数英雄竞折腰。何解？

见到老单那天，沟谷里正下着大雨。

雅加的大雨我是见识过的。七八月雨季时候，雅加大岭主峰终日白云缭绕。早上阳光灿烂，云彩洁白如牛乳，如有轻风，牛乳便时淡时浓，总在峰巅周围聚散。中午阳光强烈得灼人，青山绿水间似乎有一种阳光烧灼的热力或气味，原来时淡时浓有如牛乳般的白云，已经凝聚成块状的云翳，有一种浓得化不开的胶滞，把山峰紧紧地圈糊起来，强烈的阳光被严严实实地阻挡在山巅外围。

原来乳白的云翳变得有些发黄，犹如发了酵的奶酪，有一种凝脂的颜色。

午后3时，山顶忽然就乌云密布，阳光逃遁得无影无踪，森林和湿地开始颤动，所有的生物都收起自己的脚步，蛰伏起来，随后天地便一片昏黑，大雨如注，洪水暴发。平时温顺雅丽的雅加河摧枯拉朽，地动山摇。无数的船形屋，沉没在风雨的狂欢之海中。

雅加每年如期而至的雨季，曾经成为我平淡而又无望的生活中，一些释放身体与灵魂野性的时间。

下雨了。不用上山伐木。下雨了也就自由了。在雨中行走，到河里捕鱼，去山中捉龟，到林中抓鸟，雨天使生存的细节回到了人的本性，为一个知青找回了活着的理由。我相信雨季会给人带来奇迹。

我是在沟谷的车站偶遇老单的。这场雨下得太突然，县城里的人不太注意下雨之前山川的自然征兆，所以常常猝不及防。候车亭里挤满了人，站在我旁边那人竟然是多年未见的老单。陌路相遇，老单很是客气，一口一个领导，如何如何……

雨越下越大，候车亭里的人挤成一团，我和老单几乎是脸贴脸站着。我嗅到他口里呼出来的口气，那种浓烈的生切烟的口气。我曾经很熟悉的这种污浊的口气。在六连，凡是男人们成堆的地方，都会弥漫着这种气味。许久没有嗅到这种味道了。我顿时有一种时光倒流的感触。六连那些有雨的日子里，所有的幽暗和明亮泛上心头。我忽然有一种强烈的愿望，那就是和老单好好聊一聊。

在六连，老单在好长一段时间里，是六连的太上皇，政治权威，他的话，连老雷也必须洗耳恭听。这位初中毕业的专案组长，虽然没有老雷的革命阅历，但其革命的成分一点不比老雷差。1964年，中国广大农村实行“社会主义教育运动”。中央向各地农村派出大批工作组，指导、组织农村“社教”运动，并随着这一运动，在各部门抽调了大量青年干部，作为“政治学徒”培养。这些人个个根正苗红，出身贫苦。从基层来的“政治学徒”，大多从农村青年中选拔。他们参加完一、二年的“社教”运动之后，大多被提拔到公社当干部。老单在“文革”一开始，就作为地方工作组派驻六连，负责下放干部的专案。简单说，坦桑的案子就是他的功劳。

老单还是老样子，外表没什么大变化，在六连时，他本来就很注意自己的仪表。大背头总是梳得很整齐，脸上始终有一种凝重成熟的表情。他有着一双雅加人特有的深而明亮的眼睛，眼光犀利不失单纯。他夏天穿一件白色上衣，大热天风纪扣也扣得紧密。他皮肤黝黑，裹得紧紧的白衬衣显露着他单薄的肌肉，有些营养不良的感觉。他个子矮小，走路却是昂首挺胸。有一段时间，他不管穿衬衣还是穿干部装，腰间总是束着皮带，那种咖啡色很光洁的新款军用皮带。女人们说老单扎皮带很神气，我倒觉得老单扎皮带很滑稽。很滑稽的意思是因为老单过于严肃以至于严重的表情，大部分得力于这根军用皮带的威力。

在去连部当文书之前，我对老单总是敬而远之，有时在路上远远地见到老单，我都尽可能避开他。更多的是在批斗会上见到老单，他总是坐在台上的一个角落里，冷峻地监看会场的每一个角落，大约在心中审视着现场的阶级斗争情况。他绝对不当众打骂批斗对象。每次批斗会，他先说几句动员之类的话，最后再说几句总结和希望之类的话。说话简洁有力，不拖泥带水，十足是个大干部的派头。之前老单大约对我没什么印象，但我想，他注意坦桑，就一定会注意到我。那次我从碉楼出来，经过老单身边，他就多看了我几眼并把目光转向我刚刚走出的碉楼。我深信老单的眼神不是无意识的。

我到连部当文书之后，和老单有了多一些的接触。他每天都会准时到连部他的办公室来，和遇见的人打招呼，却绝对不进入任何人的办公室。看得出连长老雷对他很是敷衍，他对老雷倒是毕恭毕敬。连部几位领导招待团里师里来人，老雷偶尔会让我去请老单，老单并不拒绝。即使是在喝酒吃菜时的老单，虽然比平时有些人气活气，但在我看来，他依然是闷闷不乐，责任重大的样子。

的确，即使那年月，专案组长操有生杀大权，享有无上权威，但六连几十个有问题的下放干部，个个都比老单有资历，虽然虎落平阳，但都不是容易摆弄的角色，至少在我看来是如此的。正所谓烧死的芭蕉心不死，这是那时形容阶级敌人，人被打倒于心不甘的革命话语。恐怕再嚣张的政治学徒兼初中生老单，也是会明白这个道理的。

我这个连队文书，其实是兼顾多种职能的，既是连长领导们公干时的公务员，又是生活时的勤务员和炊事员，还是领导关系之间的交通员，陪吃陪喝时的饮酒员。

老单的大名叫单向平。那时老单还没有结婚，30 岁左右吧！因为长得矮小，又有营养不良的问题，故远看比实际年龄小，近看却像个小老头。偶尔我到他办公室送、取材料，发放通知，他会叫我坐一会。我本不情愿，若是老雷，不用邀请，我都会借故坐一会儿，和老雷神聊，打探些军情，代人呈送“奏折”，很有必要。可是在老单单向平这儿，真的是无话可说，特别是他那张拒人于千里之外的脸，冷冰冰了无人色，庄严得像蒋介石。出于他的权威，有时我便勉强小坐须臾。

我以为他会向我打探下放干部的阶级斗争动向，不料他倒问起我的家庭来。我想他是看过我的档案的，专案组嘛！尽管我并不属于他管辖范围，但组长想看谁的档案，老雷挡得住吗？每次我都会格外小心，唯恐哪儿说错了，让他抓了辫子。

他见我警惕性很高，一副戒备的样子，他脸上便有了些许松弛，没有那么紧绷。我对老单一点不感兴趣，老单对我却明显有着兴趣。经验告诉我，被老单这种人盯上，没有什么好结果。

“我听过广播了。”老单没头没脑地说，把我吓了一跳。

“又有最高指示？”我以为昨夜又有最高指示传达，我没有接到通知，坏了大事。

我注视着他，看出他有几分惊愕。双方对话都没头没脑，牛头不对马嘴。

“什么最高指示？有吗？”他警觉起来。这种神经质紧张是那时人们的条件反射，尤其是专案组长老单更是阶级斗争时时绷在弦上。

我这才明白刚才误会了老单的意思。

“那是什么广播？”

“别紧张，我说的是团里县里的广播站，广播了你写的文章。”他带着几分欣赏的口气说，看得出此刻说这话的老单倒是很真实的。

哦，我这才松了口气，有几分欣喜地回应：“哦，小文章，心得体会而已。”老单指的是不久前，县广播站的曾光到六连来组稿，让几位知青写写关于纪念毛主席 12·22 最高指示的心得体会。12·22 最高指示就是：“知识青年到农村去，接受贫下中农的再教育，很有必要……”曾光拿走了五六篇。我的这一篇被采用了。虽然没有亲耳听到，但是，老单却是通知我喜讯的第一人。我心里很兴奋。

此后，每有类似的纪念活动，曾光都会约我写体会文章，文章被曾光推荐，从县里到团、师广播站一直发到雅加日报、南方日报。一篇心得体会文章，从基层一直走到省里。这也是我后来从连队直调到师部当报导员，后来又被推荐当上工农兵大学生的因缘吧？

老单给许多人带去厄运，而这个后来被我称之为地狱刽子手的人，带给我的却是我人生前进起点的第一个喜讯。

记得那天我在老单的办公室里坐了好久，全是在听老单说教，他那时那刻把我当成了知己吧？谈了好多一个农村青年儿时的憧憬——成为一个农民作家。这是老单的梦想。所以，他对我在那样的时局里，能够在广播站发表演说（这是老单的原话），他当刮目相看引为同好、师长和知己。他滔滔不绝的话语令我汗颜也很窘迫，他说什么我听不进去多少，但他那激越的话语、情绪令我久久难忘。这绝对不是我平时见到的冷若冰霜的老单，魔鬼一般冷峭狰狞的老单，而是一位青春激昂的文学青年的激情独白。

我说这只是很偶然的事，没有什么大不了的。广播广播而已，什么痕迹也没有留下，谈不上是演说，更与发表文章无关，心得体会嘛。哪知老单马上反驳我的说法。他说问题没有这么简单，为什么不宣读别人的体会呢？为什么单单广播你的体会呢？他说“呢”字时尾音拖得很长，给人很奇怪的感觉。开始时我还以为老单有意笑话我，后来发觉他是认真的，他真的把广播文章这回事看得很重。我嘴上说得很谦虚，心里已被他撩拨得乐滋滋的。只是我开始时并没太在意这件事和前途有什么关系，经老单一说，反复渲染，也觉得此事非同小可，事关前途的大事。老单仿佛不是在说我，他沉浸在自我陶醉之中。仿佛广播这事，已经转移到他身上，而不是在谈论别人的事。

我很耐心地倾听着老单的表演，一方面他是领导，又是年长我至少10岁以上的长者，革命老前辈。他是名正言顺的国家干部呢。尽管那时我并不知道他的级别，但至少不会比连长老雷官小多少吧？连长老雷在我们心目中已是一位大官了。

老单的可爱之处表现得非常彻底，真令人吃惊。我和老单之间一下子拉近了距离。在那一瞬间，对他也好像不太反感。

后来，我在雅加的每一次小小的进步，比如从连队调到师部，我都会不期然地想起老单那天的表演。我之所以把老单说成表演，是那天的老单真正地表现了他的真心，而在那个年代公开场合中的老单，我们能够看得到的老单，恰恰是与他那天的真心表演悖反的。后来，接触了许多从底层从农村中奋斗出来的业余作者，我多多少少便会触动那天面对老单的那种感觉。那是一种纯真的东西，它纯真得陈腐到非常功利的地步，可那依然是纯真。每每想到这一点，我对老单的莫名恶感就会顿然消失。

本来，雅加的大雨来去都快，可这一次下雨在沟谷县城，却整整持续了两个小时。县城到处洪水横流，我在候车亭也足足经历了两个小时的大雨洗礼，全身都被雨水溅湿透了。老单躲在众人之中，他就站在我身边，身上却干干的，似乎没有淋湿。这个老单，太能保护自己了。老单很是热情，一定要邀我去喝茶，就在车站的“老爸茶店”。我不好推诿，老单左一口领导，右一口名人的，弄得我只好由他摆布。我连忙纠正他的口误，说我既没当官，也离名人还远。

但他依然不理会，干脆咬定领导不放松。后来我才明白，在雅加这个地方，有一段时间，人们对稍有身份的人，不管实际如何，一概叫领导没错，就像后来到处逢人便称“老板”、“经理”、“老师”一般。反正表达尊敬就是，是否领导，并无关联。

“老爸茶店”挤满了人，那时雅加刚刚改革开放，20 世纪 90 年代初期就如内地 80 年代初期一般，总是慢了半拍。一杯咖啡，半壶奶茶，几个人便喝上半天，谈古论今，感怀世事，顺便谈点批文、生意，如此而已。

想不到老单变得颇开朗，很能谈天。先是感怀六连相处的岁月，六连在他口中，成为彼此青年时代的革命大熔炉，比延安抗大也不为过。他细陈了从六连出去的知青们今昔的成长史，他如数家珍，谁谁出国留学，谁谁当了处长科长；谁谁做了老板，身家如何如何；谁谁又成了作家，名气怎样怎样。他的记性和了解详细令我很是佩服。他掏出本子，请我在上面留名、电话号码、家庭住址、单位名称、个人职务、邮政编码，无一纰漏。我想这个老单精神没有毛病吧？我一一照办之后，他把本子逐页翻给我看，择出六连有关的人事，顺便把一些在他看来有出息或有地位值得炫耀的朋友，也附带做了介绍。如此这般，又花去了将近一个小时。从雨中邂逅到此刻，已近 3 个小时。我还有事做，本想告辞，但老单的热情令人不忍说告别的事。每当发现我有告辞的意思，他便又扯开话题。

“等等，等等，等一下再找几个朋友，六连的，喝一盅，喝一盅……”他有些语无伦次，但热情异常。

我心想，我和老单在六连的感情，也还远没有到如今天久别重逢这般隆重。老单何以如此重视这次偶遇呢？或许这已经成为他生活的一个重要部分。

我在沟谷停留了几天，那些天偶然和熟人谈到老单，大多有鄙夷之色。人们似乎都不太愿意多谈他。我便觉到老单其实很是潦倒。

尽管老单在雅加作为一个人物，在六连作为人人畏惧的太上皇的时代早已结束，但是不知出于何种心理，人们越是不把他当回事，我越是对老单有一份强烈的好奇和怜悯的心。老实说，那天在雨中，我对老单印象并不太坏。等把在沟谷的事情办完，我想邀上老单好好聊聊。我很想和老单聊聊坦桑的最后岁月，老单是最后的见证人。

我在六连处理的最后一件事情，是请老雷来听团政治部的一个电话。电话那头口气很严厉，我觉得老单当时就在电话那头。我四处去寻找老雷。老雷很少在办公室待着，总是一个人到处走，到生产现场去。他的这种作风把我害苦了。往常电话找他，我说不在，对方会把事情交代给我，由我转达也就行了。可这一回，非得让老雷亲自来接听不可。

明天我就调师部报到。今晚连里杀了一头老牛，全连队班以上干部要庆祝送行，连部有了一种节日才有的气氛，炊烟里也有了许多肉和酒菜的香味。我四处寻找老雷，好不容易才在沼地旁边的河边找到他，他正和几个知青在宰杀那头老牛。

我远远地喊他，他听见了并无回来的意思。我赶紧上前拽住他，耳语，强调电话好像很重要，他才不情愿地跟我赶回来。他双手沾满老牛的鲜血，口中还一个劲地骂那老牛："这么老还这么有劲，险些把人的鸟踢没了。"他从路边捋了一团干草，边擦着他那双粗糙如树皮沾满牛血的手，边骂骂咧咧地赶回连部办公室。

我看他接电话的神情、口气，就感觉到大事不好，好像有什么严重的事情发生。开始我以为是与我上调的事有关，事到临头又泡汤的事，是经常发生的，朝令夕改，铁板钉钉的事顷刻就化为乌有也屡见不鲜。后来听到"警通班"、"严密护送"等话语，我才意识到事情严重，和抓捕人犯有关。老雷见我一直站在旁边，他用手示意我走开。我逃也似的离开了办公室，心里有些紧张，会发生什么事呢？和老单有关？和专案组有关？我马上想到了那些下放干部，抓谁？

老雷铁青着脸走出来，他见我怔在那里，便粗声大气地："没你的事！杀牛去！"

老雷没给我下达指示，我就不能多问。明天我将离去，六连从此成为记忆。今晚的送别会餐，算是几年来老雷对我的情义，也趁此机会让六连的人打打牙祭。我感激老雷。

那是 1969 年年底。那一天是 9 月 9 日，我记得很清楚。

第二天，老雷安排我早早地出发。天还未亮，他就把我叫醒，对我说：谁也不用告别，到师部嘛，要经常回来的。他把我送到雅加河边，在上渡船的时候，他对我说："六连会有大事发生，能够从六连走出去，是你的福分，好好珍惜吧！不要管六连的事，六连的什么事都和你没有关系。有人问起什么，就说不知道。"老雷很少这样正儿八经的说话，这些话从老雷这个老军阀口里说出，很令人不安。我预感到老雷所说的大事，一定非同小可，但是什么事？严重到什么程度？所谓大事，一定和那个电话有关。

当天我到师部以后，夜深人静时，溜到办公室给六连打电话，从师部到六连百多公里，长途电话非常难打，好不容易打通了，响了半天没有人接。我刚到师部，没有任何熟人，也不便打听六连的事。半个多月以后，团部有人来师部开会，才知道六连出了一桩后来轰动全国的大案。坦桑在我走的那天清晨，真的被抓走了。由六连警通班，荷枪实弹，押送到团部秘密关押。

老雷奉命安排了抓捕坦桑的工作。本是当晚应该押走，但老雷要求次日才执行。那天晚上，他无事一般。特意让下放干部们参加聚餐。坦桑自然有份参加。老雷不愧是经验丰富的老革命，那晚他对坦桑全无异样，他有意无意便频频到坦桑这一桌来，给坦桑敬酒。他把一切都做得天衣无缝。

后来我才得知，按照专案组的安排，老雷在接到电话时，应立马将坦桑拘捕，由警通班看管，连夜押送至团部。老雷擅自主张，让坦桑赴宴，为此遭到严厉批评。老单直接传达了团里对老雷的批评，老雷也不示弱："就地正法还给吃顿饱饭呢？让她吃几块牛肉就犯死罪啦？"老雷的正气把专案组长老单噎得哑口无言。给我转述这个场面的人，是团部一个报导员，他对老雷佩服得五体投地。当然，他是从坦桑后来成了死刑犯的结果，来反溯老雷的立场与态度的。我相信这些话一定出自老雷之口，而老单是否哑口无言，这就难说了。老单不是吃素的。在宣讲无产阶级专政理论方面，老雷绝对不是老单的对手。老单有足够的道理把老雷批评得哑口无言。

多年以后，我努力想回忆 1969 年 9 月 9 日那天，我在六连最后的晚餐时的情景，特别是在坦桑行刑之后的许多时光，夜里从噩梦中醒来，我都会搜索枯肠，企图从记忆中打捞对坦桑的最后记忆。那天晚餐，是我最后一次见到坦桑。真正是最后的晚餐。我本想晚餐之后，再到碉楼去和坦桑告别，岂知醉倒了，我醒来时已是凌晨。老雷天未亮就把我叫醒，送走。我现在回忆起来，老雷实际上是一个非常细心的人，他不愿意让我在场目睹坦桑被抓。记得那天临走，因为太早，不便去见坦桑，我请老雷代为转达我的告别，老雷只是说："走吧走吧！"并不多言。

此后，再见坦桑，她已远在刑场。那是 16 个月之后的 1971 年 3 月 12 日。我成了一万多个看客中的一员，在遥远的山头上，目睹她模糊的影像，消失在山坡的青草之中。

老单是坦桑事件最后直接的当事人。这个当事人从此三缄其口，至今沉默，他自觉有许多可供推诿的理由，他至今都没有丝毫的悔意，反而觉得自己成为一个受害者，为此愤愤不平了好些岁月。

我努力想忘却坦桑。但我最不想忘却的人却是老单。我从不讳言，随着岁月的漂移，我对老单愈来愈充满强烈的兴趣。我太想知道老单，究竟是一个怎样的人？包括他的思想乃至他的怨尤。

后来我与老单的几次会面，都颇具戏剧性，我和他的每次相约，几乎次次都因为种种非人为的因素而落空。而每一次落空之后，又似乎全由不经意的偶遇而最终得以弥补，在沟谷车站躲雨的那一次就是如此，这可能是一种天意。

关于那次雨中邂逅“老爸茶店”之后的聚会，详情令人忍俊不禁，我会在其后的叙述中细细道来。

第十一章

群鬼的队伍显然与无头躯干不是同一路人，他们一定分属于不同的群落。我看得非常明白，无头躯干永远尾随着，忽近忽远，而群鬼的队伍却永远昂扬向前，他们似乎并无觉察到尾随的危险，他们也似乎并没有发现尾随的无头躯干。他们只管自己在无人的暗夜中努力地艰难地前行。仿佛将去赶赴什么集会，抑或向地狱冲去。而尾随的无头躯干像是要抢上前去，说明些什么，劝阻些什么，却又被什么更强有力的东西扯住，在若即若离中游离，他永远无法追赶上群鬼的队伍，也永远无法走进那群鬼之中。我可以感受到无头躯干心情的游移与迫切。那种身不由己的游移与牵扯，头颅和心脏各自分离的苦况，始终在折磨着无头躯干的行走。他始终行走在分裂之中。

坦桑被抓走这件事，隐忧变成为现实。在我的经验形成的潜意识中，抓谁与不抓谁，似乎已经不取决于这个人本身，而在于某种谁也无法说出的道理，谁也无法掌控的一种现实。这种现实像梦魇一样，像病菌一样，飘忽在空气里，看谁不幸就被传染上了。坦桑的一切似乎太不合时宜。她的做派，她的话语，包括她不可侵犯的过分招摇的年轻与美丽，这些都可能招惹来病菌的无端侵扰，而这种侵扰是无关友人或敌人的。

林通对于坦桑的痴迷，到了病态的地步。如果一个男人对女人的爱恋，到了不能容忍任何人包括男人和女人都与之分享——如果稍微接近和话语交流也称为分享的话——的地步，这种爱恋就不能仅仅只用爱恋来解释。我常为小说中那种男女殉情感动，也幻想着自己能够拥有那样一份爱情。我从没想到殉情其实是有许多方式的，将对方置于死地而后快，或者完全消灭对方的肉体，而从中获得一种永远占有或完全占有的快感，这也是爱情或说殉情的目的与内容，关于这一点，林通是我的老师。

我隐约发现，不知从什么时候起，林通对我的表情，有一种诡异的，我以为是仇恨的内容，对信宜老鬼也一样。他目光里有一种很隐忍的警惕。这使得他在看人的时候，或者在沉思时，我会忽然电光石火一般地感觉到他的眼睛里有一种绿莹莹的光，那种由于惊恐焦虑担忧或者类似白日见鬼时才会有的绿光，倏忽之间溢满他的眼眶。

那天我从坦桑碉楼里出来，林通已守在路口。我看得出他有些慌乱，有些手足无措，他嗫嚅了半天才说："亚雷同志，我们谈一谈好吗？"

我很奇怪，我和林通平时很随便，我在坦桑这儿经常碰到他。我和信宜老鬼一开始就把林通当作坦桑最好的朋友，有时也无意间把他当作坦桑的恋人或家人。我想他和坦桑也许是最好的一对，虽然我对林通并无太高的评价。我以为他基本上是一个没有英雄气概的小男人，但是他勤快、善良。我对善良的看法已经沦落到很低的要求，那就是不轻易写大字报揭人老底或有意寻事。林通就是这样的人。我从没看到他上台批斗谁，每每呼出口号他也都有些敷衍。不像有些下放干部，为了争取表现，上台批斗别人很卖力很积极，而且胡言乱语，呼口号也很认真，声嘶力竭。林通总是躲在角落里，不是迫不得已，他是绝对不会和人正面冲突的。在六连，他算得上是人缘较好的下放干部。虽然他经不起说笑，但有人说得过分，他也不恼，总是勉强笑笑而已。

我们常在坦桑家见面，偶尔吃吃饭，有什么事值得如此认真谈一谈的？他过于认真的样子，反令我生怕，我以为犯了什么事。

在河边的岩石上，我们面对面坐下。

对林通我从来不敢造次，在他面前，总是安分守己。信宜老鬼，常常取笑他，没大没小的。坦桑倒是很欣赏信宜老鬼，鼓励我随便相处就好。她有时会看着林通对我说："看林通那端着的样子，我看亚雷有些见解就比林通来得深刻。"我知道坦桑说的是对史图博书中的一些讨论。那些有关族人巫术的调查，林通总把它们归入封建迷信一类，而且其言凿凿，死不悔改。我知道族人从未经历过封建社会，汉族的封建文化也很难在短时间里同化巫术这种古老的传衍。这是一个很简单的推演。坦桑多次强调了这一点，虽然更深的道理她不便说得更透彻。做了多年族人文化调查的林通，在这个问题上，却像个未入门的小学生。所以坦桑经常说他。在林通看来，坦桑的说法所代表的倾向，与爱有关。坦桑把爱分配给了外人。这是我后来学了一点心理学之后，对林通的心理分析，可在知青时代，我并不掌握这种知识。只是觉得林通此人很没男人气概，小气极了。

林通憋了半天，才客气地发问："你认为坦桑怎样？喜欢她吗？"

很突兀，这是一个无须在我与他这样两个男人之间说起的话题。那年我16岁，坦桑30多岁。

“她可以做我的母亲。”我认真地说。我知道林通的意思，这折磨了他好些日子。我明白，同样的话，他可能对任何接近坦桑的人发问。

我以为我的回答会令他满意，岂知他更直截了当的话令我吃惊：“你知道恋母情结吗？”

我没有马上回答他。我当然知道。在读史图博的书时坦桑就讲解过，在莎士比亚的小说里，描写过。我多少明白了林通的忧虑，经历过1966年的变迁，我已经没有那么率真与单纯，男欢女爱的事情，从中尉、从无脚蟹和春姑那儿，我知道了一些皮毛。但对于林通这种单兵突进，我还是一时无法适应。

我说：“不明白你的意思。”我显出无所谓，听不明白的样子。“人人都喜欢坦桑。”我必须告诉他这个事实，免他胡思乱想。岂知更激发他的胡思乱想。

“真的？乱说。你说人人是谁？”他有些语无伦次，有些急。

我笑笑：“你不就喜欢她吗？坦桑是人见人爱的那种。”我故意逗他。我本来就没把他放在眼中，这种娘娘腔的男人很令人恶心，何况还是个下放干部，一点干部的威严都没有，这是我和信宜老鬼的共识。

他看出我在作弄他：“亚雷，你也学坏了。”

“我早就是一个坏人，你不知道？”我笑笑。面对他，我不禁怀念中尉、华荣和无脚蟹。在他们那儿，哪里会有林通说话的权利？他知道我在挑战，并不理会我究竟是好人坏人，他执着于他自己的思路里。

“坦桑是我的爱人，你知道吗？”他忽然神秘地告诉我，有些陶醉的样子。他的目光在远处，远处正是碉楼的方向。

“你不是在老家有家，有爱人孩子吗？”尽管明知林通的品性和心思，我还是觉得震惊。一个已婚的男人，他怎么可以如此大胆表明坦桑是他的爱人呢？这无异于对坦桑的亵渎。

“谁说的？”林通有点急疯了：“亚雷，你怎么知道的？你究竟怎么知道的！”他十分慌乱。

“这不是公开的吗？老职工们都这么说。”

“真的？他们还说什么！”他眼睛那种绿光又出现了。我怎么从他的绿光里看到了凶气？

“我听老单说的。”我为了强调权威性，抬出了老单。“老单在连部办公室说事时，我亲耳听到的。”林通很紧张，他追问：“为什么会说到我，为什么会说到结婚的事，为什么……”他在发抖。一说到老单，他就紧张。而坦桑一说到老单，却是满脸鄙夷之色，嬉笑怒骂。这也许正是他们之间的区别。

“你很怕老单？”我明知故问。下放干部们见到老单，就像士兵见到将军。

“我怕他干吗？”他大约觉到在我面前失态，有失尊严。知青们看不起下放干部，而下放干部更瞧不起知青：都是些偷鸡摸狗的角色。大约在林通眼里，我也不外是这等角色。

“有空我去找单向平谈谈。我是封建婚姻，父母指腹为婚。亚雷，你也读过书的，封建婚姻不该反抗吗？我和坦桑，可是革命爱情。有空我再跟你谈谈我和坦桑的爱情经历。”他忽然又像变了另一个人。他大约怀想起他与坦桑的浪漫情怀，我约略知道一些他和坦桑的传闻。50 年代末 60 年代初，坦桑在沟谷田野调查，林通和坦桑的罗曼史，这些传说大多是林通自己说出，坦桑一笑置之。

“解放了，就不再是封建婚姻了。先结婚后恋爱。”我若无其事地说。

“你不懂，你还年轻，你不知道爱情是要死人的。”他很感慨地说，十分深沉的样子。

我当然知道，所有伟大的爱情悲剧最终都以死人告终。但那是小说、故事，现实生活还没有教会我更多这方面的知识。非得死人不可？

“会死人的。要死人的。死了人才会知道，才会知道珍惜，会死人的……”他突然失控似的自言自语，像个中了蛊术的人，浑身乱抖，语无伦次。

我从没见过一个男人如此可怕！在短短的时间里，情绪发生这么大的变动。

我打定主意，我必须把林通的状况告诉坦桑。从心底里，我是害怕坦桑爱上林通的。我倒是希望劳文斯能跟坦桑好。

“我们回去吧！”和林通只能是没完没了。那时我对林通只是没太多好感而已，因为他看起来太像个小男人，尤其不喜欢他那种唱戏似的腔调。我正处在一个崇尚豪侠的年龄，常常把自己想象为一个江湖侠士，一个虎落平阳被犬欺的江湖大侠，幻想有朝一日得道行侠，拯救家人也拯救坦桑，包括信宜老鬼。

林通有些紧张：“为什么要回去？回去哪里？”林通的目光更绿了。他全身颤抖，神情非常紧张。

“回办公室啊！老雷要骂人了。”我出来半天了，老雷有事无事都惦记着我，怕办公室无人，接不到上级的电话。

我认为林通得了神经病，也像是一个花痴。我知道坦桑并不爱他。可坦桑又不明白地告诉他，允许他经常出入碉楼，让他和龚伟形同父子，让他帮忙做各种各样的事。细细算起来，他们之间也大约有十年的交往了。坦桑可能一直把他当工作上的搭档吧！只是林通错把这种关系当作爱情。

那时我对林通关于爱情是要死人的梦呓般的叫嚣并不在意，以为不过是一时情急的胡言乱语。却不料竟然一语成谶，最后以那样的方式变成现实。

六连始终笼罩在一种不安与不祥的气氛之中。这是我多年之后，对那个年代里，从六连的创建到最后解体所经历过的事情，逐一追忆而得到的一种信息感应。那几年发生的事，几乎件件都是天大的事，件件都震动雅加，震撼中国。先是坦桑被执行处决，多年以后平反昭雪追认为革命烈士并根据她生前遗愿，追认为中国共产党党员。1974 年因砍伐“北京木”引发森林大火，牺牲 68 名知青和老工人，这两件事都具有全国影响，几乎可与雅加百年间的几件大事并列。上溯到 20 世纪 20 年代，由王佬龙父亲王亚龙导演的雅加红军血案，致 100 余名红军牺牲，此事件是中共党史军史上的重大案例。30 年代德国人类学家史图博二次进入雅加，出版《海南民族志》，首次向世界公布雅加族人的民族文化调查，使这个民族走向世界舞台。史图博的足迹经过六连。六连最老的族人也是遭遇史图博最后的目击者，本身就是一份独异无可代替的文化遗产。

六连的雅加，在百年间扮演了一个目睹血腥也目睹历史诡异的时间老人。他以他苍凉的目光，在人生天地间书写了雅加，书写了六连的时间。

六连终于成为凡是经过六连的人都无法逃避的梦魇。这个不断更新着内容的梦魇，如影随形地跟踪着人们，引领着人们各自走进它早已为之准备好的最后的停泊地。

差点就忘记了对龚伟的叙述。在六连所有遭遇的悲惨故事中，龚伟短暂的纯真童年，像一轮朗月，朗月下的花草一样，令人怀念，令人不得不改写六连的岁月。

龚伟又不见了。

龚伟的走失，应当是天天的事。六连就只有龚伟无书可读，坦桑是下放干部，不是六连的职工，何时离开六连是个未知数，完全取决于时局对下放干部们的处置。10 岁的龚伟，天天独自在六连周围游荡。新近连里来了新的下放干部，带来了一个 6 岁的小女孩。龚伟便领着这个叫梅的小女孩玩。小女孩长得很漂亮，也很伶俐，说着一口很纯正的普通话，笑起来有两个酒窝，甜甜的。父母是搞生物学的。一对青年夫妇，带着 6 岁的女儿，从广州下放到六连。

坦桑去放牛，中午一般回不来，龚伟都会在族人老职工家里吃饭，晚饭前他会自己回到碉楼。自从上次龚伟差点陷落沼地以后，坦桑的神经绷得更紧，多次要求老雷把龚伟送到团部上学。老雷也没有办法，团部上学没问题，可住宿怎么办？团部小学没有寄宿。老雷也想把坦桑介绍到团部去工作，但是办不到。

龚伟有伴了，可是有伴的龚伟就更不好管教。6岁的小女孩，正是撒娇的年龄，也是天不怕地不怕，天地不知的品性。她整天缠着小哥哥龚伟，一会儿到小河里抓鱼，一会儿到丛林捉鸟。被警告多时，好长时间不敢去河漫滩沼地捉钓鱼郎的龚伟，在小姑娘梅的怂恿下，又蠢蠢欲动。梅说长大了非龚伟不嫁，龚伟声明他已经娶了梅做二太太。大太太是妈妈坦桑。他说他一出世就已经和妈妈坦桑结婚了。

龚伟和梅这对小夫妻四处出游，赏心悦目，但却增加了六连的不安气氛。而这种气氛往往都是在出事之后，才显示出它狰狞的面目的。

荔枝峒的老猎手八公，在六连大会战的山洞里，发现了一窝野猪家族，两头大山猪带着一窝小山猪，足足有12只。大山猪公母各一，每头有300多斤重，小山猪每只也有二三十斤，山猪只只滚圆滚圆。八公几天前在山洞外装了几个山猪夹，其中一个夹住了一头大母猪。大公猪带领着小猪们，围着痛苦不堪悲号了几日的大母猪拼命号叫。八公爬在附近的大树桠上，目睹了这惨烈的一幕，这个曾经沙场的老猎人，从来没有经历过这样残酷的场面，一时也不知如何是好。他对着猪们打了几火铳，企图把它们吓走。岂知公猪发现八公，竟领着小猪们向八公的大树发动进攻。它们锐利的犬牙，轮番咬噬那棵直径有半米的罗汉松。把树撞击得不断摇动，聪明的猪们妄想把敌人从树上摇下来。不用太长时间，猪们定能把八公的罗汉松咬断，取了八公的性命。

八公情急之中，向天空射出了最后的火铳。大会战的人们闻讯赶来，目睹野猪们的疯狂：激战了几天的野猪们，愈战愈勇。那被夹住的老母猪，横着庞大的躯体，双眼放射着凄厉但依然不失凶残的光。老公猪简直就像一个披戴着盔甲的勇士，站立着趴在罗汉松树干上，向着距离几米之上的八公喷着腥臭的鼻息，人们拿着砍刀、锄头远远地围观，无人敢上前去。

老雷命令人们散去，他组织了十几个警通班的战士，人人手执步枪，瞄准老公猪，准备枪火齐轰。

八公已失了方寸，见老雷他们全副武装到来，他镇定了一些，口中高喊："瞄得准准再打。"他一个劲地叫喊。谁都知道，打山猪打不中要害，山猪会反过来对仇敌穷追不放，那时，谁也难逃一死。

老雷决定枪火齐轰老公猪，暂时放过那些小山猪。在他看来，老母猪被夹住了，慢慢收拾，万无一失，主要敌人就是老公山猪，十几杆步枪子弹，轰进老公猪体内，不怕它不死。

老雷端着他那把从不离身的手枪，我紧随其后。

在六连，不，听说在全师，只有老雷被批准持枪。有一次师长曾和老雷商量，调他到师部生产处当处长，代价就是让他放弃佩枪，把手枪上交。说是在和平时代，一个生产连的连长终日佩着手枪，影响不好，样子也吓人。老雷坚决不从。当处长不错，不佩枪不行。师长说，哪里有见过终日佩着手枪开会的处长呢？会怎么开？又不是军事会议。

老雷宁可不升官，也不愿放弃佩枪。他说这枪是当年王震来海南解决问题，亲手奖励给他的。“功臣。知道吗？功臣！”他对师长从来无须客套。他当党小组长时，师长还是他的通讯兵。

王震奖励的枪，这是事实，也是师里的光荣。“你们给王部长打电话，让他来收我的枪，别人甭想。”这是老雷原话。这也是师里对老雷佩枪毫无办法的原因。“文革”开始时，团部中学的红卫兵到六连来，想下了老雷的枪。老雷把枪对着为首的红卫兵：“你操蛋敢动？我一枪毙了你小杂种！”红卫兵也懂得识时务者为俊杰，他们在农场长大，也知道六连这个老军阀的厉害。反正革谁的命不重要，革命过程产生的乐趣才重要，还是不惹这个老军阀的好。从此没人再敢找老雷的碴儿，老雷也变本加厉。人人丧胆的红卫兵都不在话下，还怕谁呢？

老雷在六连一言九鼎，这是事实。

老雷虽然勇猛，但他不是一介武夫，他有战略战术，这是老雷经常自诩的。对老公猪，自然也要更讲究战略战术，他迟迟不命令开枪。八公在山猪们的夹击中，臭气熏天的气息里，早已失了老猎人昔日的威风，他有些撑持不住，好几次险些从树上跌下来。他从命令老雷到转而指点老雷到哀求老雷快些动作。八公的声音听起来比山猪们发出的哀号更为吓人。

我不明白老雷在等什么。我就站在他旁边，离山猪十几步远。

老雷悄悄对我说：“你信不信我一枪击中它脑门？打双眼中间那个白点。”他充满血丝的眼睛盯住我，等我回应。我摸准老雷的脾性，他说什么你只管说是，就没错。千万别拗他。我说：“当然，一枪毙命，节省子弹。”

“没有我的命令，谁也不准开枪。我打不中，发口令你们一齐开枪。”老雷强调。

八公几乎是哭着催促老雷。我没有见过一个老人的哭号是如此惊心动魄。

我还没回过神来，只见老雷一挥手，“啪”的一声，很清脆，老山猪前额一股血水冲天而出，它奇怪地扭动着庞大的躯体，双脚一软，像山一样坍倒在树下。小猪们见状，竟然迅速排成一队，向人们示威般伫立着，这是一种本能的条件反射。老雷阻止警通班的战士们开枪。“把它们轰走，放生吧！”随手拎起一根枯树，掷向野猪们。小猪们一哄而散，向山里逃窜而去。

“明年再收拾它们!”老雷非常豪气。

这两头野猪太重，足足有七八百斤，老雷招呼八公，让他来处置。八公马上清点了在场的人数，一共有54人。老雷大喝一声：“按规矩办吧!”

“当然!”八公很是爽快。

八公吩咐族人们，一些人去砍野芭蕉叶，一些人把两只野猪就地办了，开膛破肚。老雷已安排人到六连抬来几口大锅，众人就地架起锅灶，从河里取来清水，挖来山姜，割来香茅草，大家分工协作，杀猪煮酒，一场山林里的盛宴即将开锣。

山猪肉分成54份。按照见者有份的古老原则，每人一份。每份足有七八斤。所有内脏全投进几口大锅里，足有百把斤吧，大家从附近胶林里取来胶杯，砍了鱼尾葵的叶柄，做成半米长的筷子，吃猪肉，喝土酒，不亦乐乎。我不忘在锅里捞出几块切开的猪心肉，小心地包在芭蕉叶里，用白藤捆好，我想带给龚伟和坦桑，还有那个叫梅的小女孩。

八公和老雷除了分得一份猪肉外，每人还额外分得一个猪头。这也是古老的规则，打下猎物的猎手应得的荣誉。猎物的头骨特别是带有牙齿的下腭骨，将永远地挂在屋里显眼的地方。那是一种英雄荣耀的象征。老雷的卧室里差不多挂满了各种各样的猎物头骨。我开玩笑说：“连长，这次的头骨给我留念如何?”

老雷正色道：“给你也无用！这种事要自己去争取，怎好向人乞求呢?”

我立马敬礼：“我懂了。”

参加大会战的人们，每人都分得一份猪肉。这是六连最盛大的节日，比国庆节、春节和元旦都更隆重，令人热血贲张。我在六连的日子，经常让这种英雄主义的欢乐气氛所笼罩，从而常常忘却生活中的不安与危险。

当六连的人们沉浸在这种节日的欢乐时，龚伟和那个叫梅的小女孩却被人们暂时忘记了。

多年以后，当我再次细细追忆六连那些岁月时，54这个数字常常会跳跃着向我奔来。在一些关键的事件上，54这个数字，究竟意味着什么呢?

信宜老鬼曾经因为和我一起放弃伐木队的工作去放牛，让我以54分钱的代价：两包南海牌和大钟牌香烟，达成了一个约定。坦桑对此有她的说法。

54，对我和老鬼可能只是一种偶然，而坦桑却告诉我们：54，是一个永恒的神圣的数字。我多次问她，54 究竟意味着什么？坦桑总是说：“你们思考过了没有？好好想想啊！54 和什么东西有关联呢？”

我怎么也想不出来。想了很多时候。坦桑始终没有告诉我们。不，是来不及告诉我们，她就去世了，现在应该换个说法，叫做英勇就义了。

我至今依然能够想象坦桑在说到 54 这个数字时的那种憧憬的神色。她像是在想象世界上最美好的事物似的。这个她未经说出的秘密，我后来才知道。54，确实是一个很神圣很神秘也很令人深思的数字。

54，是一个有关时间的数字。

一副扑克共有 54 张，其中 52 张是正牌，表示一年有 52 个星期日；另两张是副牌，大王代表太阳，小王代表月亮。一副扑克牌点数的总和是 365，一年四季共 365 天。

这是来自坦桑的最早的时间启蒙。这种启蒙，对我的人生有重大的作用。可以说，后来我对生命的理解，大多出于这种时间启蒙所由的开发与领悟。

我怀揣着那块用芭蕉叶包着的猪心肉回到六连时，在去碉楼的路上，遇到了迎面而来的坦桑。

坦桑今日非常漂亮。她穿着军上衣敞开着，露出了鲜红色的丝质背心。透过那薄如蝉翼的红色背心，似乎可见她那让族人妇女们都非常惊羡的高耸着的胸脯。那里似乎永远充满着活跃的生命跳动。我想这可能也是坦桑令六连的男人们感到神秘诱惑之一。难怪乎林通总是疑神疑鬼，把六连包括路过六连的所有男性，都想象为自己天然的情敌。

坦桑的头发在没有缠绕乌结的时候，是浓密同时蓬松着的，有一种很慵懒很随意的风骚。这自然是心存欲念的男人们的看法。而在坦桑那儿，更可能是一种随意轻松自在的习惯罢了。一个 30 多岁正处于春天春风春水荡漾的知识女性，在六连这个蛮荒的旷野里，所有原来的优雅，都可能被一种原始的目光视作风骚也就等同于淫荡。

坦桑身上散发出来的女性气息，健康、中性充满着阳光和稻草的味道，再加上她那令人过目难忘的妩媚的眼睛，足以杀死所有饥渴难耐的男性目光。坦桑这种坦然坦荡四处流溢的女性特质，不能不使那个饥饿年代里的人们，犁开荒芜的心田，寻找滋润的渴望春天春风春水浸泡的种子。

坦桑像风一样向我的方向吹来。坦桑不仅仅是一个女性，更是一个充满生命力量的女性，她身体的每一个部分，包括神情，都让人体会到那种叫做力量却无处找寻的东西。她已经到达成熟得不能不绽放的时刻。这个时刻与年龄无关，全然是她的灵与肉的高度结合的果实。

在雅加生活的人都知道，每当午夜时分，从雅加河，从沼地，从枫树林里，会传来清脆的、憋足了力量、纵情而不是尽情开裂的响声，那声响绝对不是被迫的无奈的，而是一种主动的人间拔节。那是大自然中生命力的一种竞争，看谁把果实弹跳得更远，弹跳到风中，到流水里去，让它们传带到更遥远的地方去，生根发芽，开花结果。这种生命的传递，在雅加已经延续了千年万年。坦桑就能给人这样的遐想。她饱满的嘴唇，明晰的唇线，和着那无比妩媚难以言状的眼睛与眼神，都足以让这种遐想飞越所有的阻碍。

坦桑从来没有以这样的美丽示人。

第十二章

这样的游行与各自的出演，在无人的山野暗夜，持续了许久许久，在我混沌的境界里，它们是一出从没有开头，也永远不会结束的活剧。从宇宙初开就已经开始表演，演出了多少个世纪，我无法估算。只是觉得时光在我的灵魂中已经过去了无数个春秋，那不是时钟也没有时钟可以计算的岁月。根本就感觉不到时钟的存在。时间在一片空濛的宽阔的亘古未有的空间里，四处逃窜。而那些群鬼，和无头躯干所组成的队伍，永远是慢悠悠的，视若无人的，行走着自己的队伍与意志，任是无尽的惊骇，在草莽间无端地滋生着，直漫日月星辰。他们依然我行我素，仿佛这世界上除了他们之外，什么都不存在，什么都未曾发生。

那天中午，留守连队的人们，还见到龚伟和梅，还有那头与龚伟形影不离的水鹿。傍晚时分，大家从工地上回来，人们扛着分到的山猪肉，欢天喜地回到连队，连长老雷接到坦桑的报告，龚伟和梅一起失踪了。刚开始老雷还并不十分在意，他忙着去办公室处理连里的事，让我安慰坦桑和那对年轻夫妇，再找人四处去找找。

夏天的沼地土层很厚，没有太大危险，估计孩子们也不会到那里去。上次龚伟在沼地里吓怕了，他轻易不会再到沼地。除了沼地，孩子们不会走远。

待到天色渐暗，孩子们还没有踪影，老雷这才急了，发动全连百多口人，四处去找。

我在去碉楼的路上碰到飞奔而来的坦桑。她像风一样从我旁边吹过。她根本就没有留意到我的存在，径直向沼地方向奔去。我把分到的十几斤山猪肉放在路边的草丛中，紧随坦桑奔跑。

仿佛有神助。坦桑的目标很明确，她沿着沼地边缘的小路，飞快地奔走。几乎是同时，我和她一起抵达那棵高大的黄花梨树下，只见梅独自一人，在树下玩耍。这时，天已完全昏黑，梅在那儿不哭不叫也不害怕，她玩得正欢。坦桑一把抱住她："龚伟哥哥在哪儿?"她急切地问梅。

"哥哥和鹿鹿去摘果子，我在这等他呢!"她这才记起龚伟还没回来，突然大哭起来，抱紧坦桑："哥哥呢？哥哥!"

"梅，你慢慢说，龚伟哥哥往哪边走了？慢慢说，别哭。"坦桑哄着惊怕的梅。梅指着通向山里的方向，一下子指这边，一下子指那边，她在黑暗中完全迷失了方向感。

我拉着梅的手，小声地问梅："龚伟哥哥走了多久啦？他走的时候跟你怎么说的?"我想必须先搞清楚龚伟离开梅时的情况，可是梅根本就无法说清。你能指望一个 6 岁的小姑娘什么呢？坦桑很绝望。看样子，龚伟已经走失多时了。那头水鹿会把龚伟带到什么地方去呢?

这是我在雅加那几年里，碰到最为诡异的事情之一。

龚伟走失之后，老雷下令全连百多口人，停工搜山，足足搜寻了三天三夜，附近荔枝峒几个寨子的族人，也帮着寻找了几天，没有龚伟的一点消息。龚伟连同那头水鹿，仿佛飞天入地，人间蒸发了。

我和信宜老鬼，又发动了伐木队里几十名知青，找遍了雅加六连、荔枝峒方圆不止百多里的十几处山林，我们曾经伐过木，曾经去过的河谷溪流，每一个角落，都让我们走遍了。没有龚伟的任何踪迹，哪怕是一丝布片，一丁点与龚伟有关的东西也没有发现。

龚伟到哪里去了呢？龚伟和那只水鹿一起迷失在他们自己的乐园里了?

在龚伟失踪之前不久，黎母山割胶班 13 名女知青，在某日凌晨集体失踪。这事曾轰动了整个兵团。兵团派出了几百人，对失踪地进行地毯式搜索，持续了一个多月也毫无踪影。人们深信雅加有神秘的去处，各种各样的说法都有，我宁可相信诸多说法中的一种，那就是通往天堂之路。否则，造物主不可能如此干净如此不动声息地把人们引领到无人知晓的地方去。上帝一定是知道龚伟在人间受苦了，所以把他带走了。我只能这样安慰坦桑，明知道这是一种无望的抚慰，但除此之外，我能做些什么呢?

龚伟失踪两个多月之后，坦桑就被专案组带走，隔离审查达 16 个月之久，并于次年被处决了。这两件事看起来无半点联系，但是，我总觉得它们之间……冥冥之中有一种灵地的呼应。我始终对龚伟的生死，存有一种仰望神明的敬畏。我以为龚伟一定活在某处，一定在某处或守护或注视着坦桑的魂灵。一定以他的存在方式，和我们共同地呼吸着日月精华。他不可能就这样悄无声息地走了。还有那头水鹿呢？它和龚伟的相遇相守，似乎也在向人们昭示着一种什么？

那头水鹿的到来，本身就是一种神示。

龚伟到六连不久，族人在山坡上砍芭种山兰，草丛中飞跑出大大小小七八头水鹿。这是一个水鹿家族，族人们围堵着这些四处逃窜的水鹿。水鹿们从山坡上跑到连部的球场上，人们轻而易举地把这些水鹿一只只擒获起来。其中有一只小水鹿，突然扑到龚伟怀中，把小脑袋藏在龚伟的衣服里，龚伟就势抱住了小水鹿。那小水鹿很小，个头像兔子般大小。龚伟刚开始吓了一跳，他本能地护卫小水鹿，不让人们抢走它。

老雷说："我做主了，水鹿就归龚伟了，带回家养吧！"族人有驯养水鹿的习惯，小水鹿实在太小了。

这只小水鹿非常美丽，栗棕色的体毛，从前额向脊背延伸的深褐色背纹，颜色由深棕到浅红，跑起来像一道橘红色的闪电划过。短短的尾巴，长着浓密而细长的尾毛，显得很粗大，尾背面毛赭黑色，尾基部腹面的毛却是黄白色的。我在雅加捕捉过好几只水鹿，从来没有见过生长得如此精致雅丽的水鹿。水鹿是雅加最大型的陆栖兽，成年水鹿有的重达 200 多公斤。比黑熊都长得壮硕，可以当马骑。

水鹿是一种行为机警、最具灵性的动物，它在林地行走或窜过空地时，往往会先探头张望，决不信步行走。它觅食时会边吃边听，寻找僻静无人的地方觅食。这种生性灵敏机警的水鹿，竟然会成为龚伟的朋友，和龚伟寸步不离。自此以后，碉楼里就多了一个住客，龚伟的水鹿。龚伟走到哪里，小水鹿就跟到哪里，两年多过去，水鹿已长得跟龚伟一般高大了。龚伟常常骑着它，在山坡上奔跑。只有龚伟能够和水鹿相处，没有人能接近这头水鹿，开始时连梅也不例外。小水鹿只认龚伟一人。

只要能找到水鹿的踪迹，就可能找到龚伟。

水鹿的食料主要是青草、树叶和浆果。龚伟的这头水鹿，特别喜欢吃桃金娘和山黄麻，尤其在烧山后的火迹地上啃青草，舔火迹地上的碱土，补充盐分。

没有人能够解释龚伟的失踪。老雷说是生要见人死要见尸，他命令信宜老鬼专门负责寻找龚伟的踪迹。我告诉信宜老鬼水鹿的这些习性，凡是烧过山的火迹地，凡是生长桃金娘和山黄麻的地方，就去守候，看看那头水鹿有没有出现。我们把寻找龚伟的希望寄托在水鹿身上。

在龚伟失踪到我离开六连到师部之前的那几个月，我几乎天天一有空闲时间，就跟着信宜老鬼到处转悠，信宜老鬼本是个非常散漫不负责任的家伙，可自从领了老雷的命令，他几乎变了一个人。平时粗心大意，对什么事情都满不在乎的老鬼，竟变得心事重重，每天从山中回来，都跟我讨论找龚伟的事。他几乎找遍了六连方圆几十里凡有桃金娘和山黄麻的地方，所有族人烧过山的火迹地他也天天轮番去守候。“真见鬼了，好像雅加的所有水鹿都集体罢工绝食了。”信宜老鬼也觉得奇怪。几个月里，竟然连一只水鹿的影子也见不到。

说也奇怪，自龚伟失踪之后的那几年间，猎人八公也说，他从没有见过水鹿。

雅加的水鹿和龚伟一起，到他们的地方去了。这不是雅加的神示是什么？

失去龚伟的坦桑，已经不是原来的坦桑。我不知道那些日子，坦桑是如何度过的。我到连部当文书之后，杂事非常多，每天从早到晚，都围着老雷和几位连队领导转，天天跟在他们屁股后面，到各个生产单位和生产现场去。很少有时间去坦桑的碉楼。那几个月专案组可能也加紧对坦桑的监控，这是坦桑被抓走之后，我才知道的。难怪当时老雷警告我，让我少去碉楼，他总是用各种各样的理由，把我封堵在连部办公室，或带在他身边。他一定已经知道专案组对坦桑的监控正在收紧。他怕我受到牵连。

老雷其实是个心很细的人，他很明白人之间的分寸，他知道我无力领受坦桑的牵连。我的前途写得很明白，所谓出身不由己，道路可选择。他相信这一点，他希望我在六连永远是个好知青的形象，别因坦桑的事而连累了自己的前途。他大约在团领导那里知道更多坦桑的情况。所以在那段时间，他严防我与坦桑接触，又知道我很难丢弃和坦桑这份情感，所以他就更为忧虑。他又不便明说这一切，他是一个重情义守江湖规则的人，他不想在这等事上，让我认为他是一个胆小怕事、过于讲究审时度势而忽略情义的人。我想老雷在这件事上，包括他自己对坦桑的取舍，一定很苦。

多年以后，我一直以我在那 3 个月里的疏忽，简单说就是为了自保而忽视了更情重的方面，感到自责，坦桑也一定已经感觉到了。据老单后来说，那 3 个月，坦桑虽人在六连，其实已经被严密监控起来，基本上不能自由地进出六连了。

那是一种无法原谅的心痛。在坦桑看来，那时她可能已经面临一种四面楚歌又无处诉说的处境。这种心境，局外人是无法透彻了解的。我曾经企图从父亲那里了解这种心情，记得父亲只是很简单地说：“绝望。”

绝望，作为现代汉语，它的概括性太强，而震撼力又太弱，它必须借助非常丰富的佐证方能解开其心结之一二。通常陷于此境的人，是难以体验这种过分复杂的心理情状的。

试想完全丧失生存希望，包括其想象全然被灰暗所虐杀，唯死是一条生路，一条摆脱绝境的唯一道路，而这条道路还不能自主，无处寻觅，死亡变成了一种恩赐。难怪在封建时代，何以有“赐死”一词，那里面也许包容着更为残酷的法则。

我本应是最能理解体恤坦桑的人，则对她的伤害，也许是最深切的。连我这样的人，都弃她而去，她能有怎样的想望呢？何况那时她正失去龚伟。这于一个母亲而言，意味着什么？不言而喻。我与坦桑虽然没什么约定，谈不上什么背叛，但是，她感觉到我一到连部，就明显地疏远了她，她在那样的时刻，一定备感被人背弃，而深味人生的险恶。再崇高的心灵也难免不作如是想。我真希望时隔多年，坦桑依然能够听得见我的这番忏悔。我真想在她的墓前，在心里对她的亡灵诉说：有一个哲人说过，人是一种愚蠢的存在。的确如此，青春与生命，白白地抛掷给无端的主义，今天看来，尤其是被历史确认无端的岁月，为之奋斗的事业也显得苍白，引人发笑。那些让后人无法想象无法明白其中玄奥之处的言论，那些对人类的生存与精神表达都缺少真诚善意的行动，都在证明人本身是如何愚蠢，有时连动物都不如。

那天在沟谷，我趁等待王佬龙的空当，专程去了荔枝峒和六连的山坡。雅加的地貌与植被，在40多年间，改变得非常厉害。在匆忙之中，我们找不到坦桑的墓地。虽然她已平反昭雪，但不知何故，她的墓地当时没有，平反之后也迟迟没有修建。岁月如此流逝，她的家人也好像并不在意或热心这件事。他们有他们的想法，也许很世俗，也许很玄奥。总之，她的家人似乎从来就没有到过六连。她的枪毙与她的平反，乃至最终被追认为革命烈士，好像这些都与她的家人无关。这种情况令人费解，匪夷所思之中，似乎隐藏着一种真正的悲天悯人的大智慧。他们选择了一种消失于无形、拒绝这个世界、与坦桑所相关联的世界完全断绝的立场。我曾经试图寻找坦桑的亲人或故人，和他们作一些沟通，可是无从追寻，一有线索刚刚接上马上就断掉了。这是一种很反常的现象。也许他们是对的。我总觉得有一种惊恐，有一种无法理喻的东西，在我的脑海里沉浮。是什么东西呢？我不知道，也无法明白。

我本无意在坦桑的问题做过多的追寻，我只想在自己力所能及的范围内，为坦桑做一点她曾经为之奋斗却夭折的事情。包括她对王亚龙的评价，对王佬龙的承诺，对史图博的张扬，这些事情，现在看来，似乎并不重要，而重要的是，人们，特别是那些当事人、目击者，他们在坦桑事件形成过程中所起的作用与责任？在时隔多年，已经没人去追究他们的法律责任和灵魂责任之时，他们对此作何自我评断？我很想知道这些人当然也包括我，老雷和万千目睹坦桑被枪决，而在现场欢欣鼓舞，高呼革命口号表达义愤的人们，他们今日对此事的立场？看法？包括反躬自问的程度？我确信生活中，有一些人，会对此有所追问。

但是，迄今为止，我所见到的恰恰相反。

从王佬龙的岭顶回到沟谷，我决意不再往前走，我突然想见一个人，这个人就是林通。

林通早已退休。坦桑事件之后，他失踪了好几年，在坦桑获得平反昭雪之后的1979年，他又回到沟谷，很少有人提起他这几年的行踪。我从县委得到的消息是，那几年他一直在安宁医院，先是被强迫送去入院的，后来是他主动进医院的。90年代，他在文化局办理退休，回老家住了几年，之后忽然又回到沟谷，一个人住在沟谷附近的小镇。

我见到的林通已经面目全非。

小镇叫做毛什，只有几千人口。说是小镇，不外乎几排平房，除了镇政府的各项设施与机构，只有很少几户居民。那时是80年代末，整个毛什的气氛和“文革”时代没什么差别。我找到林通住的屋子，那屋子坐落在小河边的山坡上。很容易就找到了，孤零零的一间草坯土屋。在雅加包括称为县城的沟谷，那时造屋并不困难，到附近山里砍几根木头竹子，找几个帮工垒起就是，茅草就在山坡上，漫山遍野，割起晒干编在竹篾片上，就是屋顶了。

我刚到小镇时，问起林通，无人知晓，我说了此人大概情况，一个卖凉粉的大爷恍然大悟：“你早说嘛！那个神经病啊，在那儿!”他往对面河岸山坡上一指，“从那边小路，拐过树林子，过独木桥就到了。”他好奇地问：“找他干吗？最近常有人找他呢。”

我笑笑，独自走了。

山坡风景很好，独木桥，小河湾。河边沿岸茂密的灌木林，山坡上种着成片的香茅草，傍河的地方，间有一些菜地。山坡上还伐留了几株大树，我细细品鉴，是那种名贵的青岗，其中有一棵竟然是海南黄檀，也叫黄花梨，足有两人合抱。这样的黄花梨，如果是花梨母，心木可能在50厘米左右，少说也在千年以上；如果是花梨公，没有心木，那就一无用处。我想林通坐享这棵海南黄花梨，也就足矣。那时海南黄花梨还未大热，但也价格不菲。在这人烟罕至之处，黄花梨还能安享几年阳寿。

林通的茅屋就在黄花梨树下。树皮门没有上锁，屋子内外一片狼藉，四处是各种各样的垃圾，五颜六色的垃圾袋扔得四处都是，这种景象和山坡上小河边的美景实在太不相称。

屋子里空无一人。我趁机细细打量这间破屋，简陋异常，残破不堪，无须细细表述。没有一件像样的家具摆设，两根屋柱连上一根白藤，挂着几件破衣烂衫、内衣短裤之类。可看出屋主是一个生活无法自理的人。奇怪的是，墙壁上挂了几个装有旧照片的小镜框。相片已经发黄，有些地方受潮锈坏了。我细细辨认，竟然是几张林通和坦桑等人的合影，人数众多，每张合影，林通都挤在坦桑旁边，或左或右，或前或后，而且看得出林通主动贴得很近。其他地方落满灰尘，这几个镜框却清洁锃亮，像是天天留意擦拭。

我很想借参观林通的家，好好端详、研究这个人物，十余年间的生存特别是精神状况。可这间屋子除了那几个镜框，还能让我联想起记忆中的林通外，几乎一切与那位与我相处过若干年的林通，无半点关系。一切都与我在雅加最贫困的村落里，见到过的那些孤寡无告的老人无异。

林通应将近60岁了。这样的年纪、这样的屋子，他日常生存的境遇不难想象。

我走出草屋，经过一片菜地，问浇菜的阿嫂。阿嫂说："没在屋里么？到镇上老爸茶店，很好找，就一间喝茶打麻将的。一定在那里，还能到哪里去呀？"

我问阿嫂："林先生这人如何？"

阿嫂奇怪我问这样的问题："你是说人？还是说生活？"

"都一样。"

"好人呗，坏生活！"她说着自觉好笑。

"什么叫坏生活？"我也觉得这种概括很别致。

"就是过得不好啦！无儿无女无钱无老婆，孤寡老人能有好日子？"阿嫂很爽，听口音，是雅加的族人，像是镇机关干部的夫人。稍一打听，果然是镇长夫人。

"镇里不关心他？"我有意挑起话题。

"怎么不关心？脑子坏了，再关心也没用。听不懂的。神经病，谁敢跟他来往？谁见都怕。"阿嫂笑说。

"你也怕吗？"我故意问。

"怕他干吗？又不吃人，我才不怕。"阿嫂说得有点自相矛盾。她说的并不包括自己，很客观的评议，这也是雅加人的民族特质，凡事并没有狭隘地把自已装进去。

“我随便都给他菜吃。”

“是随便到菜园里拿菜吃，对吗？”

“是啰，吃得了多少？他不用买菜的。”阿嫂很快活。红扑扑的脸相，有点像坦桑。

告别阿嫂，过独木桥。镇上老爸茶店很好找。小镇虽小，也不是节假日，小小的店面里却挤满了人，茶店就是镇里唯一公关场所，等于是镇里的酒吧、夜总会或咖啡厅。十几张木板桌，张张桌子都围坐着人，老人孩子妇女，干部模样、农民模样、小贩模样，什么模样都有，只是共着一个模样就是雅加特色，男的穿着灰黑，女的穿着俗艳。

我辨认着每一位茶客，捕捉着每张脸的特征。其实，10 多年将近 20 年了，林通的脸相在我记忆中已变得依稀莫辨，是否能认出他来我没太大把握。

有几张脸有些熟悉，是六连的人，但已叫不出名字，我暂时也不想张扬，不想和此事无关的人招呼，一心一意找林通。

屋子里显然没有林通。屋外走廊上还有几张台子，那里也是人满为患。想不到几千人口的小镇，除去乡村人口，镇上也就常住几百人口，老爸茶店竟然如此拥挤，莫不是镇里的人都日日饱食无事，叹老爸茶度日？

雅加好些乡镇，正经的文化设施诸如青少年文化中心等等没有一间，发廊歌厅却随处可见，即便是穷乡僻壤之地，这种准黄色架步或准夜总会总是首先登陆的。我想林通会不会上发廊去洗头，洗头也是一种享受。仅有一间发廊，还未到中午，没有开张。对了，发廊多是做夜间生意，一般是午后开门直至凌晨。想想觉得有些好笑，林通怎么可能上发廊消费呢？

我又转回老爸茶店。

屋外的台阶上，靠着屋柱，席地坐着一个人，形同乞丐。蓬乱肮脏的头发，遮盖了半边脸，焦黄的胡子覆盖整个下巴，分不出嘴巴。唯有脸上一双眼睛让人觉到这是一尊活物。我下意识地走过去，在他面前蹲下来。他发觉有人注视他，依然孤坐在那儿，一动不动。他面前的泥地上，摆着一个茶壶，一只茶杯，两块低劣的本地糕点，几只绿头苍蝇爬在糕点上。

我看着他的脸。这张脸是不是林通的脸？至少不是我所认识的林通的脸。瘦削，过分黝黑粗糙，神色恍惚，很漠然，很麻木的样子。我细细地看着他的眼睛，突然，我曾经很害怕的那种绿莹莹的光，再次刺痛我的心。他是林通没错。再怎么改变，人的眼神是无法改变的。

我的心像被蝎子蜇到似的，钻心的刺痛。

“请问，你是林通林老师？”

“走开，走开！”无力无奈的声音。

“我是亚雷，知青，六连，老雷……”我急促地说，企图把一切能够唤起他记忆的物事都抛出来，以引起他的注意和记忆。

“走开，走开！”依然是那种麻木不仁的状态。仿佛一切都与外界隔绝，听不到任何外面的话语。

“坦桑，知道坦桑吗？”

“哈哈，你说我老婆？死啦，死啦！哈哈，死了。死了都不知道？哈哈，死了都不知道……”他竟然以嘲笑的口吻，不断地重复着这些话。

我见他眼中有泪。我确信此人就是林通。

“找到啦？”背后有人说话，原来是镇长夫人。她挑着一担青菜，“给餐厅送青菜。”她笑呵呵地说，又转向林通：“林老师，来客人了，等会儿自己去菜园摘菜吃啊！”她像关照一个孩子似的跟林通说话。

林通忽地站起来，点头哈腰，嘴里喃喃地说着什么。镇长夫人大大咧咧地说：“全镇就算林老师最讲礼数了。几根菜嘛，算什么呢？”说着摇曳着腰肢走了。

我连忙到屋子里找了个桌子，连拉带拽地把林通领进茶店里。

林通已是镇上人们熟视无睹的人物，也算得上是小镇名人。谁都知道这位疯子的来历，小镇民风淳朴，也谈不上歧视。他还算是镇里在编干部，在镇机关拿基本工资，只是工作不了，也就作罢。他头脑有时清醒，有时迷糊，清醒时生活尚能料理，迷糊起来就如乞丐一般。日子还能对付着过下去，镇里也就任由他自生自灭。他每天准时到老爸茶店来，一壶红茶，两块糕点，店老板每月到镇财务那里去结账就行，打个八折，也算做点慈善。有时午饭晚饭也到老爸茶店对付解决，一概由店主记账赊着，林通也不理会，镇财务那儿，给他管着账就行了。有病痛去镇卫生院，也是记账，公费医疗。林通的日子并无大碍。

他大约也认出了我，适逢此刻他处于清醒状态，说起一些人事，他都依稀记得。我问了他一些生活状况，算是关心。他对此不感兴趣，却好几次左右张望，对我耳语：“告诉你个秘密，你千万别外传，要不我就不告诉你。”他反复这个动作，反复说这句话，我却静等不到他的下文，究竟要告诉我什么秘密？

我只好主动出击：“我们是老朋友，我不会告诉别人，就你我知道。”

“不对，你会告诉别人，”他看紧我的眼睛，“你会告诉专案组，对不对？我看出来了，你会告诉他们。”

如此反复多次，他一定认为我会出卖他。

我只好激将他："那你别告诉我，我不想知道。"

"你不想知道也不行，你一定要知道。"他又反过来说，他眼睛里的绿光消失了。

"那你就告诉我。"

"告诉你什么呢？哦，对了，专案组说，我坦白了，就谁都没事了。只要坦桑坦白她反对林副主席，就当思想问题处理。言者无罪，这是专案组亲口对我说的……"他自言自语。

"可是，我心里是想坦桑死的。"他石破天惊般说出这句话，忽而又很神秘地说："我早就想和她一起死。可是怎么才能一起死呢？怎么办呢？怎么办呢？杀了她，杀了我，连那些男人们一起杀。还有，亚雷，我也想把你杀了，这你不会不知道吧？坦桑是我的，我最早认识的。她是我的，谁也别想抢走她。别想！我们十几年了。对，亚雷，那时你还没出世呢，对不对？"他很陶醉的样子，像是在憧憬美好的事。

我不动声色。我明白这个人脑子里只有一个念头，那就是他依然活在自己想象中的欲望，那些欲望折磨着他，许多年了，一直没有铲灭这种欲望的滋生，在他自己的土壤上无序地蔓生着，盘根错节，连他自己都纠缠其中，无处可逃。

"她说她跟我没可能。什么没可能，是她先爱我的，怎么说没可能？不，在生誓做连理枝，在天愿做比翼鸟，我对她起誓，她当然是我的。"他竟然泪流满面。

林通应该很早就得了狂想型的神经病症。像希特勒那种类型，自恋、轻躁、很容易冲动，冲动起来激情勃发，而且确信自己一定成功，对此深信不疑，一意孤行。这种人对己对人都极为可怕。他得不到坦桑，遭到坦桑的拒绝，便认为坦桑背叛他。他把坦桑对他一贯的好感，与人为善的行事风格当作是对他的爱情。这种人平时很难主动去爱一个人，当一旦爱上了，他又会认为自己是异性崇拜的对象，自我夸大的结果是放大了自我轻贱了别人，一旦得不到，其占有欲便会发展为消灭欲。可以断定，他在确认得不到坦桑时，便决定消灭坦桑。

那天在老爸茶店，他的所有潜意识，都在强调并证实这个结论：杀死坦桑。

老单和他共谋了这个罪恶。

我电光石火般闪过一连串我在六连时，林通找我谈话的那些内容。他反复强调，如梦呓般的说话："会死人的，会的，会死人的。"那时我并不以为意。权把他当作一个让爱火烧昏了的笨蛋。现在看来，林通当时就已经病得不轻。

面对林通，我百感交集。坦桑如果不是遭遇林通、老单，她仅仅遭遇那个时代，结局又会是怎样呢？如果老单的专案组长由老雷来当，而林通又为劳文斯取代，结局又将如何呢？我设想了许许多多的如果，每个如果自然都一定会有各各不同的过程与结果。但是，有如果吗？坦桑确凿无疑地死了，被杀死了。现在林通自己主动地道出了这个秘密。可这算得上罪责吗？写不进专案，可那个杀死坦桑的专案又分明离不开这个动机。林通的潜意识里隐伏着这样可怕的残忍的杀机，老单帮助他完成了这个杀机，那个时代保护并助长了这个杀机，让杀人变得冠冕堂皇充满历史的正义感和威权的神圣。

我带着对林通的怜悯而去，却收获了仇恨归来。历史一旦为疯子所利用，草菅人命就成为一种盛大的节日。

感谢上天还给林通以疯子的外形，让他有机会泄露这个天机。我知道有多少人策划并制造了阴谋，却至今没有遭逢天谴，也没有遭逢正义的制裁，逍遥法外对于他们而言并非侥幸，而几成一种命运的馈赠。

坦桑死了，林通却活着。尽管他在常人眼中活得一文不值，可他自己并非如是想，他活在一个胜利者的世界里，不但自以为得计，甚至活得嚣张，嚣张在自己封闭的世界里。

我把事情想得太简单。那天夜里，我又见到林通。还是在老爸茶店，除了这里，毛什的确没有别的去处。那晚，镇委书记、镇长请我吃饭，他们都是我的学生，说既然来了毛什，无论如何得表示一下。他们让老爸茶店杀了一只黄猄。那时在集市上常常可以买到各种野生动物，黄猄也就十几元一斤。

毛什的夜晚和雅加当年六连的夜晚没什么两样，太阳落山，阴冷的山风便接踵而至，四面的山峦便成黛色的剪影，在月光下显得凄迷。天下着小雨，阴冷的空气里有一种燃烧山草的焦味，一种干柴焚烧的香味。小街路灯很暗，街上几乎没有行人，人们都蜷缩在各自的蜗居里。小街沉没在一片祥和但是寒冷的夜色中。

老爸茶店早上供应茶点，中午晚餐兼做一些来料加工的膳食生意。镇里有客人来，一般就在老爸茶店将就。师傅手艺一般，通常就是打个火锅，大家席地而坐，围着火炉，架起一口锅子，添上清水，放上几片姜几瓣大蒜，把剁好的肉往锅里一扔，煮熟了，喝酒吃肉就是。

酒过三巡。林通出现在大家面前，武装部长想把他赶走，镇委书记使了眼色，独自走过去，对他小声说什么。哪知林通指了指我，想要跟我说话。镇长把他往外面让，动作有些粗鲁，林通便发怒。镇委书记见状："请他过来吧！"林通走过来，神秘地对我耳语："我是乱说的，坦桑不是我弄死的，我没让她死，他们逼我说的……”他啰里啰嗦，反反复复。

我心想，我不是专案组，也不是公安局，陈年旧事，此刻也不是分辨这些事的时候，出于客气，我对服务员说：“多拿一副碗筷，坐下来吃吧！”林通受惊，逃也似的跑了。

大家目睹这一幕，可能刚才林通大声的耳语，大家都听得一头雾水，可谁也都大约明白几分。我来毛什找林通，事前对在座的镇长、书记我都说明了来意，他们并不以为意，也对此事不感兴趣。林通的到来，有些搅局。镇长忙打圆场：“来，大家敬教授一杯。”大家干杯。我是来者不拒，早在雅加六连，就已练得一身本领。

林通突然来这么一出，看得出他很清醒，那上午他很迷糊？我无力判断。书记说：“教授，少理这种人，胡言乱语，别让他害了。”

我笑笑。他们并不明白底细，我也不想在这个场合多说。年代太久远了，人们已不关心这些事，六连也将永远消失在春天里。

黄猄肉很鲜美，但过于鲜美便有一种山野的腥气。这种腥气我曾经很熟悉，在空气里，在青草丛中，在一切有生命并渴望生命的生命里。它们无处不在。屋子里弥漫着浓浓的水蒸气、酒气和动物被煮烂散发出来的气味，这些气味带领我到一个已经有点遥远的地方去，那地方就叫六连，离这儿不远。

第二天一早，我想应该去跟林通告别，昨天我与他约好，就在他的草屋那儿。我如期而至，林通早已候在那儿，按平日的时间，他应在老爸茶店。此刻他坐在屋檐下的木头上。阳光灿烂，他显得不像昨天那样颓靡，胡子头发都稍作修整，像变了一个人。浇菜的镇长夫人在附近劳作，见我便远远地招呼：“领导你真好人，这么关心林老师啊。”我笑笑，笑得很勉强。

其实，和林通也没话说，只是礼节性的拜访，也不知何日能再相见。看林通的样子，哪天就归天了，也不是没可能的事。

今天他好像正常了许多。镇里也有人说他神经病是装的，为了逃避罪责。民间流传都说是他告密，害了坦桑。这自然是在坦桑平反昭雪之后，之前林通是作为大义灭亲的模范。所以，既然有之前，才有之后的民间说法，一点也不冤枉。

林通一反昨日疯疯癫癫的样子，看来他很清醒。

“老实告诉你吧，我在报复！报复社会，也报复自己，给后人留下一个可耻的形象。没有坦桑，就什么也没有了。别人怎样看我，一点也不重要。其实，坦桑的死，与我何干？我说什么有用吗？笑话！”他一见我，便自言自语，表达很流畅，“这些事，过去就过去，谁也不会追究。追究谁？又不是凶杀案。文化大革命，杀了多少人，追究谁了？轮到谁身上，谁心里痛就是了。”说到这里，他已老泪纵横。他的思维不是很清晰，但大致表达了这样的意思。

“也没见谁来承担责任！谁是凶手？就算我一个吧！我愿意，本来我就想跟她一起死的。可是怎样死？先杀她，再自杀？还是请她杀我，再杀她？有了那个机会，刚好，就了断了。”

我静静地听他说。他说得并不激越，在灿烂的阳光下，他平淡地诉说着已经过去将近20年的血腥往事。

我不知那天我是如何离开他的草屋的。我仿佛经历了一次彻底的施洗。人世间本来许多事，以为澄明，以为透彻，却反而显得扑朔迷离。

第十三章

我想知道无头躯干与群鬼的战争，我更想知道他们之间尾随与被尾随之间的战争，而所有的迹象，都无从判断，他们来自何处？将到哪儿？他们的前世今生，和这个世界有什么联系？他们是些什么样的人？经历过怎样的酷烈与孤绝的战斗？他们已经活了多久还将活多久？如此不知疲倦却又无望地搀扶与行走，是去赶赴一场怎样的盛宴？还是在绝境中的出逃，急急地返回营地？一场孤绝无望的凯旋。

群鬼的队伍在清晨时分，随着曙色初露，渐渐幻变为一片迷茫的充满着水汽的红色阴霾，在红色的氤氲中，群鬼渐行渐远，消失在无边的红色之中。

师部就在沟谷。沟谷人口很少，县城很小，只有一条丁字小街，县委县政府机关也就几间平房。县城街上两排平顶房子，包揽了一个小县城所有机构与设施，供销社、邮局、新华书店、电影院、饭馆、汽车站等等。县里还有歌舞团。书店和邮局是我经常去的地方，每次在这两个地方，我都会发现一个常客。有一位穿着很雅素的女孩，一看就是歌舞团的演员，高挑的身材，穿着蓝色长裙，月白色的上衣，长发及腰，脸色很苍白。我去书店时，经常看见她一个人站在书架前看书。开始我并不留意，后来在邮局又碰到她几次，起初我以为是两个不同的人，后来发觉是同一个人。我总是在邮局和书店碰到她，时间久了，偶尔目光相遇，便点点头。有一回，书店要关门了，我们不约而同地从书店出来，走同一方向。街上行人很少，路灯很昏暗，大约是夜晚9点。师部在沟谷河左岸，我往左岸走，她也往左岸走。“你住在左岸？”

我闻声望去，周围无人，只有她，便应声：“是，去师部。”

“我们认识吗？”她问。我觉得奇怪，她怎么会这么问。

“也许！”我随口答道。我猜想她是歌舞团的，县歌舞团就在师部旁边，她们和师部宣传队的人常有来往。

“我去过六连。”她突然说起六连。

"我是六连的。"

"我知道。我在六连见过你。"她说着笑了一下，那张苍白而有些严肃的脸，因为有了笑意显得很动人。我这才发觉，笑对于一个人的美丽而言是多么重要，原来冷若冰霜的脸，笑意使这张脸充满阳光般的温暖。

"去年9月，我们去六连附近的荔枝峒演出，就住在六连。"她说。

对，我记起来了。那时他们几十个人就住在六连，让六连忙了好几天，像盛大的节日般，连长老雷最是积极。六连从没来过这么多客人，而且全是美男美女，让六连开了眼界。我倒是没有太深刻的印象，我向来对这些搞文艺的人没有太大的好感和兴趣。尽管我也曾经梦想去当电影演员，总以为电影演员和文艺战士是两回事。那时我已到连队当文书，接待的事全是我在做，和她见过面是当然的。

在沟谷见到熟人，而且是这样一位经常见面却陌同路人的女孩，我心中不禁有些紧张，有些不自在。她毕竟是演员，终究大方一些，我们便边走边聊。

她是唱歌的。我没有印象是否听过她唱歌，看过她演出。我住的地方，离她们驻地很近，每天早上天未亮，都会听到她们那边传来咿咿呀呀练嗓子的声音，弄得人很烦。那次她们在荔枝峒演出，我忙于接待，也顾不上去看演出。她问我："看过我演出吗?"我只好如实相告："没有。"

"真遗憾。"

我沉默，不知该如何回应。其实，我在心里说，一点也不遗憾，我向来对这种演出没有太大的热忱。但以后就不同了。看熟人演出自然另有一番心情。我照实说了。

看得出她是个很寂寞的人，有二十五六岁，我那时才20岁。

"你是族人吗?"我问。

"你说呢?"她反问我。我对这种回答问题的方式本很反感，但面对这样的女性，我似乎并无平时的反应，反觉得她有些机智。大约是个美女的缘故吧!大凡美女都会有获得更多宽容的理由。

她说她是唱歌的，我便想起在六连，在雅加的山上，经常传来的歌声，那种无字的长歌，那个或那些唱歌的女人。我把这种感觉告诉她，她说："我也经常听到，心里有歌的人，常常会听到到处都有歌声传来。"这话有些玄妙，和龚伟的话语有相似的地方。我不禁留意地注视她的眉眼，果然，她的眼距也很开，凭我阅人的有限经验，有这种开阔眼距的人，都具有一种异禀，龚伟亦是。当然，那是一种介于天才与智障之间的。这是我从一本书上看到的知识。我不禁对她刮目相看。

和她走了好一段路，她并没有唱歌，但我总觉到她在唱歌，唱着无字的没有传递出声音的歌声。

我好奇地问：“你一直在哼着歌吗?”

“没有啊！你听到了什么啦?”她惊讶。

“嗯！我好像听到一路有人在唱歌，我以为是你在哼呢。”

“那是你心中有歌，是你自己在唱。有时我也会这样问别人。不过，我看起来就像一首歌。是不是?”她又满脸笑意，很是动人，是那种冷清但是不失妩媚的笑意。

有这样评价自己的吗？特别是在那个沉闷的令人焦虑的年代，把自己形容为一首歌的人，究竟拥有怎样的心胸和魂灵？她说得无意，我听起来却如雷贯耳，这是一位内心多么自由的人啊。她关于“自己在唱”的说法，令我惊奇。

她的确像一首歌，古典，不失明朗和清洁。

“我在六连有些朋友。”在去县歌舞团和师部的分岔路口，她突然冒出这么一句。当时我没在意，像他们搞文艺演出的，到处有朋友并不奇怪。

我们各自走了。没走出几步，她突然叫住我：“喂，我问你，你们六连的坦桑怎样啦?”

我突然就有一些警惕。坦桑已被抓走有五六个月，这些日子里，关于坦桑有许多传说，有的说得非常离奇。我奇怪这位女演员怎么会突然问起坦桑。

“你认识坦桑?”我停住了脚步。她没有马上回答我，有些欲言又止的样子。“我们是同乡。”过了好一会儿，她才说。

“哦!”我一下子松弛下来。“有空我去找你，再见。”她见我有些犹豫，像风一样飘走了。

我站在路口，望着她渐渐消逝的背影，心中备觉惆怅。听说坦桑关在团部，究竟在团部什么地方，无人知晓。六连的人几乎全都集体失声。在师里，也很少听到来自官方的正式消息，倒是民间有种种传说。有一种传说，说得很离奇：坦桑是“反共救国军”的主要成员，是什么中校参谋。

我很想跟上去，找这位演员聊聊坦桑，也许她有什么关于坦桑的话想跟我说。我想，我与她的相遇，绝对不仅仅是一种偶然的邂逅。虽然说沟谷很小，人和人的相识不是很难，但我始终相信，我与她冥冥之中有一种牵连。因为坦桑。

再一次在邮局见面时，我们已像是两个老熟人。那天，又是蓝长裙白上衣，在邮局的台阶上，我们迎面相遇，那天是星期五的下午，街上人很少，邮局里空无一人，我们便在台阶边榕树下坐下。彼此都明白有共同的话题。

照例寒暄了几句，我迫不及待进入正题：“说说坦桑，好么？”

“从哪儿说起？”她反问我。

“就从你认识她那天说起。”我直截了当。

“那太久远，还是说现在吧！听说，会被枪毙。你知道吗？”她很忧虑的样子，看不出是信口胡说。她说得很小声，但还是很警惕地四处张望了一下。

“不会。”我肯定地说。“怎么可能？她犯了死罪吗？你听谁说的？”我反问她。

“不会就好。但愿吧！我听来的消息很权威，不是一般的问题，听说是公开反对××。”她吞吞吐吐。

“反对××？”我从未听闻，“我在六连从没听说有这方面的问题。我不是不相信，是不可能。坦桑她怎么会？根本没有这种可能。”我不知从哪儿来的把握，觉得面前这位还不知姓名的女演员幼稚得有些可笑。

“哦，对了，我们还没有互通姓名呢。”我忽然觉得彼此真是太草率了，连对方的名字都不知道，就开始谈论这么敏感的问题。

“我叫柳琴，我知道你的名字，我在坦桑那儿见过你。”她很爽快地叫出我的名字。

坦桑既然是我们共同的朋友，彼此就不再生分，无话不谈。

“坦桑太认真，较什么真呢？我不赞成她的做法。”柳琴毫不隐瞒自己的态度。

“我也不知道坦桑错在哪里，你说的反对××，我从来没有听说过。”

“说是在她的日记里发现的。”柳琴说。

“那也不至于死罪吧？又不是公开发表演说，日记是写给自己看的，最多也就是个思想问题罢了。”我努力往轻里说。其实我心中已经渐次明晰，既然日记真有其事，那么被当作罪证就理所当然。我完全相信，坦桑在日记里，一定会有许多不合时宜的言论。即便是在公众场合，她有时也把不住自己的嘴，她总是无所忌讳的。

“真的很可惜。”柳琴原来苍白的脸显得更加苍青，有一丝惊恐掠过她的眉宇，使她的脸显得更加动人。我对病态的不健康的美有一种近乎崇拜的追崇。我想大凡对人性有着深度怜悯与善良的心灵，都会以这样无力的方式予以表达。

尽管是两个人私下的交谈，我们关于坦桑的话题还是谈得很节制。我无法把坦桑这个名字，把坦桑这个人，和一个死刑犯连在一起，我无论如何难以达成这样荒谬的想象，尽管我已经历过1966年，目睹过无辜的八相是如何被押上刑场处决的。但坦桑不同。她是一个知识分子，一个知识女性，我从没在她的身上、口中发现、听到她一点有损于他人的言行。相反，倒是无时无刻从她那儿感受到一种人性的温暖和豁达。在六连，除了专案组那几个人，几乎没有人不喜欢坦桑。即便是专案组长老单，下意识告诉我，他也是抗不住坦桑身上散发出来的那种女性魅力的。是谁会想出枪毙坦桑这样的主意？我百思不得其解。我明知许多可怕的结果，也许都源发于无端的事相。这些事相，如果发生在别人身上，我会相信那是真的。比如八相，他打碎了毛主席像，被枪毙了。那是因为有着相关的律令，或者叫做无产阶级专政的逻辑。那无话可说。但是坦桑，她有什么罪错。

柳琴看出我的惶惑与不解。她说："我们传达了不久前刚刚颁布的《公安六条》，里面有一条，就是反对××，就罪当枪毙。"她说得很肯定。我知道《公安六条》，但我从没有想过认真了解它的内容。经柳琴一说，我马上就有了一种不祥的预感。

"光凭日记还不至于吧？"好像我们对坦桑拥有辩护权似的。我努力要说服柳琴的是，她消息的理由是不成立的。柳琴也看出我的心思。

"我也是听说的，据说还有证人。林通，你知道吧？也抓在里面。听说他揭发了坦桑。"

"林通？"忽然间有一股幽深的寒意，掠过我的心头，"你认识他？"

"当然。"她诡秘地努了一下嘴角，很奇怪的表情。邮局门口热闹起来，快下班了。我说："我们走吧！"

"到河边去吧。"我很乐意和柳琴再聊聊。

到河边去，就是到无人的地方去，我很乐意。

坦桑是个伤感的话题，可这个话题又是我与柳琴在一起的理由。说老实话，这些天，因为坦桑，我和柳琴彼此都有一些吸引，都有在一起的欲望与理由。柳琴是个忧郁的女孩。我对她全无了解，可是她的苍白和忧郁，落落寡合的样子令我感到吸引。至于她来自哪儿？是谁？将会到哪儿去？这些问题似乎都与我无关。我想有那么一点点的吸引就足够了。我觉得我们之间，暂时有坦桑这个话题，足够了。

其实，我之认识柳琴，并非完全偶然，那天，我在书店，隐约听到有人在哼唱英文歌，这在70年代初的沟谷，似乎是天方夜谭。而且哼唱的正是那首那时在中国很少有人知道的《答案在风中飘》。这首迪伦的歌，我只是在坦桑那儿听到过。

我问柳琴："你会唱这首歌?"

她很惊奇："你也会唱？你知道这首歌?"

我沉默。

她看着我："你会唱英文歌?"

我低语："我听过一个人唱这首歌。我相信会唱这首英文歌的人，他们一定相识。"

"是吗?"她若有所思。我心中却很困惑。

"我很想听这首歌。"我希望她此刻能把歌唱出来。它使我想起坦桑，想起坦桑的碉楼。事实上，我也非常喜欢这首歌的歌词和旋律。

一个男人
必须走过多少路
他才可以被称为男人?
一个人得有多少耳朵
才能听见人们的哭泣
一个人要转多少次头
才能假装什么都没看见?
要有多少尸体，他才会知道
已经有太多人死去?
我的朋友啊，
答案就飘在茫茫风中

她唱得比坦桑更专业，她把这首歌唱得很忧伤，充满着内心的困惑与渴望。像来自遥远乡村的民谣，有点摇篮曲的意味。而坦桑反倒唱成一种坚定的曲调。

天开始昏黑，街路上有灯光照耀。柳琴轻声哼唱。我发觉她已经泪流满面。

我无话可说，也找不到宽解的话语，从她口中流出来的英文单词，已足够让人悲伤，何况那些忧伤的旋律?

老单很是热情，一定把我拽去老爸茶店。茶店人很多，很嘈杂。老单见我全身湿透，便请我上他家去。不容分说，他已挥手召来路边的"碰碰车"，那种机动三轮车，族人叫"三脚鸡"的载人摩托。我和老单挤在残破不堪、简陋异常的三轮车上，有一种车随时散架被抛尸路边的感觉，我自然没有说出。3元车费，老单争了半天，还是我买了了事。对此老单一路说个不休："怎么让客人买单呢？"我并不多言，老单确实活得不很清爽，鸡毛蒜皮、喋喋不休，真是岁月催人朽。

老单家在半山，近乎垂直的窄小石阶，从小街边上的豁口，曲里拐弯的蜿蜒而上。沟谷地无三尺平，房子都建在山坡上，幸好是平房，曲径通幽也另有洞天。屋子很暗，老单拉亮电灯，15瓦的电灯，灯泡裹着一层厚厚的油烟灰垢，灯泡像蛋黄般发着微弱昏暗的光。屋子有点乱，也没什么像样的家什。进门可见一张床铺，我从床铺的被单里看到一双同样是绿莹莹的眼睛。是一位老妇人。老单介绍说是他妻子，卧病多年。妇人奋力想坐起来迎客，辗侧很是艰难。我连忙叫住，不必客气。老单倒是体贴，也连忙说话让她躺好，说着上前为她掖了掖被单。七八月的沟谷，正值雨季，外面有些阳光与豪雨交合的暑气，屋子里却阴气逼人。也许因为病人的缘故。大热天，病人仍捂着被单，看得出是久病不轻。

妇人在老单的搀扶下，还是坐了起来，围着被单靠在床边的墙上。说是床，也不外两张床板、两条板凳搭起的平铺而已，铺着厚厚的旧棉胎。墙上贴着许多报纸当墙纸，我留意了一下，那些报纸都是20世纪60年代中期的《人民日报》。其中一张头条社论，是那篇著名的梁效文章《无产阶级文化大革命是一场触及人类灵魂的大革命》，粗体黑字的题目，在90年代初期的黑屋中，依然有一股慑人的力量，令人胆战心惊。

这间屋子30多年来没有任何变化，文化大革命的遗迹四处可及。毛主席的标准像和华国锋的标准像，并排挂在正中的墙上。对面墙上是那时刷上的圈着金色麦穗的"忠"字。侧面墙上竟然还留有"无产阶级专政万岁"、"敬祝伟大领袖毛主席万寿无疆，敬祝林副主席永远健康"的字样。这两排红色大字虽然用石灰水刷过，但劣等石灰盖不住优质红色颜料的突围，绛红色的字样，在年深月久的石灰残垢上，又重新破壁而出，显得更加醒目。

老单见我留意屋子里的这些状况，有些自我解嘲地说："老房子啦，也懒得去动它，留些回忆也好。免得孩子们忘本。阶级仇，民族恨，还是要说吧！你说呢？"

我能说什么呢？看来老单还生活在那个滚滚红潮的年代，无可厚非吧？我勉强地笑笑："有东西纪念总比没有纪念好吧？老单，你这些宝贝可以当文物保存，古董市场上也值几个钱呢？哪天给你介绍几个红色收藏的朋友，肯定可以卖个好价钱。"

"那可不行！我有我的信念，那是任何人都动摇不了的。"他很认真地说。

我很想逃离这间屋子，它实在带给我太多不好不祥不安的记忆。我承认我没有老单的品格，他实在是一个有自己的追求与信念的人，他不会改变什么，也改变不了他什么。

老单忙于烧水，张罗着待客的礼节。在玻璃杯里撮进一把茶叶。把一杯热茶端到我面前。老单妻子目不转睛地瞪着我，很有些警惕有些生分。我可以感觉到老单妻子内心的猜度：这究竟是老单怎样的朋友？老单还没把我的来路介绍给他妻子。

老单应该没什么朋友，我可能是罕有到他家的少数人之一。

老单很尴尬，讪讪地说："教授，我这里从没来过客人，也没法招待客人。因为是六连的老朋友，应该请到家里来叙叙旧，等会儿再请你到外面去便餐。先认个家门，以后才可来往。"我知这是五六十年代人的一种礼数。这种礼数在老单身上还保留着。

老单的处境很不好。

坦桑被枪毙之后，老单作为此案的经办人，受到了嘉奖，发了一张盖有兵团红色公章的奖状。这些奖状着实让老单风光了不少。但半年之后，林彪集团覆灭，老单便被空置起来，虽然还没到追究他责任的时候，但人们隐约感到老单的命运也许会发生什么变化，至少没有此前那般肯定。民间开始有传言，好像有把矛头指向老单，说老单制造冤案的意思。本来如英雄般到处"讲用"的老单，一下子沉入幽谷，他自己也很混乱，失了方寸。有人公开指责他。1974年，兵团建制撤销，农场又归地方管辖。六连划入沟谷，原本就属地方干部编制的老单顺理成章回到沟谷县。从 1971 年到 1979 年将近 10 年间，不断有各种信息，表明老单经手的坦桑反革命集团案是冤案，而坦桑案是沟谷自有建制以来最大的血案。老单自然被当作血案的刽子手，县城的"民主墙"上，陆陆续续贴出为坦桑翻案平反昭雪的大字报。那时的大字报是四大民主之一，其合法性写进中华人民共和国宪法。老单作为血案的直接肇事人，在当地，成为过街老鼠，人人喊打。坦桑案毕竟是轰动全国的血案。老单看来是在劫难逃了。

从正常的角度看，老单其时最好的办法，就是像类似的人一样，迅速逃离血案现场雅加，调到别的地方任职了事，起码也可暂时逃避群众斗争的锋芒。深谙群众斗争险恶的老单，不会不明白这个道理。匪夷所思的老单，居然拒绝了县委的好意，坚持要留在雅加。

老单主动走进了专案组。这个专案组，其性质和老单任组长的那个专案组，恰恰相反，专案的对象是复查坦桑案件同时追查老单等人和林彪集团的关系，彻查老单残害革命烈士的滔天罪行。

俗话说，三十年河东，三十年河西。令老单疑惑不解的是，别说三十年，还不到三四年，风水就轮流转。当年在六连颐指气使，不可一世，令下放干部们闻风丧胆的专案组成员，现在个个进了“学习班”，说不好听，就是被关进了局子，隔离审查，个个成了“四人帮”爪牙和帮凶，成了同样是无产阶级专政下的阶下囚。随着公审“四人帮”的风声日紧，老单等人也感到命乖运舛，度日如年，惶惶不可终日。

我曾经问过老单那些日子的状况。老单讳莫如深，他不愿提起。我越想知道，他就越是深锁自己。

趁老单忙着烧水倒茶时分，我把老单这些年的处境，向读者诸君略作交代。我相信，这段岁月，在老单的人生经历中，是最为惨痛的煎熬，这部小说本应将此作为重点，层层剥笋般地将之展现在读者面前，但关于这一阶段的档案，至今未能解密，而大部分在“文革”中双手沾满鲜血，或有血债在身的人，往往逃避，耻于回顾，或心有余悸，不愿真实示人。现实似乎也不想对这些历史细节多加追究，故我的描述也就无从下手。我本想老单已风烛残年，他虽承担了刽子手之名，但究其实他也还算得是一个善良的人，关于这一点，我和许多经历过六连“文革”岁月的人，有过原则性的争执。几乎所有的人都不赞成我对老单的评价，众口一词，坚认老单十恶不赦，何来善良之说？否则便是对革命烈士坦桑的罪过。我也曾深刻地反省过自己，是否在老单的问题上，犯了资产阶级人性论的毛病。但我始终对老单恨不起来。皆因为老单是我青年时代的一个熟人？我在六连连部当文书那几个月，和老单有较多接触与交谈。我比一般人更明白老单吧？如果没有那段亲历，老单是个陌生人的话，我自然也会对他的行径作抽象理解。在许多人眼中，老单确是比“四人帮”更具体更接近的罪人。

20世纪90年代初期的老单还算得年富力强，但他早已成闲人在家。

80年代中期他的问题虽说有了结论，但那结论模棱两可，老单犯了严重路线错误，属于拉一把是同志，推一把是敌人的性质。还要看他的认罪态度，现实表现。坦桑一案，所有证据都是诱供、刑讯和伪证得来，这点老单供认不讳。但都不是老单亲自动手，他没打过任何人包括坦桑。他坚持他的一切作为，都来自上级的指示与授意。至于这个上级是谁？除了有白纸黑字鲜红公章、明确的文书文件之外，老单说不出任何具体有名有姓的人来。而那些文件文书早于1974年兵团撤销时，集中销毁了。兵团没有留下任何档案文件，据说都作为军事机密处理了。老单百口莫辩，他坚持到后来，也就不再分辩，不再坚持，任由专案组发落，他只是在各种专案组认可的文件上签名。横竖是死，以命抵命。老单自觉难逃厄运。他自己曾经做过专案组长，他太明白这等差事的玄秘。在坦桑这案子上，他确实责无旁贷。

老单在看守所里被关了将近6年，从1977年关到1982年。坦桑被追认为革命烈士，是在1979年末，那时老单还在雅加的大牢里，他是在牢里听这个文件传达的。这也就意味着老单是残杀革命烈士的凶手。这个结论老单早有思想准备，在意料之中。但他坚决不从，他声明自己负有重大责任，罪该万死，但并非他一人之罪，也不是他的本意。他与坦桑无冤无仇，他甚至还很欣赏坦桑。由于他这个态度，他在看守所里又被多关了1年。

老单走出看守所那天，组织向他宣读处理决定：双开。开除公职、开除出党。第一条他没有异议，第二条他恳请组织重新考虑。从此他不断申诉。90年代初，他的案子有了转机，考虑到"文革"时期的特殊状况，老单得以恢复党籍，同时作为退休处理，挂靠在县环卫局领退休工资。退休工龄从执行退休时重新计算。也就是说，老单参加革命工作的起始日子，是在他被宽大处理为退休职工时始计。这一年，老单50岁。老单在1963年，被作为"政治学徒"从乡选拔到县，参加社会主义教育运动，也就是说参加革命工作，那年他20岁。1966年他当了公社书记，1967年到六连当专案组长。参加革命30年，这30年革命经历，因坦桑事件一笔抹掉，50岁上从零开始。

说起这些事，老单表情复杂。他本就是一个很不容易泄露自己真实情绪的人，在这些问题上，我依然无法看清他的真实面目。

沟谷河上有桥，师部在左岸，邮局在右岸，从桥上走，要绕一个很大的弯。水瘦时分，人们便常常从河上绕近道走。沟谷河冬天水浅，河石裸露，人们便在河石上跳跃着过河，省了不少路程。

1970年的春天将到，沟谷河还没到春水泛滥的时节，河上裸露着岩石的地方，已经长出了各种各样的野花树草。芦苇开始泛青，勃勃地生长起来。蜿蜒在崇山峻岭中的沟谷河，像一条铺花的大路，河面上散落着许多花草簇拥着的石滩，那儿通常都是恋人们约会的地方。县歌舞团和师部宣传队的人，尤其喜欢到那里去。我在黄昏过河时，偶尔会撞到在那些地方卿卿我我的青年男女。

我和柳琴不知不觉就走到一处河中石滩。整整一个水瘦的冬天，把石滩滋养得人性勃发，四处可见恋人们遗留的踪迹，令人眼热的种种物品垃圾，引发无穷无尽的想象。我们只好沿着上游走。上游的河谷让茂密的原始森林覆盖着，河岸上密集的水央树，巨大的树冠匍匐在河面上，遮天蔽日。冬末春初的河流因此而显得阴森可怖，同时却又氤氲撩人。沟谷河是雅加大河的支流，沿着河流，可以走到雅加河谷去，我告诉柳琴，意在引发她对六连的关注。我很想她能主动地谈论六连，她心中的六连，就是坦桑。

柳琴一路无话，说是我在引领她到河的上游，不如说是我在冥冥之中跟随着她飘动的裙裾，来到这暗无天日、林相浓密的河源之处。她说："到了！"

我很诧异，我们到这儿来干什么？

我原以为柳琴有谈情说爱的兴致，或是一对青年男女避开世人目光，悠然独处的心情。看来柳琴意不在此，她没有这样的心情，柳琴另有安排。

这是一处由三块巨大的河石叠在一起形成的石壁，石缝里长着茂密的阴生植物，硕大的岩白菜和四处攀缘的老藤。在三块岩石的交合处，天然形成一个凹进去的石槽，石槽里长着一棵族人称为金不换的藤生植物。这种金不换又名山乌龟，地不容。块茎大如刁斗，通常二三十斤重就算得上是奇品。金不换分三个种别，以肉色分别是红、白、黄。白肉为下品，藤蔓的颜色为青翠色，和一般植物的颜色无异，其汁液也是绿色的，大部分的植株都属于此种类。黄肉次之，称为上品，藤蔓的颜色为浅棕色，其汁液也为浅棕色；黄肉金不换在原始森林中亦不多见。红肉最为高贵，称为神品，藤蔓颜色为红色，其汁液如血般红艳；这种红肉金不换，族人敬若神明，只有神明托梦指引方有寻觅的机会。我在山中伐木那几年，从来就没有见到红肉金不换。

神品红肉金不换的传说，在雅加族人中世代相传。它具有多种功能，既避邪驱鬼，又洪福齐天。族人视红肉金不换为天人赐福之物，叩拜能直通神明，逢凶化吉。

这棵长于三巨石叠加汇合之处的金不换，足有几百斤重，像一尊巨大的弥勒佛般端坐在天然形成的石槽里，肥厚扁圆的形体嵌满石槽的空隙，似乎奋力要把三块巨石撑开似的，那勃发膨胀的气场弥散在这深幽的溪谷之源。金不换灰白略带金黄的表皮，荡漾着水波状的横向纹路。午后强烈的日照，透过茂密的森林，在巨石上投射着水色光彩的亮斑，像一枚枚跳动着光华的金币，在它硕大慈祥的面貌上闪烁着神秘的光色。它像午夜高悬在净空中的皓月，在这阴冷的森林河谷中，放射着炫目的灿烂光芒，在空气中留下了七色彩纹。我仿佛看见它金黄表皮上、荡漾着的纹路里，汩汩流出了如血般的朱红。这些如丝如缕的朱红，在空中编织成一个个的花环，在我的眼前旋转。它们在不停地旋转，顷刻便旋成一座无比美丽的七叉灯台。那是金红色的七叉灯台，每个灯台上都点燃着血红的蜡火。我忽然想起这种情景，似乎我曾经在坦桑给我的《启示录》

中看到。当我读到："我转过身来……就看见七个金灯……七个金灯台就是七个教会。""又有七盏灯火在宝座前点着，这七灯就是上帝的七灵。"如今我还依稀记得，在读但丁诗篇的那个夜晚，坦桑指点着那些难解的诗句，如痴如醉地诵读时的情景。那时，能够读到但丁的诗，简直就是奇遇。此刻，我参悟到这一切，或说写到这里的诗人但丁，他一直行走在小溪的左岸，一直向东行走。然后，他又向右边转过去，在浮吉尔和史泰喜斯的前面，并和在右岸的仙女合着脚步，溯溪而上，直到那小溪拐了一个大弯，他们又向东转了。

想到这一切，我心中有一种惶惑，我无意间应验了《启示录》和但丁在《飨宴篇》中的描述。

"你怎么啦？"我听见柳琴的声音。

如在梦中，我发觉在无边的阴冷之中，额头却满是汗珠，我如从地狱的煎迫中逃出，神情恍惚。

我自然明白柳琴带我到这儿的目的。我看到如弥勒佛似的金不换时，我就领会了柳琴的想法。族人凡遇到疾病或灾难，首先会想到跳鬼的方式，来驱除邪魔。这种古老的对精灵的信仰及其巫术，通过跳鬼的仪式，达到保护生者的作用。事实上，它是一种祈祷的极端方式。我在史图博的书中读到过这种仪式，也曾经在雅加荔枝峒最闭塞的山中，目睹这种仪式，老猎人八公就是族人尊敬的"道公"，专门替人跳鬼。

柳琴说："我们替坦桑跳鬼吧！"

我说："你会吗？"

"心诚就行。我见过族人跳鬼，但学不来。没有关系的，在心里想着跳鬼这件事就可以了。"柳琴很认真很虔诚地说。

"你信吗？"我觉得柳琴这种想法很不错，但却幼稚，很滑稽也令人惊异，她怎么会想出这种方法？我对神鬼将信将疑，有些畏惧。说不信吧？怕亵渎神明；说信吧？终究很无稽。

"心里好过一些而已。我相信金不换会保佑坦桑。"她美丽的叹气，忧心忡忡的样子令人怜惜。

金不换的传说令人神往，它真的会给人带来好运吗？如此巨大的金不换本身就是一种神迹，没有神助，人是无法与它相遇的。我确信这一点。在这人烟罕至的深山老林里，柳琴是怎样发现这棵金不换？它的年龄起码有几百年上千年。在柳琴之前，似乎没有迹象表明有人曾经发现过它。它如神明一般圣洁地端在三石交叠之处，高高在上地俯视着奔流而去的河水，它傲视苍穹的神态令人神往。

我明知这一切都于事无补，它只不过是柳琴在无告无助的绝望之中，一点心里的慰藉。赶鬼也罢，膜拜也罢，丝毫改变不了哪怕一点点的现实。我们对坦桑的真实处境一无所知，而那些捕风捉影的传闻却已令人丧魂落魄。

“你是怎么找到这里的?”我很好奇也很惊异。有意轻淡主题调转话题，让紧张的气氛松弛下来，我觉得柳琴一直处于一种高度戒备与紧张之中。

“做梦梦见的。”柳琴很认真地说，她并不在乎我的情绪，“我们团里有做过道公的族人，我问过他，说跳鬼也许有用。他说坦桑肯定是中邪了。”

我也没有足够的理由去分析柳琴此刻的举动，我的心情也很矛盾。我以为坦桑正在一步步落入一个早已等候多时的圈套，就像八公黄昏时分，在林中幽密之处张下的绳扣，张着玄机等候猎物自投罗网。这是一些连神鬼也望而生畏，无能为力的圈套。此刻，我不知应该做些什么。没有道公，也没有跳鬼的符咒、器物，我也不熟悉跳鬼的程序套路，何况，这跳鬼的仪式，还不是任何人都可以随意施为的，只有那些直通神明的族人才可能执行。

我也很害怕触犯神明，尽管我早就被教育成为一个无神论者。在这人世间，只有对政治心存高度的恐怖，而对世间万物没有了敬畏。但是，自从踏入这河源谷地，在神迹一般的金不换面前，周遭的景象和传说的力量，令我陷入一种不由自主的颤栗与惶惑之中。隐约有一种迷魂的力量，在指令着左右着我的灵魂，有一种昏厥与迷乱，如潮涌般淹没我的心性，我完全失去了判断的能力。

许久许久，上游的瀑布飞溅而来的流水，似乎正在迅速暴涨，河水漫过石壁，山林中隐约传来沉闷的低吼。还没有完全进入农历立春，雅加的第一场春雨提早到来了，原本 3 月才至的桃花汛，迫不及待地匆匆赶来。上游在下雨，裸露的河石瞬间消失在翻滚着浊浪的波涌中。我这才记起柳琴。在空茫之中，她似乎在左岸对着我笑，那是坦桑的笑靥。

山洪暴发了。我的双脚感觉到河水的推动，浊黄的流水里拖带着枯枝残叶。反常的天气，把本应是在雨季飓风时节才会有的山洪，早早地赐予山林。大约是山神发怒了。我忽然就明白我和柳琴将临的危险。我连忙拉住柳琴的手，她当时就站在河流中央的一块裸石上，她被咆哮而来的山洪给吓住了。

在雅加沟谷生活过的人，对山洪并不陌生，年年都有人在山洪暴发时让洪水冲走。这种悲剧在雅加不但褪去了它悲惨与悲伤的成分，相反还常常在传说中，被渲染成为一种理所当然的神秘事件，是神鬼恰如其分地带走了它应得的东西，让世人用此种方式摆脱世间的苦难，有一种荣升天堂的幸意。正如六连所在的雅加大岭，每年都有个把打猎或伐木的人，莫名其妙地死于伙伴枪下，或让山间的弃木砸死。这是山神的旨意，山神用此种方式告知世人生存的法则，同时向世人收取对它失去敬畏的代价。人们对此噩耗习以为常，既不怪责山神，又不太过悲伤。相反，如果那一年此种噩耗未能如期而至，则雅加的老人们便会隐隐不安。心中默念着祈祷着上天的恩赐，但愿山神早些把该收走的罪孽收走吧！

生和死在雅加，并不是一件值得过分隆重追究的事。生的喜悦与死的悲恸，包括横死的哀伤，并没有影响雅加日常生活的正常运行，相反倒成为雅加盛大的节日，狂欢的理由。人们视大自然为主宰，故也顺从地听命自然的调遣。

在我抓住柳琴手的瞬间，洪水从我和她中间的空隙呼啸而过，我和柳琴被洪水击倒，我感觉到灭顶之灾。柳琴的手，让洪水从我手上撕开，我似乎掉进无底的深渊。

我最后的意识是，我和柳琴一起死在同一条河里了。

多年之后，我一直想重新记起那时的情状，那种少不更事的、有些可笑的、未果的跳鬼仪式，和那一场后来在雅加的气象史上，被记载为特大气象异变的山洪。任是如何穷索枯肠，其中的细节就是无从复活。我记得很牢的是，我始终没有松手，我紧紧地抓住柳琴柔弱无骨、冰清玉洁的手，我和她一起，在呼啸的山风中，沉沉浮浮地在激流里旋转。我分明看见沟谷河左岸右岸的风景，在一闪一现的虚浮中，迅速地向后退去。

我没有放手，我向上帝发誓，祈求上苍作证，我始终和柳琴一起，在河中漂流。

事后我才得知，那天山洪暴发，并非在沟谷一地，春天里突然袭来的这一场暴雨，在雅加大岭方圆几百里的崇山峻岭中同时发生，连气象部门也无法解释，这种只有在秋天飓风雨季时才可能发生的气象，如何在春天里突然暴发？而且毫无征兆。雅加的许多村庄和农场都蒙受严重灾害，仅军垦系统，就有几十单特大的人畜伤亡报告。这些伤亡事件，作为抗洪的英雄事例，陆陆续续地刊载在《兵团战士报》上，或记录在某个单位的知青档案里，这些记录和档案一起，在兵团撤离时，大多被销毁了。

21 世纪初年，我在撰写长篇报告文学《突破北纬十七度》时，到雅加的十几个曾经是军垦的农场去采访，在雅加一个最边远的农场连队的档案室里，发现了一份 1970 年 6 月下发的文件。这份文件完整地记录了 1970 年 3 月那场祸及雅加十几个农场的春天山洪。里面有一句话引起了我的注意，“各农场多年对原始森林的过度采伐、烧山、任意改变河流走向，堵筑山塘水库，造成水土流失，引发山地气象异变……”这份报告还详细记述了各受灾单位伤亡的事例，附有各种数据。这些令人惊心的数据，可能从来就没有公开发布过。仅知青伤亡人数就超过30人以上，他们都是在生产劳动期间，猝不及防让山洪冲走，或明知山洪暴发，发扬革命英雄主义，保护国家财产，壮烈牺牲。

但是柳琴呢?

我不止在一部作品中，写到那些牺牲在雅加大岭山林河谷中的知青朋友，写到我面对这些知青亡灵时，有一种来自他们的崇高力量，贯穿我的全身，因为他们的骄傲，也使我获得一种和他们一起站立着的骄傲。可是柳琴，从我们相识到她在我的手中松脱，消失于无形的岁月，短暂得令人无法记牢时间的节奏与声音，我还没有来得及认真地细看她的面容，她如诗如幻般的笑纹，细细地体会她似乎经过万千思虑，然后小心翼翼说出的每一句话，每一句关于她自己，更多的是关于坦桑的话。

我在柳琴面前无法骄傲起来。那些日子，每当安静时分，我就会认真地在心里静静地读她，追忆她丝丝缕缕的细节。我常常无端地就走往邮局到书店，几十米的距离，我却从中午走到黄昏。我渴望能够在邮局或者书店，遇到蓝色长裙月白上衣的柳琴。常常有相似的形影走进邮局，或从书店走出，我紧紧追随着她们的背影，明明知道那仅仅是幻觉。有时从邮局我们曾经坐过的台阶上，眺望从远山蜿蜒而来的沟谷河，在春日并不热烈的阳光下静静地流淌。我把目光锁住沟谷左岸的一处地方，那里是那天我和柳琴溯河而去的起点。从那儿到河源，我们走了很长的路，走过了许多裸露着河石的河湾和芦苇丛，却似乎只用了很少的时间，时间在河谷的跋涉与行走之间好像停顿似的，我们轻而易举地抵达了河源的神秘之地。还没有来得及为坦桑叩拜，施行跳鬼的仪式，山洪就卷走了我们。

柳琴在我的印象中是个明朗又聪慧的女子，她何以会在那一天做出那样的决定？去沟谷河的源头跳鬼？而我居然与她一同前往。仿佛我们共同因着某种吸引，去赶赴一个命定之约。

第十四章

无头躯干独自在旷野里呼号着，他四顾无人，他绝望地挥动着手中的头颅，头颅的白光在森林中晃动着，像探照灯无目的乱射。他另一只手中的心脏，也被他在依然昏暗的天空中乱晃，鲜血从心房中迸溅而出，在渐渐明亮的曙色中画出了血红的弧线。群鬼已经消失得无影无踪，失去了目标的无头躯干的悲号响彻四野。

劳文斯在六连算得上一个奇人，他简单的不起眼的处境和他复杂的身世，以及与世无争，脸上永远是隐忍的笑容的神情，都很容易让人忽略这个人的存在。人们很少见到他说话，甚至记不清他的口音，他沉默寡言默默无闻。即便是在斗争会上，他也是一个最有分量，却又是最不重要的批斗对象。说最有分量，因他曾是美军顾问团的翻译；说他最不重要，是他只有这点历史问题，属于历史反革命分子。除此之外，他就是一个处于最底层的连户口也没有的流民，一个为人种香茅的农民。

老雷是一个大老粗，却又是一个最看重知识的人，他知道劳文斯的底细之后，便将劳文斯视为朋友。十几年间，有事无事便与劳文斯一起喝酒谈天，无话不说。劳文斯可能只是在老雷面前，才有说话的机会。

坦桑被枪毙后不久，林彪集团于当年“九·一三”自我爆炸。坦桑的案子便有许多传说。其中传得最多的，就是坦桑被判死刑，是林通还有劳文斯和老雷出卖的结果。我听了很是吃惊，根本就不相信。我想让劳文斯、老雷亲口告诉我真相，否则人心真的太险恶了。有好几次，我到六连公干，分别见到老雷和劳文斯，话到嘴边，想问问他们，却又说不出口。我想，即便是真事，事过境迁，谁都会否认的。以老雷的性格，哪里能够忍受得了这种污辱。我怕老雷的脾气，始终没有问也没机会问。

民间传得很真实，时间地点人证物证都很确凿，不像是民间传说，倒像专案组举证。那时坦桑的案子正处于复查阶段，老单和专案组的成员，已被隔离审查，林通在审查期间突发精神病，被送进安宁医院。和坦桑案子有关的人，上上下下一大批，都靠边站，接受各种规格的审查，说清问题。老雷劳文斯如果真有出卖坦桑的行为，理应也在审查之列，但他俩安然无恙，没有听说曾被隔离审查。这反而令我有些狐疑，以我的经验，这是否反而说明了什么？老雷劳文斯在我心里从此便打了折扣。

其实这事老单最清楚，说不定这种流言，正是老单为了自保，推卸罪责而有意泄露。

如果说，劳文斯老雷提供了足以置坦桑死地的证据，这究竟是一种高尚行为，还是一种出卖？这实在是一个令人纠结的问题。如果是坦桑确实做过的事，而这事又足以判死，那么说出这事的人的行为，可以说是出于公义，与出卖无关？而老雷劳文斯又从这种出卖中获得某种好处，构成卖友求荣链条上的每个环节，都与某种利益包括政治利益紧密相连，那就是出卖无疑。

那些日子我处于这种缠绕不清的思虑之中，对老雷劳文斯甚至有了某种鄙夷之感，包括坦桑，她原本异常明丽清朗的面目，也变得模糊不清。

有时，我会突然间被噩梦惊醒，梦中的场景竟然是坦桑的碉楼。我从碉楼走出，等候着我的竟然是老单老雷和劳文斯，他们三个人脸上都有一种高深莫测不怀好意的笑。都有一种等着我说出碉楼的秘密的神情。而我又迫不及待地把碉楼的秘密一一说出，直到他们满意为止，我才逃也似的脱离了他们的监视。心中却忐忑着，他们三人怎么会是同伙？勒迫我说出碉楼的秘密，碉楼又好似藏着无数秘密。这样的梦境把我吓出一身冷汗。我细细地揣摸着这梦的含义，对自己的品行有了深刻的怀疑。它们绝对不是无端的。我怀疑自己是否也无形中参与了谋杀坦桑的阴谋，成为某种意义上的凶手。我在黑暗中，一点一滴地检视着与碉楼有关的日常细节，哪个细节上的疏忽，都有可能造成不可弥补的罪恶。

在坦桑行将枪毙及枪毙之后的那些日子里，我对任何人包括对自己都有一种恐怖，心存戒备同时厌恶一切有人群的地方。我在办公室里凭空就看见鬼影，一听见嘈杂的人声就想起刑场上的欢呼。甚至到饭堂打饭，不是早点去，趁无人时迅速把饭买走，就是等饭堂即将关门冷冷清清时匆匆来去。有事无事便到邮局或是书店，渴望在那里能遇见柳琴，尽管柳琴并不拒绝我去驻地找她。我不愿意在她的驻地，见到那些油头粉面的男演员们戒备而猜度的目光。

我总是怀疑自己也是杀死坦桑的同谋。既然老雷劳文斯都有这种嫌疑，被四处传闻为卖友求荣的小人。正如关于他们的传言满城风雨尽人皆知，而他们却毫无觉察，也许我自己也正处于这一情形，被传为凶手却蒙在鼓里。我想，在坦桑这件事上，凡是平日里与坦桑走得很近的人，谁都逃避不了罪责。坦桑不可能是一个孤立的存在，她被处以极刑的悲剧，也绝对不是她自己一个人便可导演出来。六连的每一个人，或许都有责任。那天枪毙她时，现场一万多人热烈欢呼，难道就没有任何干系？

越是思虑，就越是夜夜噩梦不断。平日里我所见过的那些熟人生人、善良的人，个个在梦里都成了恶鬼一般，争着抢着撕着坦桑的肉体，在旷野里像狼一样张着血口，向天狂吠着，发出只有人在绝望与哀痛时才会发出的惨烈的声音。

我想我完蛋了。我身边没有可以倾诉的朋友，连老雷劳文斯这样的人，都背叛了我，我也背离了他们。人人都在争相出卖对方，唯恐比对方慢了一拍而横遭不幸，或损失什么……

而柳琴，似乎对我也很不屑。她看我时的目光变得很迷离，有一种很不信任的神色。我有一千种理由为自己辩解，却寻找不到表达这种辩解的任何方式。我渴望和所有人交流坦桑的问题，希望能听到他们对坦桑问题的评价，事实上是对坦桑专案的评论。在坦桑的案子已经可以公开讨论，并有翻案可能的情况下，似乎所有的人，都在努力回避这个话题，大多数我所接触的人，似乎都并不赞同坦桑的生存态度，甚至并不认同她的做法，那种以卵击石的愚蠢做法，即便是那些在公开场合、正式场合赞扬坦桑是一位“革命烈士”的人，在私底下也是将之作为有精神病患的人来分析的。当然，这一切都是建立在趋利避害的人类天性基础之上的。

我一向以为粗鲁缺欠理性的老雷，和过于缜密善于保护自己的劳文斯，尽管他们在行事风格上大相径庭，但在这一点上，他们的看法和做法却是惊人的相似。以劳文斯的出身，能够在雅加的山林里，平安无事蛰伏隐藏了几十年，我想也是基于这种认识所练就的本领。而老雷在他貌似粗鲁粗犷的风格背后，也一定有他机巧生存的法术。

人们把林通视为疯子，对他的疯癫视若无睹，不当回事。林通在雅加毕竟是个颇有来历的人物，老一辈的人，还常常念及林通在“文革”中的作为，对他有着一些隐忍的怜悯，说起他时，依稀有着一些惋惜。我却以为，林通是在装疯卖傻，他心里十分明白自己的处境，这是他自己选择的一种生活。他已然把精神以外的一切置若罔闻，专心致志地沿着自己的思路，一心一意地过自己的日子。

我总是隐约感觉到，每当我与林通一起，或林通在独处，没有外人打扰的情况下，林通并没有疯癫的迹象。他的疯狂似乎并非出于病症，而是一种对自己的抵抗，或说是自虐与戏谑。越是在公众场合，越是人多的地方，正常人的人来疯，在林通这儿就真的成为一种极端的表现，他会很夸张很下作地把自己推向疯子的深渊。

我很想能让林通抛弃现状，回到正常的生活轨道，没有必要如此困顿自己，我看出林通是有意要在人前自贱，以至于把最初的刻意，演变成一种自为的必然。

那天我告别林通，走到半路，又见到浇菜的镇长夫人，她正想给林通送去一些新摘的青菜，我便又和她一起转了回去，我总是以为林通不必如此生活。希望镇长夫人多多劝诫林通，有时善良女人的话语，对于这类沉陷于女人所就情感的男人来说，更有作用。想不到镇长夫人并不赞同我的看法。她很认真地："林老师只要讲点卫生，把自己收拾得干净体面一些就好。他没什么问题的。人人都说他疯，我说他明白着呢。"

我自然有同感，但这谈何容易？一个人在固有的轨道上生活惯了，改变也难。那年林通将近60岁了。"如果有个女人相伴，可能会好些。大嫂，你就到乡下找个寡妇，成全林老师嘛！"

镇长夫人大笑："林老师哪里会要？我看他行不行还是问题。这么多年，几十年了吧，早就憋坏掉了，动不了吧？"她哈哈大笑，雅加的女人，很是开朗爽快，对男女性事也没有太多的扭捏，我在雅加深有所感。

"他还想着那个谁！哦，是叫坦桑吧？听说那可是个大美人，吃了枪子了，'文革'早年的事了。他还想着呢，现世哪有这种男人啊？那女人真值得他想吧？你没见屋子里挂的照片？"

她把本来惨痛的事，说得轻松平淡。难怪，那是哪个世道的事了，那时镇长夫人还没出生呢？人们对自己出生之前的事，很少有亲切感。

我很欣赏大嫂的性格，这是雅加女人最可爱的秉性，坦桑身上也有这种气质。在一个诡谲的年代，这也是坦桑悲剧的原因之一。

我和大嫂一起回到林通的草屋，林通正在擦拭有坦桑照片的镜框。大嫂见抹布太湿，便把镜框抢过来，找了块干布："要这样擦，才不会留痕迹，你看。"她把擦得铮亮的镜框捧到林通眼前，随后便细细端详。"是这个人吧？真的很漂亮呀！"她自言自语。

林通眼里有很柔情的光芒。"没人可比的！没人可比的……"他自言自语。

其实那照片已经很模糊，影像又小。但坦桑的轮廓还是很显俏丽。我手头没有坦桑的任何照片，只有几本史图博《海南岛民族志》的油印本，油印本上有许多坦桑的眉批、笔记。

这么多年了，坦桑的面容在我脑海里很不稳定，但是她在碉楼里活动着的形影，有时会突然在我眼前浮现。特别是那晚在她解开乌结，回到女儿妆的时候，长发及腰，一副婀娜美态，在月光下的碉楼中，惊为天人。

林通突然凑近我耳朵："你知道吧？龚伟是我的儿子，知道吧？没有听人说吗？我都承认了，罪加一等就罪加一等嘛，有什么可怕的？"他的眼睛又开始发绿，十分亢奋的样子。我已经习惯于听到各种各样的消息，从林通口中说出的任何消息，都不会使我吃惊。龚伟是谁的孩子，也已经不重要，只要他是坦桑的骨血就可以了。

那时我还不知道龚伟的行踪。他失踪以后，我就再也没有他的消息。但我的下意识告诉我，龚伟一定活在人间，他在哪儿呢？和他的水鹿一起。

林通见我没什么反应，他的亢奋一下子降到冰点，他又陷入一种呆滞的状态中。

他大概正沉浸在对孩子龚伟的怀念之中，他怀中揣着镜框，口中念念有词，混浊的眼泪湿了胸前大半衣服，他的饮泣是悄无声息的。这是一个风烛残年的老人的垂泪。我知道哭泣有许多种，有的听起来低沉而寂寞，有的惶恐而痛苦，有的……林通属于哪一种呢？

镇长夫人见状，连忙哄着林通，像对孩子般哄着："林老师，又来了，你看，像孩子似的。"她边说边用手拍打着林通的肩背，她的笑脸上便也挂上一行泪水。她有些不好意思地说："林老师老是这样，他要是大哭出来也好。这样憋着哭，是真要憋出病来的。"她一边哭着一边抹着泪。这样的情景，于她肯定不是头一回。

记得林通在老家曾育有一个孩子，现在情况不知如何？我问镇长夫人，她说他老家从没来过人，太多的事她也不清楚，我便也不多言。

林通注定只能这样生活，生活在自己编织的牢笼中，躲避在自己制造出来的阴影里，这样，也许才是安全的。我甚至不无残忍地想到，对于林通而言，任由性情的自生自灭也许是他最好的归宿。其实他，每天都自觉和坦桑生活在一起，这就够了，他活在自己虚幻的和坦桑在一起的世界里。这是任何人也无法取代、改变的幻影。

我能够想象得到，这么多年来，他并不是独处于这间黑屋的。他始终和坦桑的灵魂在一起，他把它当成坦桑的碉楼了。我开始细细地端详这间粗看起来非常简陋、杂乱、肮脏的黑屋。它确实有着雅加六七十年代的乡村味道和粗犷的山林气息。

树枝和树皮做成的门窗，白藤拉起的细绳上挂着林通一年四季的衣物。屋子当中生铁铸成的三脚火塘，火塘中的柴火，屋角堆着几个粗瓷大罐，腌渍着发黑发酵的萝卜缨。几块硬木板，随意用铁钉钉成的残留树皮的台桌，15 瓦汾江牌的灯泡，就着灯绳从梁上垂落。尽管有电灯，但常常停电，桌上还摆着老旧的小马灯，玻璃罩子让劣等煤油熏得乌黑，落上厚厚的油垢。火塘上方的栋梁上，挂着几刀带皮的肥猪肉，按雅加习俗，每回烧菜，把肥猪肉往热锅里翻滚几下，煎出点油水来，又将肥猪肉挂回原处。墙边靠着细藤编织的筐箩，吃饭时把筐箩往地上一摆，席地而坐，权当饭桌。雅加的山民们，世世代代就这么生活。没有什么奇处。坦桑的碉楼自然要雅致一些，但也离不开这些基本元素。这就是山民家庭生活的基本面貌。

这样的黑屋，倒是能勾起碉楼的记忆。林通沉迷其中，不无道理。

我本不该与他说起老单，但又觉得和林通交流往事，无法回避老单这个“瘟神”。说到老单的名字，林通突然暴怒异常，他抓起台桌上的小马灯，奋力往窗棂上扔去，小马灯的玻璃罩子立即粉身碎骨，铁架子却完好无损。这突而其来的举动，把大嫂吓得惊叫起来。

看得出林通也把自己吓了一跳，仿佛老单如恶鬼一般，出现在他面前。他双目呆滞，却泛着绿莹莹的光，显得阴森可怕。他牙关紧咬，嘴角抽搐着，流出白沫。“又犯病啦!”大嫂倒不惊慌，轻轻拍打他的后背，“缓过来就好。这是癫痫，不用吃药，医生说，别刺激他就好了。等一会儿就好了。你看，好了。”大嫂朗声说道，她见多了林通的发作。

林通和老单之间，在坦桑案子上的交锋一定非常惨酷，一定有外人无法想象的内情内幕。当时处于劣势的林通在形势逆转之后，对老单的深仇大恨不难想象。但那时林通已在精神病院，而老单则被关进看守所隔离审查，他们始终没有再度正面交锋的机会。

坦桑案子案情其实简单，而判刑又极为草率，应说是前无古人的，这很符合那个狂飙时代的革命风格，立决斩伴着急急风的节奏，把羁押审查 16 个月的坦桑，塑造成现行反革命分子，而只有言论没有行动。把一个年轻美丽的女子，活生生地送上了断头台。老单无疑是主导，林通可能充当了帮凶，老雷劳文斯呢？无形中成了同谋。而现场那万千欢呼的看客，灵魂深处便蒙上共罪的灰尘。我的沉默与无为，自然也逃不了凶手的指控。但是柳琴，她为坦桑做了一些扎扎实实，想做却来不及完成的事，为坦桑的往生与来世都尽到一份体恤与怜悯的情怀。其真情青天可鉴，我在后面再叙。

几十年间，我的思维常常停留在这样的层面上，焦虑不安。我把关怀的重点，仅仅聚焦在坦桑以外的物事上，而几乎从未从坦桑的角度，从她彼时内心的累轭，去聆听她灵魂的呼号。我知道，一个自信怀有神圣信念的个人，如果面临千万人以正义的名义声讨，被唾弃，被摧残时，那种颤栗寒冷是彻骨的，在旷世的寂寞与孤独中，伴其灵魂远行的，却又是生命的夭折。那种在告别时刻，却看不到黎明时分红日喷薄而出的心情，是何等的惨烈！连向世人作最后告白的权利，也被绳索紧紧羁绊，无法自由自主的宣言与天启。这种撕心裂肺的痛苦，谁人能够知道？

对于坦桑而言，这一切早已结束。对于林通们呢？迄今仍在没完没了地延宕，看不到尽头。而那源泉却天天活生生，鲜血淋漓地汩汩涌动。

林通把小马灯扔向冥冥中的老单时，我忽然就参悟了这些活在我们灵魂中的魔鬼心思。至于老单，他别有另外的解释。

第十五章

在无声的哑剧中闹腾了一夜的森林终于归于寂静，太阳照常升起，万物复苏，黑暗退回地底。在通往森林的山路上，牛车在缓慢地行进着，单调的牛铃铛和着木然的车轮声，宣誓着岁月的迟滞。山路上满是泥泞，昨夜一定下了一场大雨，松软的黄土路有两行深深的车辙，在车轮压过的地方，遗存着许多杂乱的脚印，昨夜的脚印。没有人知道昨夜此地究竟发生了什么，没有人会去关心泥泞的土路上隐藏着的许许多多昨夜群鬼们留下的脚印。那些走过了许多岁月，永远没有也不能停顿的脚步印下的深深的脚印。这些灵魂的脚印，隐伏在泥泞之下，和泥泞一起变成牛车的车辙。

劳文斯在去美国定居之前，邀我到他的土屋饯别。那时老雷已经因森林大火重伤，康复之后蛰居在知青墓地，做了一个守墓人。原本高大伟岸1.85米高的老雷，被大火烧伤，从大腿根部齐齐截去双腿，成了一个双手垫着皮套，坐在蒲团上的侏儒。关于老雷，我在长篇小说《暗夜舞蹈》中已有详尽叙述。

1980年，我专程去六连面见劳文斯。从20岁离开美国，此时劳文斯已经55岁。1979年中美建交，年底，劳文斯的父母兄弟姐妹，一干人浩浩荡荡，千辛万苦从波士顿寻到雅加六连来。同往的还有美国首任驻华使馆的文化参赞，令雅加当局好一阵忙碌。当局在海口定了高级酒店，请劳文斯赴会，言明由县民政局、外事局共同出钱报销费用，并派县长专车陪同，也算是对劳文斯这么多年来的一点犒赏。

劳文斯不知出于何种考虑，坚持要失散将近30年的父母兄弟姐妹，一起到六连他的土屋相聚，文化参赞也很乐意同往。劳文斯坚持不离开六连半步的理由，外人不得而知，我后来也没有问过劳文斯此事的因由。劳文斯的拗犟，我早已领略。

据劳文斯说，他的父母兄弟姐妹对劳文斯的命运多舛，并没有太多埋怨，反而觉得劳文斯自20岁上，有幸到祖国参加伟大的民族战争，此后又在举世闻名的雅加热带雨林中，度过不平凡的青年时代，这是天赐良机，很符合伟大的美国精神。文化参赞对雅加六连的自然风光，更是赞不绝口，流连忘返。并声称有生之年，必定携妻儿君临此地。劳文斯虽然离开美国多年，但支撑他这35年人生负压的也正是美国精神，西部牛仔的拓荒精神与性格。他对那些美国精神，自然也有自己独到的理解。

劳文斯的父母通过外交部门，已为劳文斯做好一切返美手续，马上要把劳文斯一起带走，但劳文斯坚持再等些日子。在雅加，他还有未了之事，约我面见，便是其中之一。以他的话说，他要我当一回神父，他必须做一次彻底的告解，方能洗去在雅加所犯的罪孽。

我不明白劳文斯所指罪孽是什么，以为从原罪角度思忖，这是基督教徒的日常功课，并不十分在意。作为朋友，在劳文斯回家之际，为之饯行送别，何况地点在六连，这正是我多年夙愿。

我一直来不及对坦桑说：我很想念雅加，很想念雅加的沉香，想念雅加坦桑的碉楼。如今说出这些话，坦桑已经听不见了，但老雷劳文斯听得见，必须趁机说出，否则再无机会。

劳文斯的土屋，因为要接待众多美国朋友，六连所在沟谷县的领导，特意在周围又扩建了几间屋子，也修缮了劳文斯生活了几十年的土屋。劳文斯本不情愿，但碍于领导盛情，在中国35年间，美国青年劳文斯也早已习惯凡事服从领导指挥，听从组织安排，他只好坐在河岸上，看着自己生活了30年的土屋，一点点的日新月异，终于变成宾馆一般。

美国人走后，“宾馆”里的东西尽数撤走，新建的草屋便荒凉了，把周围的树木毁掉了不少，劳文斯很是心痛。虽然再过数月，他就飞赴大洋彼岸，此生也许不再登临此地，劳文斯还是十分伤感。那天，我陪着他，在河岸的大树下，从黄昏坐到天明。除了所谓告解之外，劳文斯长时间地注视着日渐荒秃的雨林，和那片伴着他走过整个青年时代的香茅地。河里，飘过来熬煮香茅油的味道，生涩得刺鼻的香味。

在雅加六连将近30年的人生里，大部分日子过得都很平淡，虽然谈不上世外桃源，然而日出而作，日落而息，一个人，半坡香茅地，倒也自在。劳文斯这样开始了他的叙述，用劳文斯的意思，说是告解也可，可惜没有一个真正的神父，而我又不守信用，最终还是把本是秘不可宣的所谓告解，当小说材料发布。但愿有朝一日，劳文斯在大洋彼岸读到这本小说时，没有不适的印象。

劳文斯从一棵黄花梨树洞里，掏出一个黄油布的包裹，里面是一个笔记本和一沓手稿。

“这是坦桑留下的。”劳文斯在说这话时，那语态和神情似乎不是对着我说，却似在对冥冥中的坦桑说。笔记本和手稿，在他粗糙不堪的大手里，显得很孱弱很年老。好像随时会撕破粉碎，让风吹走。劳文斯捧着它们，小心翼翼地将它们摊开在油布上。

手稿用英文写就，劳文斯用中文念给我听，如果不是人在现场，目睹这些手稿从树洞中取出，如果不是这些稿纸发黄虫蛀，又由劳文斯这样的人读出，我真不敢相信，这些当真是坦桑多年前的遗作。它们写于那个年代，令人不可思议。一些很不合时宜的文字。

“本已淡忘多年，昨夜突然再现……”坦桑似乎在写作一部小说，或是记述某种历史，以荒诞不经的方式托举事件。

这篇遗作分为20个短章，每章讲述一个情节，有些散乱，非常血腥，但是深含哲思，而且十分诡异，似是史实的伪托？又好像不是，要象征一些什么？又欲盖弥彰。在写作这部小说时，我以我的口吻将这些短章重新改写，尽量消解坦桑作为一个社会学家的论证性话语，而融进去较强的文学色彩，将这20个短章，每个短章作为这部长篇小说《红庐》每章的引言。我不知道我何以有如此奇想，也不知道读者诸君对这种做法有何印象。也许想让坦桑的灵魂无时无刻地附着于小说的节奏，不至于迷失在其他情节里。

今夜也许是劳文斯35年来，最为放松的时间，看得出他有一种如释重负之感。劳文斯本来是一个忌酒的基督徒，他身上还有穆斯林的八分之一血统。但是35年的风雨风霜岁月，使他变成了一个老到的酒鬼。没有酒的日子，就不是劳文斯的日子。他不得不借酒来抗拒山中的严寒和山岚瘴气，不得不用酒来消解漫长的孤寂和无话可说的长夜，不得不用酒来吓退从土里、从草里奔逐而出的各种各样的虫豸。酒成了劳文斯的神祇。我能理解这因酒而来的瞬间欢欣与伴随着的苦楚。

劳文斯至今未娶，据说他也曾有过几个山野中的村姑红颜，而坦桑是他真正心仪的女性。这位女性刚刚出现就消失了，劳文斯没有来得及和坦桑走到最后，坦桑就走了。这件事，也是劳文斯告解的重要内容。世间恐怕唯有我一人，知道这个隐秘多年的秘密。

“这些文字我读过多遍，我都能背诵下来了。当然是用英文。”劳文斯双手捧起粗瓷大碗，把满满的一碗酒一饮而尽，这酒当然是雅加度数很低的水酒。劳文斯很是深情地表白，是对着坦桑的灵魂在说。我总觉得劳文斯邀我来做他的牧师或神父，这只是一个借口，他的一切告解，其实都是对坦桑的诉说。他只需要一个听众，那就是坦桑，我只不过是劳文斯来自尘世的证明人。

劳文斯的喉咙让水酒烧得有些喑哑。他把酒当水般牛饮，我自然也不甘落后。劳文斯一碗又一碗地一饮而尽，我也一碗又一碗地一饮而尽。劳文斯的脸让酒烧得发青发白，而我的脸也让酒烧得发红发亮。我俩像比赛一般，你来我去，把一罐土酒喝个精光且醉意全无。

酒，只是解渴的水。谈论的话题自然是坦桑的这些遗作。

我翻开笔记本，这是一本很平常的牛皮抄。扉页上写有毛主席关于“五七指示”的语录，是坦桑有些潦草的笔体。

开头七八页，是一份死亡名单，记录了自1966年到1969年间各界名人包括高级干部自杀或被虐杀的名单。大约有上百名，材料来源，注明是各地的“红卫兵战报”。这是坦桑汇总后写给周总理的信的部分底稿，自然这封信没有走出雅加邮局，就被送到当时的沟谷县革命委员会保卫组。是坦桑的第一份罪证。罪名是诬蔑伟大的无产阶级文化大革命。

“文革”中部分名人死亡名单

1. 邓　拓，《人民日报》总编辑，杂文家，1966.5.17服毒致死。

2. 吴　晗，北京市副市长，历史学家，1968.10.11狱中自杀。

3. 翦伯赞，历史学家，1968.12.18与妻子戴淑婉服安眠药死亡。

4. 上官云珠，著名电影演员，1968.11.22病中跳楼身亡。

5. 熊十力，国学大师，1968.5.24绝食身亡。

6. 严凤英，著名黄梅戏演员，1968.4.8服安眠药死亡。

7. 老　舍，著名作家，1966.8.24跳北京太平湖溺死。

8. 储安平，前光明日报总编，大右派1966.6.7传跳海自杀或被红卫兵打死。

9. 傅　雷，著名翻译家，1966.9.3与妻子朱梅馥上吊自杀。

10. 叶以群，文艺理论家，上海文联副主席，上海作协副主席等1966.8.2跳楼身亡。

11. 言慧珠，著名京剧表演艺术家，言菊朋之女，梅兰芳之徒，1966.9.11在浴室上吊自杀。

……

牛皮抄中还记有后来坦桑案中作为罪证的文章初稿。比如《敦促××投降书》，这份最终置坦桑死地的文章。这些所谓罪证，后来坦桑平反时都被公开，不足为奇。

吸引我注意的是，写在牛皮抄封底的一个材料，关于王亚龙的调查报告。这份调查报告，从王亚龙的身世写起，记述了王亚龙一生的几个重大事件，尤其是王亚龙的结局。王亚龙1943年落入日寇手中，宁死不屈、壮烈牺牲。王亚龙的这些经历，大多沉睡于各种民国时期的史志，有些早有结论。但坦桑对这些资料进行研究的结果，认为王亚龙基本上可算作民族英雄。他早年和共产党有过合作，制造了一起虐杀地方红军的血案，这和早期共产党地方组织的一些做法，有相当关系，必须对这个血案作历史分析，不能据此抹杀王亚龙在民族革命斗争中的功劳。关于王亚龙是民族英雄的结论，在当时的学界被认为是一种右倾的思想。为王亚龙翻案的报告，坦桑寄给《红旗》杂志，但未获发表。这份稿件连同其中的一些坦桑文稿，在1969年初，由劳文斯经老雷之手，上交给专案组。

坦桑被批斗被监控，最早线索来自于这两份材料：死亡名单、王亚龙调查报告。

这是劳文斯以为出卖坦桑的自白。

那几天，我都住在劳文斯的土屋里。为了接待美国客人的“土屋宾馆”，虽然大部分东西已经撤走，但多多少少还是留下了一些无法搬走或不值得搬走的东西。比如新建的卫生间和厨房。还有“土屋宾馆”周围整理出来的花圃，新修建的垫上石灰碎石的小路，临河搭起的钓鱼台等等。这些都成为劳文斯在雅加最后岁月，土屋的奢华享受。

劳文斯在告解中，把自己比作偷牛贼。偷牛在雅加是一种很严重的罪行。古代族人部落之间的战争，大多由偷牛贼引发。牛是族人仅次于雄鸡的一种重要家畜，雄鸡主要用于巫术的鸡骨占卜，而牛则是族人财产的象征。偷牛贼被抓到，往往会被当场处死，把头颅砍下，插在路边的树枝上。雅加古时候的山道上，应该不时会有偷牛贼的人头出现。

史图博曾经描述他目睹审判偷牛贼的经过。偷牛贼锁着锁链，被带到村长家。村头的大鼓敲响了，咚咚的鼓声召集村民前来参加审判会，审判官们聚集在村长家后面的天井，坐着矮板凳围成方形。偷牛贼披挂着锁链，坐在他们附近的地面上。审判从早晨持续到午后，然后一直到深夜，第二天还继续审下去。

史图博叙述道：“当我们离开加配（村庄名）时，审判官们还没有做出最后判决。偷牛贼要被判处罚款，如果犯人无法交付罚款，会被处死。据老人们说，街站（村名）直到现在还吃被判处死刑的偷牛贼的肉。”对偷牛贼的审判，如此耗时，夜以继日，通宵达旦，可见审讯已成为一个仪式，而渐渐远离审讯本身。也和偷牛终将引发部落战争这件事有直接关系，偷牛贼就是战争贩子。偷牛贼是一种职业，也是一种勇敢者的游戏。在雅加生活过大半辈子的劳文斯，自诩为偷牛贼，自然有他深刻的忏悔意味。

我在雅加的深山部落里，也见过几次对偷牛贼的审判。相比于文献中充满着中古气息的审判场面，我所见所闻的偷牛贼审判就逊色多了。那时的偷牛贼大多是从汉区来的流民，在地广人稀的雅加，偷牛贼很容易得手，加上交通已较为便利，偷牛贼有时会用卡车运牛，把牛偷卖给牛贩子，有时是连人连牛连车一起被抓获。偷牛贼很少被送到公安机关，大多就地审决，主要是罚款，也有被暴打一顿，然后驱逐出村。自然没有处死一说，但偷牛贼的罪行，在民间依然是一项大罪重罪，盖因为牛不但仍然具有财产的价值与象征，同时更是一种重要的生产运输工具。偷牛贼所做的是一种伤天害理的事。

偷牛贼多是些勇猛的汉子。偷牛贼一般偷水牛。水牛体魄巨大，但较为温顺，比较容易得手贩卖。雅加的黄牛，大多是强壮的瘤牛，有凶猛的犄角，又是放养的，要抓捕瘤牛，需得用火枪打不可。水牛不太认生，牵起就走。偷牛贼真正的对手不是水牛，而是水牛的主人，故偷牛贼的勇猛是用来对付牛主人的。雅加看牛的人，一般都是像八公那样的老猎人，有一副好身手、好枪法。没有好身手是做不了偷牛贼的。

我在雅加有几个知青朋友，就曾经有过偷牛贼的经历，后来洗手不干了，但偶尔也做一两回，为回大陆探家筹点路费盘缠。劳文斯一说起偷牛贼，令我有许多联想。偷牛贼实在是一种赌命的营生。

劳文斯怎么看也不像偷牛贼，倒像一个偷心贼。我知道他曾经偷走过坦桑的心。

坦桑早就是劳文斯的死党。“文革”前几年，坦桑在雅加做民族调查，劳文斯的土屋便是坦桑常来常往的据点，那时称为“三同户”。这自然不是组织正式安排的那种，可也是县里文化局的介绍。劳文斯虽是一介农民，但在沟谷县，狠抓阶级斗争的1963年，劳文斯便浮出水面，成为一个人物。他有时是美国友人，有时是美蒋特务，有时又被传为中美合作所的刽子手。皆因1963年，有一部长篇小说叫《红岩》，小说里中美合作所是残害革命者的魔窟，人们对美国人的仇恨，与中美合作所的名称有关。而与美国沾边的人，皆引发种种联想。劳文斯也是一位生活在传说里的人物。

坦桑在雅加的崇山峻岭中，找到了劳文斯这位英文了得的同伴。劳文斯对雅加的民事，历史与文化的谙熟与理论上的见解，正是坦桑所需要的。在雅加考察的日子，几乎每个周末，坦桑都会把自己的行程安排到劳文斯这里来，劳文斯的土屋对坦桑有着特别的意义。

坦桑大部分英文资料，都得力于劳文斯的译笔。一般都是劳文斯用英语念一句原文，又用中文重复一遍，坦桑记下，同时在原文上做个记号，就成了。这种方法既明快又方便，但这绝对不是一般译者所能做到。劳文斯不是一般的翻译，他既是深受美国文化与精神熏陶的华裔美国人，有着深刻的美国童年与故乡记忆，又是在中国最原始最底层度过青壮年时代的美国人，英语和中文都是劳文斯的母语。他兼顾通晓中国、美国最深层的文化结构。

在我看来，天才的人物多少都有些神经质。劳文斯和坦桑包括老单和林通，他们在不同的层面上，分属完全不同的人，从身份到文化背景包括修养，但我总觉得他们这些人身上，有某种共通的气息。他们都敏感、激情、冲动、易躁与焦虑，但自然有各自的表达方式。他们都耽于想象和深思，有明确的信念或说是执着于某种目标的顽固。他们异于常人的地方，是显得有些病态病相。有一种不顾一切的激奋，成为他们生命的助力。

劳文斯像一粒被冻土封存在地底的种子，有着坚硬外壳的凤凰树的种子。这种子在土层中埋藏着，轻易不会主动发芽，它时刻都在等待灼人的高温来催熟它。它用漫长的时间来蕴蓄足够的力量，挣破包裹着的硬壳，始将胚芽迅速长出。雅加凤凰的树种，往往可以在最恶劣的土层中蛰伏多年，长生不死，它的本领就是期待。

可以想象，在20世纪50年代末60年代初，同为30岁左右的劳文斯与坦桑，在雅加的山岭村寨流连的风景。

坦桑早早地消失了，可劳文斯浮了出来。

雅加的所有传说，都和雅加的云和雨一样，来去匆忙且无边无际，那是天底下最为自由奔放无羁无绊的传说。正如雅加的每一处山岭，都有着不同的命名一样，不同的民族，不同的村落以及人们站立的不同位置，都会对本是同一处地方，予不同的称谓。雅加的一切都具有传说的魅力且处处遗留在传说里。

我对坦桑身边的男人，都有一种天然的警惕。自从那天知道坦桑是女性，在她拂去乌结的时候，我心中便骤生了一种类似对母亲又有所超越的感情。我有时感到害怕，自以为那是一种不洁的罪过的情愫。坦桑对一个情窦初开的男孩子的魅力与诱惑是多方面的，也可能是模糊了性别界限的。特别是在下雨的日子，会莫名其妙地就想念坦桑，继而对那些有可能接近坦桑的男人们顿生一种防备与戒心。这真是人在怀春时无可救药的病症。

在劳文斯那里，我经常见到坦桑，但我从没在坦桑的碉楼看见过劳文斯。劳文斯基本上是一位绅士，虽然他的外表可能比当地农民还老土。好像林通和老雷也怀有我同样的心情，我总觉得他们有一种跟踪坦桑的癖好，有一种下意识，在指使引领着他们，感应着坦桑的去向和踪影。我总是在有坦桑的地方，轻而易举地遇到他们。也许是我的多心，也许是他们被坦桑所吸引。从文化背景上论，坦桑和劳文斯可能更般配也更有可能。若从现实条件上言，他们又似乎天人远隔。一个是国家干部，一个是流民。在一个阶级、等级森严的红色年代，一切都似乎不可能。

那天有雨，我在山中砍割山黄麻，用来编屋顶茅草排子。从沼地进去，沿着雅加河四处寻找山黄麻，无意中进入劳文斯的河湾。土屋那儿静悄悄的，劳文斯似乎不在土屋。那时天色已暗，屋里也没灯光透出。此刻劳文斯应在河湾的茅草地，或在屋里才对。雅加大山里，通常除了猎人，带着猎狗，会在山中夜行，一路有狗吠壮胆，一般人会日落而息，蜗居在屋里，夜间连串门也是很少的。冬天日短夜长，就更是如此。山里早早便天黑了，四野陷入黑暗的旷世寂静之中。

我为了收拢已经割下的山黄麻，耽误了一些时间。

黄昏时分，突然电闪雷鸣，大雨滂沱，雅加河像发疯似的飞流直泻。我回不了在对岸的连队。我一身泥水，冲进劳文斯的土屋。屋里一片漆黑，随着惊呼与慌忙，我感觉到似乎闯了大祸。

我什么也看不见，真的。但我感觉到屋里劳文斯正和女人在干那种事。激烈的响动犹如屋外的雷鸣闪电，瞬间却异常安静，除了屋外瓢泼的大雨，搥击着茅草屋顶，发出沉闷的瘆人的声音，没有任何人声。刚才屋子里因我的突然闯入而引起的慌乱动作和人声骤然停顿，大家都僵住了。空气也被惊颤得遑顾电闪雷鸣，无声无息，像一个惊叹号，悬浮在时间里。

我僵在屋子中间，垂着头，雨水从身上淌下，在地上湿出一片浅浅的水洼。树皮门让风推拉着，一开一合，像是人在擂打自己的胸膛，发出的那种节奏极强的咣当咣当的响声，枯燥而又孤绝。有几秒钟，我头脑一片空白，完全失去思维能力。突然，我转过身，逃也似的奔出门外，站在场坝中央。

大雨在山谷里像野马奔突，更像乱鞭飞扬，把山林里的树枝花草抽打得东倒西歪。不时有雷电轰鸣，惨白的光亮扫过黑沉沉的野地，令旷野一派狰狞。

我无处可去，不敢踏出土屋场坝一步。面前是汹涌残暴的雅加河，身后是让雷雨肆虐包围的原始森林。我站在大风大雨之中，脚下的土地正在一点点地陷塌，雨水从山坡、从屋檐上倾泻而来，似乎正在汇聚成凶猛的河流。我好像站了很久很久。我非常后悔后怕也很难为情，我不知道应该怎样来收拾这个场面。我虽然真的什么也没有看到，但是，我分明听到劳文斯和那女人的惊叫，而那女人正是坦桑。

不知过了多久，屋子里亮起了灯光。坦桑披着雨衣，走到我身旁，她没有说话，黑暗中也看不见她的表情。我感觉到她正直视着我，我找不到合适的话，沉默着。坦桑就站在我面前，她雨衣的帽帘几乎就贴着我的眼眉，我闻到她的气息，听到她的呼吸。她的高贵已经崩溃，我决定不说话，以沉默换取一种说法。她笑了笑，笑得很勉强，依然没有说话，她拉住我的手，把我拉进了土屋。

土屋正中的火塘燃烧着炉火，屋子里很温暖。大雨依然倾盆而下，劳文斯坐在火塘边，我不敢看他。我站在那里，一时不知该如何处置我自己。坦桑脱去雨衣，把手伸向我的衣领，要为我解开纽扣，我下意识地护住衣领。她愣了一下，脸上闪过一丝无奈但又宽解的笑意。她端过来一碗热水，我没有接，她便放到泥地上。我把衣服拧干，就搭在树皮门上。坦桑把衣服拿过来，张开，在火上烘着。屋子里弥漫着混合着酒味和浓重汗味的水蒸气。

劳文斯把热水泼了，往碗里倒酒，他端起酒碗，看着我，示意喝酒。我看了他一眼，没有任何表情地看了他一眼，把酒喝了。

劳文斯始终无话，他很聪明，他想让我先说些什么。我真的想说点什么，但我不知道该说什么？道歉吗？解释吗？好像都不是也无必要。他递给我一块刚刚烤熟的鸟肉，我没有接，自己倒了一碗酒，又给他倒了一碗酒，自顾一饮而尽。我想用这种方式来化解刚才因我鲁莽而生的郁结。

坦桑一直在旁边无事忙。我看出她的困窘和无奈，她的神色依然还处于慌乱中。在那个年代，私通是一桩大罪。世人对之有许多不堪的表述，却只有一个政治结论，那就是作风败坏，被当作流氓，可以无限上纲到阶级敌人的地步。这种事在当事人心中的罪恶感无比巨大，因此死亡的发生是很正常的。

我想劳文斯不至寻死，但坦桑呢？那我成了什么？杀人凶手？

我自然不会说出去，但纸包不住火。我想劳文斯坦桑也一定为此担心。

“我什么也没有看见！”我终于开口说话。有一种此地无银三百两的意味，我马上就意识到了。

他们不约而同很是惊诧地望着我，脸上布满疑惧。我不明白这种疑惧代表着什么。不相信，还是奇怪我何以如此说？我有些后悔如此明朗地说出我的意思。

多年以后，我以一种非常美好舒适的心态，追忆那个风暴黄昏的往事，为雅加曾在那个暴虐的年代里，依然活跃着一种男欢女爱而备感欢欣，也为那些逝去的人，逝去的青春生命，不至于全然荒废，芜杂地弃置于荒野，而彼此心存一种温存的体恤，感到生命的鼓舞。我想，那个风暴黄昏，对于劳文斯，也许还算不得什么惊天地泣鬼神。但对坦桑，也许就很不同凡响。那是坦桑在人世间，最后活跃于自由之中的一点两性抚慰，她生命的一次彻底绽放。

第十六章

脚印和车辙一样永远不会疲倦吗？他们夜夜的撑持究竟为着怎样的期待，没有人能够确切地知晓。一如这片森林的历史，早已没有人能够明白说出一样，群鬼和无头躯干的踪影，也从没能进入人们的视野。许多年过去，人们对各自的往事，大多已然淡忘，而群鬼和无头躯干，却永远记得那年那月那日那时不期而至的一幕。那一幕的终场式，是一群战士在一瞬间集体倒在血泊里，从此以群鬼的方式，游走在岁月的长河中，无头躯干的尾随，大约也因了这个缘故。

我最后一次见到老单，是去岭顶寻找王佬龙之后。这回是我主动去找他。我熟门熟路地就找到老单的旧屋，附近正在拆迁，看样子很快就会拆到老单的屋子了。

我敲了敲门，许久才有一点响动。门缓慢地移开半边，露出一张老妇人的脸，病怏怏的，我认出是老单的妻子。大热天，她却披着一件厚衣服，还不停地咳嗽，一手捂着嘴巴，一手搭在门边，似乎靠着门的撑持始能站立。她没有让我进去的意思。

刚才门一打开，便有一股霉败浊恶的气流散漫出来，我想，这屋门大约长时间没有敞开过了。

我有些为难，对方也都有些尴尬。

“我找老单，老单在吗？我来过的，我们是六连的同事……”我急忙消除妇人的疑惧。老妇人长期卧病，境遇也很不好，跟着老单，也从没安生过。我不想让她太忧虑。

“老单病了，恐怕见不了你，我问问他。”我不知如何是好，便把刚才在杂货店买的礼物，酒啊茶啊的放在门口，随时准备因老单的拒绝走人。

妇人进去了，门仍开着半边。我往屋里望去，很暗，窗帘也拉得很紧。屋子里住着两个病人，情况很不妙，我顿生一种不安。

过了好久，妇人出现在门边，示意我进去，我把东西搬进屋里。屋里的气味呛得我想吐。屋子应该很久没有清理过，很乱，也很肮脏。妇人打开了电灯，我见到躺在床上的老单，他已经坐了起来，靠在床头墙上。

屋子和十年前我见到的一模一样，只是更加破败而已。那张当墙纸的《人民日报》依然显眼，只是变得黑黄，有多处破损虫蛀。标题“文化大革命是一场触及人类灵魂的大革命”中的“文化大革命”几个字，让虫蛀空了。“灵魂”两字也被撕去。我对这张报纸有特别印象。我甫一进屋，首先映入眼帘，吸引我的正是这张报纸。想不到老单的旧屋一切如旧，十年来没有半点变化。

我迅速地环顾这间黑屋，老单一家的处境的确令人扼腕。待后再叙。

老单完全失了人形，他戴着一顶厚厚的线帽，乌黑粗大的绒线很粗劣。这种帽子，在货摊上，也就几元一顶，一过水就脱线发毛松垮。帽子遮去了老单半张脸，脸瘦削得很，颧骨高突。牙好像掉了不少，嘴巴塌陷。这不是当年我所见的，那个穿着白衬衣、系紧风纪扣、扎着军用皮带、雄赳赳的老单；也不是十年前愤世嫉俗，神气十足，自说自话的老单。看来他病得不轻，同是病人的妻子，看来也无法侍候他。生活已经到了苟延残喘的地步，两位老人坐以待毙。这是我刚刚进屋时电光石火一般闪过的感觉。

老单的声音完全变了，没说上几句话，就剧烈地喘气。

老单比比画画、语无伦次地指挥着妻子做这做那，意在招待我坐下，吃茶等等。我连忙自己拖了一张椅子，坐到老单床前，椅子是用钢管焊起来，蒙上一块红色皮革，可以折叠起来的那种。坐上去摇摇晃晃的，随时有散架的危险。

老单把手伸出来，握手。我连忙抓住他的手：瘦骨嶙峋、冰凉无血。在那一瞬间，缥缈的寒流，贯穿了遥远的年代，从六连向我奔来。我忽然就约略地看清了岁月的辙痕，那里面注满浊泪也混合着血腥。我发觉老单的手，脉象很弱，但是骨节很硬，他似乎在暗暗使力，想让我悟觉出点儿什么，这么瘦削衰颓的手，竟然有着某种不愿服输、努力挣扎的欲望。他闭着眼睛，好像沉入一片他想象的世界，或者六连，或者雅加，或者……我不知道。

在各自握手沉默的那一刹那，我多多少少体谅了老单，这些年，也许他活得比坦桑更惨酷。

我想等着他对我说些什么。突然，我的手机响了。

手机里传出雨天着急慌乱的声音。我这才想起，刚才和雨天一起走进这片社区，我竟然鬼使神差，独自通过大街走向山坡的豁口，沿着曲里拐弯的石阶，拾级而上，却把雨天给忘了。

“老师你怎么一下子就不见了？这里到处都在拆迁，我都不知该往哪走了。

怎么办啊？老师。”

“那你就暂时在外面闲逛一会，等会儿我再去找你吧！”我不想让雨天见到老单的这种状况，或者说，不想让老单和妻子见到雨天这样的青年吧？说不清是什么心理，很是纠结。

岂知雨天也是一根筋，“老师，我也想见见老同志呢！我觉得他们很有趣，像老符啊，就很逗呢。这个老单，想必更逗吧？”她表示坚决要来。那就来吧，让她触动一下也好。

“还有客人吗？快请来坐啊！”老单虽然病得不轻，但盛情礼数依旧。“只是，不嫌弃吧？”老单环顾四周，有些不好意思地说。

我只好暂时告辞，到豁口去把雨天领上来。

一路上我都在给雨天洗脑，让她有思想准备。这一路，她见识了老符和王佬龙等人，这些人令她看到人生的另外层面，也令她很是吃惊。老单是什么人？不是雨天这一代人轻易能够进入的。何况，老单现在的这种情况。

雨天笑起来：“老师，你别太高看我们80后了。我们何来纯洁？你们不知道的我们都知道。你们见不到的，我们什么没见过？你们做不出的，我们都做过。没有障碍，心灵与肉身，全没。”这些话噎得我无话可说。的确，他们比我们老练成熟得多。我们像他们这般年龄时，在干什么呢？造反，砍树，破坏生态，胸中世界革命，其实井底之蛙……

“等会儿到老单那里，你把屋子收拾一下。两个老人，都患重病，屋子乱得像垃圾堆，你先当一回清洁工加护士吧！”我希望雨天能替我为老单一家尽点绵薄之力。我相信雨天做这些事没有问题。她果然很乐意。

在巷口，无意间见到老符，我很是诧异。这家伙怎么神出鬼没，在这儿出现？

老符却喜出望外，老远就朗声叫道：“皮烧，我说就是这嘛。拆迁也不竖个路牌，城建的老爷们是吃什么饭的！”他骂骂咧咧地迎了上来，“一早就听说你们要到这来找老单，老单我熟嘛。走了不少弯路吧？”老符很是得意，他以为我们找不到老单家门呢。

刚才见老符遇到我们之前，东张西望，端着眼镜到处察看门牌号码，他根本就不知道老单的住处，他和老单也谈不上熟悉。我突然有一种作弄他一把的念头，“幸好碰上你，要不，今天是找不到老单的家门了。”

“没事没事，我看看在哪儿，找找看找找看。”他装模作样的，看看写在手心上的地址，又端着眼镜寻找对照门牌号码。

我故意让他忙活了一阵，雨天咯咯笑个不停，她对老符总是没大没小的，有时还故意捉弄他，引他说些不靠谱的话。

我看老符也就只知个大致方向而已，让他卖弄一下作罢。我搭住老符的肩膀，把他引进老单的家门。

老单和我不生分，见到雨天和老符，便有些自惭形秽，不太自在。我忙于融洽气氛，招呼大家各就各位，顺势把窗帘拉开，屋子马上亮堂起来，却也把一切暴露在大家面前。

我首先看到的是雨天惊异无比的眼神，其次是老符很复杂的表情。此刻我反而觉得这黑屋里的一切，十分切合老单的情状，特别是他的心境。很难对此臧否什么。

我看出一向天地不惊、无所忌讳的老符，此刻也在尽力克制自己的情绪。

老单毕竟不是一般人，也不是老符的同事下属，他算得上是沟谷可圈可点可数的革命老干部，沟谷凡是有点资历的老干部，无人不知老单其人，也无人认真理会老单其人。做党史工作的老符，更是心知肚明，只是他和老单几乎没有来往。老单办理退休时，老符才刚刚入道，他们擦肩而过。老单的那段“文革”历史，也是沟谷县党史不堪回首，不愿主动触及的往事。事件虽然很重大，但大家都愿意平淡处之。活着的人，活着的日子毕竟最重要。有关领导也打了招呼：过去的事就让它过去吧，大家都往前看吧。所以，对老单的申诉，不再追究就算是落实政策。何况 1988 年以后，雅加从大省独立出来单独建省。雅加的历史也就从 1988 年开始记忆，1988 年以前是别人的历史了。

屋子里一下进了这么多人，显得很拥挤，妇人折腾了半天，有些撑不住，又不便到床上去躺，便歪在破沙发上歇息。我刚才把窗帘拉开，让阳光照进来，也少了一些霉气，但老单似乎很不习惯开窗。阳光照耀下的老单更像一具僵尸，他塌陷的嘴巴痛苦地抽搐着。我意识到这一点，连忙把窗帘拉上，屋子里便只剩下了橘黄色的灯光。

老符的突然出现，打乱了我的计划，我本也没有完整的计划，只是想再和老单聊聊坦桑的事情。早就听说老单病重，来看看他顺便再谈谈坦桑，也让雨天体验感受一下过去年代的人。老符对老单显然不感兴趣，但他又想尽地主之谊，何况这还是落实县委书记的指示：在沟谷县把我们陪好。在老符看来，陪好的意思就是做好 24 小时服务，一点也不能落下，哪有拜访老干部老单，他不操办陪同的道理？

老符是个务实的同志，他现场参与的责任感非常强，他的目的也很明确：

一定拜托我请县委书记给他调单位，离开党史办，最好当个核心局的局长书记，比如人事局、财政局之类。我不敢答应，但又不能拒绝，只好敷衍。敷衍对于老符来说，等同于承诺。族人是视承诺为生命的。所以，我必须时时对老符解释，言明承诺和敷衍之间的重大差别。老符可不管这一套，他认为既然是兄弟，哪有不帮忙的道理？两肋插刀才是硬道理，才是兄弟规则。我只好答应，到时见了县委书记，我当面转达老符的要求，结果如何，与我无关。老符相当满意。“当然要考察，这是自然的。”老符对此倒很通情达理，干部使用嘛，推荐很重要，考察当然也少不了。

“不过，学生总是听老师的吧？师道尊严嘛！”老符很是狡猾，他一点也不迷糊。

“那倒不尽然，在这等问题上，也没有那一说。如果你这么理解，那我倒真的不能代你转达这个要官位的意思，也不合于你那个兄弟规则。”我越是说得清楚明白，老符越是不依不饶，只好暂时作罢。

老单和老符不熟，老单更不晓得老符何许人也。我介绍了一番，老单便客气起来。老符也只好像个县里领导的样子，端着身份慰问老单，嘘寒问暖一番，颇有几分慰问伤病员的表演气氛。我实在看不下去，让老单老符各自受苦，何苦来？我赶紧让雨天把老符召走，她有这个本事。

我本想请老单到外面晚餐，老单也好酒量，之前还有与老单把盏一回的心情，但看起来，这真的成了奢望。我不知老单得了什么病，也不好问得太多，刚才悄悄问了妇人，妇人期期艾艾，也说不清楚。

老单忽然来了尊严，他突然就精神起来，竟然要下地行走。他掀开被子，一个鲤鱼打挺就光脚站到地上，连鞋袜也来不及穿。

我说老单你这是干什么？小心别伤了身体。老单说：“也没什么病，只是很累很乏。医生也查不出来。就是日见消瘦，和饮食有关系吧？没什么胃口而已。”他竟然表达流利。

“就到街口大排档，你请我。我现在请不起你，退休工资不够买中药草药的。见笑了，亚雷。”他不叫我教授，叫亚雷。

我有些感动，也很伤感，心头一热。话说到这份上，可见老单已脱胎换骨，也真的把我当了知己。几十年间，老单尽管虎落平阳，可我明白他在心里，从来是笑傲江湖的，没见过他向谁服过软。在我眼里，即便他早已不在腰间扎根皮带，可他那根撑持尊严的皮带从来也没有从他腰上卸掉过。起码活在嘴上的老单，也是铁骨铮铮的一条汉子。上次雨中邂逅，雨后坐“三脚鸡”，为了付那3块钱，老单和我争得面红耳赤的样子如今历历在目。刚才还久病在床，一副将死的样子，忽然间就生龙活虎，至少像个活人活脱脱站在面前，声气也全无病态，不能不令人想起“毛泽东思想是精神原子弹”那句话。而老单是最有资格阐释演绎这种思想和精神的。

心想既然如此，应无大碍，小心注意就是，我也就不多言，等着老单收拾出门。

老符简直看呆了，他演完领导慰问伤病员一剧之后，便再无话。此刻，他竟如呆鸟一般，目瞪口呆不知所措。

雨天如见神迹。她自从进这黑屋，便有一种忐忑不安不解的心情，还来不及说上话，就瞬间万变，形势翻天覆地，她这个连互联网速太低也不耐烦、大惊小怪的80后，也自觉跟不上这形势变化：一个看似将死的人，如何就腾云驾雾般换了人间？

待老单穿戴齐整，一干人便簇拥着老单，沿着弯曲的石阶，拾级而下，在豁口那儿，找了一家潮菜馆，这是老单的主意。看来老单和这家人很熟。“菜做得不错，就在这将就吧！”

老板娘见是老单，亲热地说个不停，又问病情又问家庭，从老单的妻子问到在外地工作早已嫁人的女儿，再问到老单的孙子等等。潮汕女人说话间已把一切都拾掇好，把几样咸菜、萝卜干、花生米、含沙蚬和几碟三参酱、芥末油、沙茶酱和小荞头等小菜调味品都摆得整整齐齐，又变戏法似的托上来一托盘工夫茶。饭馆虽小，但一切井井有条，窗明几净，很是赏心悦目。老单一副欣赏满足的样子，脸上也好像有了血色活气：“怎么样，潮汕女人很不错吧？我常常来这里吃潮菜的。今天亚雷来，我知道你爱吃潮菜。”虽然言明是我做东，但老单依然不失主人的身份，这点也很令我感怀。人不就活个心态么？看来，老单暂时还无生命危险，凭这心态，他还能至少撑上十年八年。

老符也很开心，他对吃潮菜并不陌生，也很有心得。他很有兴趣地去看菜品，几只大红塑料盆里养着生猛海鲜。

雅加曾经来过许多潮汕知青，有些知青在大返城时留下来，返城知青也有陆陆续续回沟谷的。雅加的商业特别是饮食业，从无到有，发展迅速，也是这些潮汕知青的功劳。到了21世纪，雅加各行各业，有许多说着纯正的雅加话的掌门人，大多是当年潮汕知青的第二代人，他们的潮汕话反而说得有些夹生，带着雅加的口音。老板娘想必就是第二代了。

趁老符去看菜品，雨天在一旁摆弄她的电脑，我问老单患了什么病，老单说可能是肿瘤吧，没有确诊，医生也说不好，正在吃中草药。“死无足惧。70出头的老人了，没什么怕的。”他说得很平静。

我很想提起坦桑的话题，话到嘴边又吞了回去。都是陈年旧事了，死者已去，活着的也离死不远，何苦呢？有时想想，也许不必过于认真。关于坦桑，平反也平反了，结论也有了，革命烈士，也算是告慰，俗话说的秋后算账，虽然算得不太明白清楚，但也总算有个交代。老单还坐了6年的牢。有些事真不能往深处想，浅尝辄止，反而豁然开朗。

我支吾了半天，终于把这个意思说出。老单默想了许久，他望着六连的方向，那儿是一片迷蒙的远山。他见雨天摆好摄像机，便苦笑着说：“是该让后人吸取教训，看看我们这些人的丑陋，也好。”说着便有些伤感。我忙给他倒茶。小餐馆的茶，都是些便宜货，我们叫老爷茶，意思是在祭祖时摆个样子，喝不得的。这家餐馆的茶还不错，老板娘见是熟客老单，又是街坊，便拿出好茶。刚才她就反复强调了的。果然，茶色橙黄，味道甘淳。

老单显得十分沉重。人之将死，其言也善。想必老单在患病期间，也开始痛定思痛。这次的话语，有些不同寻常，不太像过去见惯了的老单，所谓死不悔改，一副死猪不怕烫的样子。

我的目光始终没有离开过老单那张已经不成人形的脸，要不是那粗线帽子遮盖半个脸庞，那脸实在有些吓人。刚才在路上，雨天就对我耳语：“老师，真去吃饭？我可吃不下，拜托。”她莫名其妙的话，我并不在意。现在明白了，的确，看着老单这样子，真的倒胃口。这种想法很可恶，可又不得不如是想。

“你去过坦桑墓了吗？”老单主动提起坦桑。

“去过。找不到墓地，据说家里人坚决不让建墓地，也不知为什么。”我感慨。

“墓地是有的。我去过。”老单并不看我，他始终把目光投向六连的方向，“那片山坡就是。”

看得出他是真的伤感了。面对已成这个模样的老人，你很难怀疑这一切有做戏的成分。关于人世间的一切纷争与评价，对老单已不重要。我想老单正是这样想的，犹如林通。凡是与坦桑案有关联的人，我想他们倘有良知，老单就是借鉴。

“我请她原谅，给她叩头，三叩九跪。作孽自有天谴，天要来收我，我没话可说。不，我心甘情愿。我明白，世间无后悔药，她也不会原谅，不会的。惨啊！无法说，不敢说，不能说。亚雷，你要忘记，忘掉一切！多想无益。”

确实意想不到，令人震颤，我想不到有这个场面。这些话，听起来像是天启，像上帝债券中的哭诉。

“我害死了坦桑，坦桑的事也害了我一生啊！”他的声音一直很低沉，周围有老符和雨天，我明白老单的心情，他毕竟还没有到公开这一切的胸怀。

“我们不应该相遇的。她不应该遇到我，我也无理由遇到她，可是我们还是相遇了。冤家，前世造的孽。”老单脸上无泪。这些话想必在他心中沉积了许久，今天终于找到合适的出口。老单既然已经说破，我也就趁机呼应。

“老单，你也不必太自责。坦桑没遇到你，也会遇到另一个专案组长，你不遇到坦桑，也会遇到别一个坦桑。问题不在于你，在于谁是专案组长。专案组长使你变成那时的老单。”我想老单应该能够明白我的话。我也不明白何以就受到老单的感染，说了一番言不由衷的话。他本是一个可恨的人，“文革”中，并非人人都失去自我，像老单这样丧尽天良的人物是不能原谅的。可是面对这个活人，你又由不得不自行推翻另外一些东西。

雨天很聪明，她看出老单的心情和意思，她摆好摄像机，调好录音，便有意疏离我们，让老单有说话的机会。她还有意把老符支到一边，跟老符东拉西扯。老符本来就对老单不感兴趣，死狗而已，这是老符的评价。他抱着阶级义愤：残害革命烈士的刽子手，没有千刀万剐，要感谢共产党的仁慈才对，还胆敢申诉？这是我们在谈论坦桑事件时，老符的立场。老符很朴素，也很简单，让他去人事局当局长，阶级立场，是非分明都不缺少，但也绝对不是什么好事。

要想在这个场合深谈下去，谈些我想了解的细节，是不可能的，但老单的态度已令人感慨，遑论真假。我看着老单：“这么多年，你就没有想过把当年的事写下来吗？”我记得老单也曾幻想当作家，当年他在连部对我说过那些关于广播稿的话，犹在耳边。

“想过。写过无数次，写了就撕，不知从何说起，无处落笔啊！说什么呢？凡事皆有因果。有些事，就是想不透，无法想透啊！怎么想？想想也就作罢。怪罪自己，得罪别人，弄不好又是一起冤案。越想越难，越想越苦，越想越可怕。”他控制不住自己，有些抽泣的样子。我递给他纸巾，他没有接，用手背抹眼睛。“结膜炎，年轻时就患这病了，老是医不好。”他自嘲地开解。

“20岁做政治学徒，23岁当公社书记，少年得志。老符几十岁了，当党史办主任，也就是科级吧。50年前我就是科级干部了。”他瞄了老符一眼，眼中有轻视的神色。

我笑笑，附和着他：“是啊，自古英雄出少年。那年代，20多岁的师长军长也不少呢。英雄莫问出处！老单，有光荣经历，也是人生财富啊！”我有意宽慰他。

县城沟谷的夜市热闹，小饭馆人多了起来，人声鼎沸。几张台子马上就坐满了。老板娘端上饭菜，雨天和老符也自动就席。老符无需别人指点，自己就让老板娘拿来海马酒，二两半一瓶，12 瓶一小盒："每人先 3 瓶吧！"

我望着老单，意思是能够吗？老单的酒量在六连是出名的，他从来喝不醉。

生病的老单，70 多岁的人了，可能是在老符面前吧，他必须有个好形象，他似乎在说：莫让老符这小子给看扁了。他默默地拿过 3 瓶海马酒摆好。他特意瞟了老符一眼。老符也不多话，顾自撕开瓶口，看得出他感觉到老单的敌意与挑衅。

"好酒！"老符也不示弱，他连呼三声，瓶口对着咧开的大嘴，直落。咂了咂嘴巴，发出像呼哨一般的响声。"皮烧！"这是他的口头禅，也即猴子的意思。这本是骂人的话，但在老符这儿，只是一种习惯性的情绪表达。高兴是"皮烧"，不高兴也是"皮烧"。

"厉害厉害！吃点菜啊！老符。"雨天给老符夹了一大块红烧山猪肉。老符也不客气，把大块猪肉丢进嘴里，便咂巴咂巴大嚼特嚼。

老单看在眼里，毕竟是身经百战的老同志，不像老符这般张狂。他把酒倒在小酒杯里，很文雅地跟我们碰杯，对老符并不理会。老符还没来得及倒酒，我们已一饮而尽。老符明知受到奚落，但也无计可施。在这儿，他明知自己只有捧场的份，没有话语权。

我还是怕老单喝酒喝出毛病来，便劝他慢饮，不必跟年轻人一般见识。其实老符也不年轻，奔 50 了。

在大山里的小县城吃潮州菜，很有味道，虽然不很地道，总比遍布雅加的川菜湘菜清爽一些。起码食材做工比较讲究。老单老符都赞不绝口，在潮州菜这个话题上，他们倒是形成统一战线。说到底，在人性最深处，我对老单与老符的评价并无二致。喝酒就是人性的基本表述。想到这里，很巧，抬头见餐馆墙上有一幅字："读书求甚解，饮酒其为人"，字写得蹩脚，看得出是乡村文人的手笔，但意趣很好。饮酒的风格可知人的风格。老单老符饮酒都很豪爽。

天忽然下起雨来，很密集很粗大的雨，直刷刷地从天而降，雨声刚强而且坚决，没有风的助虐，坚决的雨便显得有些温暖温馨。虽然单调，却也见出纯美洁净。

这种雨来得慢，去得也慢，下的时间很长，但是不闷，它会慢慢地把天气调理得十分宜人。餐馆前有几棵原生的大树，城建时从原始森林里留了下来，餐馆添了一种古韵的意趣。雨通过浓密的树冠，再落下来，有一种沉重的如打鼓一般的声响，令雅加沟谷的夜晚，有古驿庭院，栈道流水的意味。这样的夜晚，雨天可能只觉到它的纯美与洁净，而我却勾起无限愁绪。想起雅加碉楼的那些日子，坦桑的影子便在这雨夜的光影中，失魂落魄地行走。我不禁望着窗外幽暗让雨幕遮蔽的街市，40多年前，这些街市所在的山岭，都是雅加的原始森林。做了多年野鬼，也描述过英勇慓悍的群鬼的坦桑，回来的坦桑，她会迷路吗？

想到坦桑，我忽然闻到一股特别的幽香。我细细品鉴，不是雅加的沉香，那时随处可得的雅加沉香，现在几近绝迹。原来餐馆神龛，高高地供奉着财神爷，关公横刀而立，脚下是那种圈成圆形的线香，味道非常特别，但并不幽远雅致。

幽远的沉香，只有在雅加，只有在雅加的坦桑时代，在雅加的碉楼里才会存在。

第十七章

我在冥冥中写下了这一些，我不知道更不明白我何以在写作《红庐》这部小说时，会无意识地写下这些文字，会突然间与群鬼和无头躯干遭遇。我曾经在少年时代听说过一些另外的传说，却从未遭逢群鬼和无头躯干的邂逅，他们和我少年时代听说过的传说，是否同一回事？我不知道。也许是上帝的安排，也许有一位圣灵在导引我的魂魄，指引我去寻找那些早已被人们淡忘的往事，那些分裂着同时不断重生着的往事。写到这里，我仍然不知道，不明白“红庐”是什么？但是，这个题目似乎早就进入我的灵魂，我在破解红庐的路上，渴望着圣灵的出现，以免我和群鬼们一样，在无边的迷茫中惨烈地奔突，像无头躯干一般，以骇人的刑罚，作为重生的前导。

老符突然给我打电话。

自从那次沟谷之行，老符有年多没和我联系。我对他拜托的事，谨记在心，当真给沟谷县委书记打电话，自然是先说别的事，再顺带提起老符，岂知书记一听说到老符，便扯远了，他对老符的性情很是欣赏，酒风很好，人呢？爽朗，也写得几首歪诗，还不错。只是当党史办主任有点屈才了。我想这正是好机会，正想把老符的愿望说出来。书记却说，党史办确是一个很重要也很严肃的单位，做党史工作的人，要很理性才行，老符太感性了，到文化馆去很合适。我也就不再说什么，只是从高处把老符又美化了许多。书记很乐，大家都乐。

老符说将去文化馆履新，说多亏了我，沟谷之行让他真正接触并感悟什么叫雅加文化，又在书记处美言，所以他能调到文化馆当馆长。以前以为文化馆没出息，现在当了馆长才知道，天天和文化名流在一起，真是长见识。哪天不下乡，老乡们的酒便要想念老符。他说得洋洋洒洒，我只好洗耳恭听，耐心地听了半个小时。

县委书记真是知人善任，老符当文化馆长实在合适不过。不过老符的理解是，既然沟谷“十二五”规划目标是文化大县，那么这个战略方针的重任自然落在文化馆肩上，正是天降大任于斯人也。我为老符有这样的认识感到高兴。原来，老符现在认为，文化馆比人事局、财政局更核心更重要。阿门。

老符给我电话，主要还是告诉我拜托他办的事。他说，他搜集到王佬龙父亲王亚龙的第一手资料，这些资料对重新评价王亚龙这个人物非常重要。他先把这些资料寄给我，我分析之后，再去沟谷，他带我去做实地调查。地点就在荔枝峒和六连一带。那里正是1928年红军血案的发生地。

这位老符同志，对如此重要的信息，他只说了不到一分钟，而电话却打了将近40分钟。记录我的通信地址和邮编，又化了将近10分钟，他总是弄不清7和4的发音，反反复复地确认，都没有效果。我说我发手机短信给你，他却说他的手机没有短信功能，我说不可能。最后他终于承认，他永远学不会收发手机短信。太惭愧了。他叮嘱我千万不要把这事泄露给沟谷雅加的熟人。太没面子了。

1928年，雅加的冬天分外寒冷。

3月注定是一个吊诡的月份，1928年的雅加3月就更是如此。王佬龙的父亲王亚龙在这个月份，制造了一起震惊中外的血案。将近100年过去，雅加的人们早已忘记了这个血案的真相，也模糊了这个血案的来龙去脉。人们只是将之作为一个久远的传说，口口相传。它的政治色彩在慢慢的消淡，而它传奇的成分却在流传中渐渐浓郁，就连血案牺牲者的后代，也对祖上的这场恩仇了无印象。我曾经走访过血案中牺牲者的第三代、第四代人，他们一脸的茫然，与其说他们这些现代人对祖上的事不甚感兴趣，不如说他们从来就没有认真地面对这件事。那次血案共牺牲100多名红军战士，大部分是没有子女的青年军人，他们没有留下直系的后代，他们甚至没有留下姓名，史志上也无记录，只有几位在血案中侥幸脱险的红军连领导，名垂青史。其中的红军连长张开泰，历经严酷的琼崖斗争，在坚持琼崖革命红旗23年不倒中，迎来雅加解放。

说来也巧，1967年岁末，我们红卫兵在雅加行署造反时，遇到的军代表，就是张开泰。此张开泰应该就是当年的红军连长张开泰。我曾就此询问过我的岳父，他在解放前曾经是琼崖纵队的一位连长，在雅加的琼崖纵队，他与时任团长的张开泰曾经共事。他大致认为，这是同一个人没错。

我对张开泰之所以印象深刻，皆因为在行署与张开泰有过接触。当时，我们108名红卫兵在串联途中，要求留在雅加，扎根边疆闹革命。在经历了一年多的劳动之后，又以“复课闹革命”为名，集体造访行署军管会。那时地方已被夺权，所有权力均为军管会行使。

我们找到行署军管会办公厅，出面接待我们的就是张政委张开泰，看来他是军管会的主要领导。

张开泰听取了红卫兵们的请愿之后，没有表态，只是挥了挥手，让警卫把我们赶走了。我们不明就里，弄不懂张开泰究竟是何立场态度。红卫兵中有名陈国琦的，据说是他趁乱把张开泰反锁在办公室中。现场顿时一片大乱。警卫慌乱中找不到钥匙，红卫兵们不让警卫开门，警卫也不敢轻举妄动，毕竟面对的是毛主席派来的红卫兵兼知青，是“革命小将”。

张开泰也很镇定，在屋子中静静等待事态发展。双方僵持了 4 个多小时，终以先请红卫兵到行署饭堂吃晚饭，然后接着谈判告终。

我站在很近的地方，隔着窗棂，细细地观望张开泰。

那时的张开泰，穿着军装，戴着军帽，帽檐拉得很低，直到眉骨，加上眉毛浓密，眼睛细长且亮，看不出实际年龄。他个子很高，有些清瘦，很干练的军人气度。

那次造反，自然以革命小将取胜告终。我们在行署滞留了 1 个月零 5 天，最后由军管会安排上“红卫五号”轮辗转回到广州。

张开泰留了一手。

事情已经过去了两年多。我们于 1969 年再次回到雅加，那时已成立革命委员会，张开泰是某个部门军管会的军代表。1970 年全国进行“一打三反”运动，同时“清理阶级队伍”。其阶级斗争气势不亚于 20 世纪初年，毛泽东同志肯定过的“湖南农民运动”。全国各地开展了残酷无情的无产阶级专政，每个角落都在清扫反革命分子。

张开泰没有忘记当年被革命小将们关闭 4 个小时的一箭之仇，他轻而易举地就把陈国琦给逮住了。

陈国琦成了六连知青中唯一的阶级敌人。究竟谁指认了陈国琦？在那场混乱中，如果没有人明确指认，张开泰是无法确认肇事者的。直到陈国琦历经三年的批斗，于 1974 年被判刑劳改 5 年，陈国琦案都是一个迷案。

1979 年，陈国琦无罪释放，半年后平反昭雪。可陈国琦已成一个废人。不赘。

这也算得上奇案，锁了一个门，3 年批斗加 5 年徒刑，8 年青春。据陈国琦说，他的判决书上说他残害革命干部，锁门说成非法关押革命功臣。证人是“革命群众”。至今，我不知道，连陈国琦也不明白指认他的人是谁？

此事也许非张开泰所愿，自然会有人为此出力。在我的印象中，张开泰是一个颇有主张，内心缜密同时很刚愎自用的人。他非常能够把握时势同时察言观色，乱中求稳求胜。他是一位很高明的战略家。否则，他不可能是王亚龙雅加血案的幸存者。

我和张开泰只是在乱世中匆匆一见，在1967年的那次红卫兵请愿团中，我也仅仅是挤在人群中的一个翘首观望者。但张开泰给我留下非常深刻的印象，每每想起无辜者陈国琦，我就会想起那天，我透过窗棂，望见张开泰的情景。

事情已经过去将近50年了，张开泰在我印象与记忆深处，依然是一位伟岸的、令人仰止的军人。后来我从资料中得知，雅加红军血案中那幸存的红军连长，也叫张开泰，我便自然而然地把这两个形象合为一体。

关于雅加血案，所有原生或衍生的资料，都有一个简单的结论，那就是血案的制造者王亚龙，因为浅俗、投机，缺乏共产主义革命信仰，鼠目寸光，故在利益权衡时，做出如此伤天害理、残害革命的事情，血洗100多条红军战士的生命。

有一份未经证实的资料对此作了相反的叙述："1928年春，琼崖红军攻占了中国最南端的县份——崖县，中共在海南的武装斗争达到了巅峰，随即战局急转直下。红军为胜利所鼓舞，对攻城掠地乐此不疲，在强袭万宁县城时遭到重挫，东路军总指挥也告身亡。崖县易手，国民政府军开始反攻。这时中共琼崖特委坚持既定的决策，指派王亚龙为'攻崖指挥部'指挥。王对这套军事方略根本就不赞同，更对东路惨败后还让他的黎家子弟兵硬去送死怀有疑虑，他便抗命离职，率本营农军返回七弓峒拥兵自重。王的作为当然被官方看在眼里，崖县县长、南路剿共总指挥王亚鸣通过关系向王峒主百般示好。与此同时，中共特委一意孤行，另组红军南下攻崖，路过陵水黎区与王亚龙联系，却吃了闭门羹。

"此战果然大败，仅存的百余名红军溃逃到王的地盘企图藏匿和休整。王本于恻隐之心还是殷勤接待的，不幸的是特委负责人也赶来，再度要求王出兵反攻崖县，另一方面又告诉王，特委在各县策划的暴动都相继失利，要求王拨出枪支弹药和粮食给养接济各路红军。王对这种鱼死网破式的军事冒险觉得不可思议，他虚与委蛇，背地里开始了他的另一种命运选择。"

老符提供给我的资料中，有一份对红军血案始末，有较为详尽的剖析，我不知这种剖析的依据来自何方？但是，其头头是道的分析介绍还是十分精确的：

工农革命军屡战屡败，王昭夷出走自保

中共琼崖特委因受“左”倾军事冒险路线的影响，大张旗鼓实施坚壁清野政策，破坏部分小市镇，放火焚烧被认为是“反动分子”的房屋，引起小商人及民众的普遍反感，给敌人以共产党杀人放火、破坏革命的口实，尤其是在各次战役中，往往低估敌人的力量，冒险进攻，遭到挫折。

徐成章率领工农革命军东路军离开陵城、占领了新村港，第二天即挥戈南征，占领了崖县的藤桥墟。

中共崖三区委（崖县三亚区委）于1927年10月在今三亚市境内的军田坡成立，是在琼崖特委派出的党代表李茂文主持下成立的。张良栋为书记，张开泰、陈保甲、詹行城、王植三为委员。12月1日清晨，李茂文、张良栋带领200多名农军包围了崖三区警察署。6日，徐成章率军赶到增援，30多名署兵被俘缴械投降，缴获步枪50多支。随后，利用警察署办公室，成立了崖三区苏维埃政府，选举李茂文为主席，张开泰、陈保甲、陈保卿、詹行城、王植三、黎学位、曹必敬为委员。

徐成章将进攻崖三区警察署的农军编为工农革命军补充连，有130多人，任命陈保甲、张开泰为正副连长，驻守藤桥。还将其他农军编成4个连，有300多人。崖三区的工农革命军由陈保卿任指挥，张开泰兼任副指挥。

藤桥失陷，崖县县长王鸣亚大为惊恐。他在三亚修筑工事，决心拼死一搏。

1928年1月中旬，徐成章率部攻打三亚。徐采取调虎离山之计，让黎族猎枪队佯攻败逃，自己乘虚占领敌方工事，攻入三亚街。王鸣亚带着残兵败将从海上逃跑。徐成章集中兵力攻击三亚港，在海中刺死不少敌兵。仅用一天时间，徐成章就占领了三亚。为了彻底消灭残敌，徐成章积极准备进军崖城。

崖县有两大港口，三亚港和榆林港。三亚因依托港湾，集市繁荣。市内有几百家铺户，有十几家盐馆（拥有盐田70所，是海南岛产盐最丰富的地区，盐船之来海南运盐者多集于三亚港）。秋冬渔业极旺，除食盐外，鱼类亦为轮船贸易大宗，其他多为木材、藤皮、谷米、椰子等土特产品，每年贸易总额达200万元以上。榆林港为去印度洋必经

之路，群山簇抱，巉岩峻削。比三亚港宽且深。有山如屏，障蔽北方，翻过山就是三亚港。港有浮沙一带，以障海潮，渔船入内停泊。冬春渔业极旺，足供10万人之用。旁岸有晒盐田数十处。

如果工农革命军充分利用三亚港、榆林港的良好条件，在繁荣富庶的琼南崖县站稳脚跟，创立根据地，与北敌相对抗，琼崖红色革命或许会早日取得成功。可惜，就在攻克三亚的第三天，中共琼崖特委一连给徐成章送来三封急信，令其回师北上攻打万宁、海口。当时，桂系与粤系冲突，张发奎回粤，他拟将海南驻军黄镇球部调回广州。另派共产党人张云逸担任琼崖绥靖司令，统率数百兵力渡海接防，广东省委事前指示海南予以，特委乃命令徐成章停止南征，北上配合张云逸。然而，驻军副团长叶肇被桂系军阀收买，叛变张发奎，当张云逸率部抵海口登陆时，被其全部缴械，张云逸虽幸脱险。1月29日，徐成章命令驻扎万宁县的二营（营长谢育才、参谋长何毅、党代表林华）攻打万城。自己率部匆匆北上。但是赶到前线，却找不到二营，结果铩羽而归。2月4日，在乐万边境的分界墟战斗中，曾经担任过黄埔军校特别官佐、建国陆军大元帅府铁甲车队队长的徐成章中弹阵亡，100多名干部战士在这次战斗中壮烈牺牲。

白白丢了三亚，又未能拿下万宁，还损失了一位杰出的战地指挥员，中共琼崖特委无奈，只好回头继续攻打崖县。随即成立攻崖指挥部，令王昭夷为指挥，谢育才为参谋长。

徐成章的牺牲，使同为黄埔军校科班出身的王昭夷深感痛惜、心有余悸，拒不就任攻崖指挥部指挥一职。1928年2月18日，就在中共琼崖第二次代表大会在乐四区阳江墟召开的当天，全国的工农革命军都改名为工农红军的时刻，王昭夷借口生病，带着300多名黎家子弟兵返回七弓峒什聘村。

他是猎人，具有浓厚的山地意识，他是原住民，充满对故土的眷恋。他离不开故乡，也不想做无谓的冒险牺牲。

王昭夷悄然离开到阶级斗争白热化的水县城，既有军事上不肯冒险、谋求自保的原因，也有政治上不得志的抱怨。

王昭夷本来雄心勃勃，认为苏维埃政府主席非他莫属。结果未能如愿。有党史工作者认为，王昭夷这人太浅俗太投机，缺乏为共产主义理想献身的革命精神。

王昭夷从小接受的是汉族儒家的仁义礼智信和基督教的平等博爱

民主自由的教育，攻占陵水之后，共产党人要求他捣毁庙宇，砸烂神像，感情上，他是无论如何也接受不了的。陵水县苏维埃政府宣传男女平等，反对男尊女卑和买卖婚姻，反对一夫多妻，但中共陵水县党组织却又介绍“一位支持革命的女同志”吴觉群嫁给王昭夷做妾，这使王昭夷感到共产党人做事功利性太强，言行不一。（摘自贾瑞青《黎族头人王昭夷传奇》）

老符很是得意。我问他这份资料来自何方，他缄口，我从电话里觉察到他的诡异。

他近乎耳语般说：“你先看看，看完了我们再交流。”据老符所言，这位王昭夷与我所说的王亚龙很相似，可能就是同一个人。如此说来，关于王亚龙的历史掌故，现在正在一点点浮出水面。有几份几十年前目击者或当事人的自叙，已从档案中解密。事情真相正在一点点明晰。张开泰早已作古，我想，如能寻觅到张开泰生前对此的描状，应该是最有价值也最接近历史真相的。

老符特别提到张开泰其人。我追问是否能找到张开泰的后代，也许从中能发现更详尽的资料，老符狡猾得很，有一种知识产权的保护意识。他对此缄口不语，只是一个劲地说：“你先看看资料再说。”其实我已很知足，老符的资料一旦和坦桑的遗稿相遇，真实的王亚龙就凸现在眼前。尤其珍贵的是，老符还寻找到一帧王亚龙身着黄埔军校军服的照片，这是一个更为重大的发现。

老符的要求不多，但每一个要求都在法理之外，却又在人情之中。他忽然神秘地把我拉到一边。他虽然是个爽快人，快人快语，但此刻，却又十分诡秘。

他说：“教授，有件事，不知该不该说，说不出口。”

我笑他：“老符，你还有什么说不出口的话么？”

他嗫嚅了半天，最后在我的劝说下，终于和盘托出。他道出了一桩丑闻。他做了一件本不该做的事。

真是令人不齿的事！他的侄子，就在我的研究所任职，名叫符矢宗。多年评不上高级职称，外语是个白丁。年前老符为他在雅加雇了枪手，过了外语关，骗取了高级职称，此事已东窗事发，也祸及老符。他说起符矢宗，我便不多言。

老符说，符矢宗的事，是否可以到此为止。我明知他所指何事，但我还是想让他说出来。何况，此行除了坦桑的事和史图博，其他的事情我都想放到一边。

老符表示林通和老单都忏悔了，他也该忏悔一下，否则，对不起自己的良心。他和他侄子符矢宗做的事，形同偷牛贼，如果在百年前，那是砍头的大罪，要把头颅插在路边的树桩上，让路人耻笑惩戒的。

“我们族人最恨的就是弄虚作假!”老符痛心疾首!“组织上正在调查此事。我原来把事情推得一干二净，都是符矢宗自己做的事。他在广东考了好几年，年年考不及格，便想到雅加来考。我也不知缘由，以为到处都一样，便给他介绍了枪手，他自己花钱给枪手，其中细节我也不太清楚，现在把责任都推到我身上……”老符真是冤枉。“符矢宗天天打电话不让我坦白，说只要我死不承认，大家都没事……”老符语无伦次，这不是我所见的快乐的老符。

我不想在老符面前评价符矢宗，此人长相矮小猥琐不说，在研究所工作20年间，有10年时间东游西走，一会儿去所谓挂职，一会又到民俗村混个顾问，在研究所不正经研究学问，像条泥鳅般四处钻营，却又沽名钓誉，常常做些移花接木、偷天换日的事，在学界口碑极差。我不想把这些评价说与老符，对此等鼠辈也不感兴趣。

岂知老符喋喋不休。我明白这件事多少已经影响老符的前程，他渴望调个单位，到核心局去。正在争取之中，却出了这件事。

我只好婉言对老符说，这件事我很清楚，既然与你有涉，配合组织，尽早说清事由，承担该承担的责任，对调动应无大碍。只有光明磊落大义灭亲才是正路。我知道对老符说这些话有几分残忍，但又能怎样说呢?

记得有次在一起喝酒，老符突然跟我耳语：“那天你说大义灭亲？不错。可是，老实告诉你，符矢宗不是我的亲侄子。我和他一样，都快50了，说是兄弟还差不多。他是汉人，我家从路边捡来的。他真是丢我们族人的脸！他还是利用我们的民族成分才考上大学的。教授，你说得对，他就是偷牛贼。我还算不上吧，只是帮他打开牛圈，你说这罪有多大嘛!”

老符很可爱，他说他信基督教，村里100多年前就有教堂了。

我敬了老符一碗酒，笑说：“老符，有本事你要把符矢宗揪到教堂里去告解。否则，你上不了天堂。至于符矢宗，就只能下地狱了。”

第十八章

在午夜的黑暗中，我忽然就看见了辉煌的太阳。太阳从这一个峡谷，使那边的峡谷成为早晨，这边成为薄暮；使那半球明亮，这半球阴暗。但丁在《天堂篇》里描述过这种奇瑰的景象，“那宇宙的明灯从一个个峡谷升起／照耀着人们：但循着那把四个环／连成三个十字的轨道，它却和／一座更为吉祥星辰结合在一起／走上一个更为吉祥的行程”。这是天体运行的奇观：赤道、黄道和昼夜，平分圈的三个环，各自与地平线圈形成一个十字。在昼夜平分时，它们在日落时都与地平线相遇，在同一点与地平线形成十字。当天道之光通过默认的天启，照耀着雅加群鬼拥挤的山道时，我就看见了金色枫树林里有人在跳舞，无头躯干把捧在手里的头颅，在昼夜即将平分，落日与地平线相遇的那一瞬间，头颅复归成为他身体的部分。天地间的风声雨声倏忽遁入地底，化为乌有。但这只是在那稍纵即逝的瞬间顷刻的事。我心中骤生惶惑与忐忑。那头颅的复位，是否也如但丁所说：“是否只是你新创造的那一部分”。他指的是灵魂，因为上帝完成肉体之后，才把灵魂吹入。

又是下雨的日子。雅加的雨总是如期而至，在9月无风的季节，雅加的雨总是粗大而且直直地落在地上。3月也是一个无风的季节，梅雨天气里的绵绵细雨，把雅加一年四季的慓悍，淋浸得黏稠而且柔软。可是很奇怪，百多年来，雅加很多刚硬强悍的传说故事，常常发生在3月，发生在没有暴雨也缺少山洪的梅雨季节里。

80多年前的雅加血案，是在1928年3月20日；枪毙坦桑，是在1971年3月12日；存在了几千年的古老村落荔枝峒的最后湮灭，是在1974年的3月；六连在地图上的最后岁月，也是在那年3月；龚伟的失踪是在1970年3月。而老单也是在某年3月故去的，这是老天对他的意旨，还是老单对自己的选择，不得而知。

史上的雅加3月，的确是令人不安的非常吊诡的月份。

下雨的日子，会让我想起雅加和雅加有关的许多人。在我的心灵中，似乎雅加天天都在下雨。我的记忆中，雅加似乎从未有过晴天艳阳天。有过晴天、艳阳天的雅加，就不是真实的雅加，这是由雅加的性别决定的。我下意识中的雅加，一定是位妩媚的妖娆的女性。它的慓悍和野性，也是雅加女性特有的慓悍与野性，是和一般意义上的慓悍与野性远远不同的。

只有在雨中，在3月的雨天里，雅加才是真实的，或说雅加的真实才是确切的。

雅加一定有过许多晴天和艳阳天。那是一种另外的不为我留意并记忆的风景。我记得的雅加是雨中迷蒙的雅加，它的一切真相也都具有了迷蒙的风致。那是一种更迫近真谛的真相。

如果那天在沟谷，在沟谷的潮州菜馆里，不是遭遇了一场彻夜不息的大雨，大雨在没有风的3月不分昼夜地下着，老单也许不会那样伤感并发出类似告解的忏悔。

那天，酒酣至深之时，已是子夜，老符已经醉倒，不省人事，躺在潮汕大嫂的躺椅上昏昏睡去，雨天也已经困得伏在餐桌上迷糊，我和老单便有了深谈的机会。老单心灵的锁链已卸去，而我又再次充当了神父的角色，静静地聆听老单的告解。他承认是他主导了对坦桑的陷害。他无中生有地编造了坦桑的罪行，他通过林通的嫉妒实现了对坦桑的出卖。他发现了坦桑的日记并对日记做出了上纲上线的诬陷……

时隔多年，夜深人静之时，我似乎还能时而听到老单那天子夜的类似悲号的诉说。他像是在说着别人的故事一般，一点点非常详细地描述着那些可怕的事实。那是邪魔的作为，可一切又都处于光天化日之下，以革命的名义。

老单说到坦桑的日记，他举了大量例子中的一个最荒诞不经的例子。

老单说："我记得坦桑有一天的日记是这样的。她写了那天劳动的情况，其中有一句描写傍晚景色的话语：'金黄色的太阳挂在防风林的上空，放射出金色的光彩'。

"我问她，你写这话是什么意思？有什么目的？

"坦桑回答：我看到快要落山的太阳挂在防风林的上空，傍晚的太阳是金黄色的。

"反动！毛主席明明是最红最红的红太阳，你竟敢用金黄色影射毛主席，毛主席明明是永远不落的红太阳，你却用快落山来攻击毛主席！我这样反驳她。

"当时坦桑马上辩解，我还记得她当时的神情，她急得满脸通红，是害怕还是焦急，都有吧！她说：我没有攻击毛主席，太阳原本就是有出山有落山。”

说到这里，老单双目空洞，他叹了一口气，我在空气中嗅到一股经年的浊重气息。

“这是判她死刑的证据？”我问。

“其中之一吧！”老单毫无表情地说，他似乎让自己刚才的话吓着了。

“如果这也算是罪的话，如今13亿人民，都得拉去枪毙！”我自言自语。“说出自然现象也是死罪？”我追问老单，也在追问自己。

“是荒唐，没错！可我当时很真诚，明知无中生有，可是，那时的政治空气就是如此，恨不得以别人的反动，来证明自己的革命。”老单很平静地说，久远的岁月已经把尖利磨得圆滑，惨痛也显得平常平和。

“她的日记里还写了些什么？”我问。我想坦桑的日记是最能表白她的思想行为的，那里面有许多她真实的思考。

“她在1970年6月17日的日记中写道：头可断，血可流，誓死捍卫毛主席，捍卫毛泽东思想，捍卫毛主席革命路线。只要我打倒林彪是正义的，你们把我的头砍下来我也心甘，我也感到死得其所。”老单说得很明白清楚。我怀疑老单记忆的可靠性。

“这些后来也成为我残害革命烈士的证据，在隔离审查期间，我反复地陈述这些东西，所以记得很牢。”老单不会记错。

我有些不太相信这些话会出自坦桑的日记，这些记录倒有点表决心的意味，坦桑是思想型的人，她不会写出如此直白的口号式的日记。我怀疑这是经过篡改的日记。老单对此不置可否。我看出他的忏悔是真诚的，但也是有所保留的，不甚彻底的。他还不愿意把自己描画成一个完全湮灭了人类良知的人。可是，我明白，他曾经湮灭过了。

我很想从老单这儿知道坦桑的最后岁月，可他不肯多说，更不肯描绘，只是说：“你是教授，你大约会明白‘惨无人道’这四个字的意思。细说无益，我也不敢描绘，就这样，我是注定要下十八层地狱的。”他的老眼里闪现绿莹莹的鬼魅一般的光，在子夜的天空里如鬼火般闪烁。

“割喉？严防她呼喊反动口号？对吗？”

“打了八枪！”老单答非所问，看得出他默认了我的提问。

“乱枪，对吗？”我追问，我的喉咙如火灼般，呼吸急促起来。

“那年那月该有的，都有！如法炮制还不容易！你何必打破砂锅问到底，有什么好处？”老单有理。

“听说坦桑在关押期间，还写了入党申请书？她原来不就是中共党员吗？”

我感到很奇怪。

“这也是罪证之一。她已经被开除党籍了，可在狱中，还重新递交入党申请书，这不是别有用心是什么？专案组认为她这是故意向党进攻。用一句套话说吧，欲加之罪，何患无辞？这就是我的工作向导，也是工作体会。”老单真的有些痛心疾首，他开始自嘲自贱。

我以为雨天睡迷糊了。岂知她伏在餐桌上，我与老单的对话她一句不落地听到了。

事后她曾问我：“老师，坦桑和老单的脑子都有问题吧？我怎么听得一头雾水，都不是正常人的思维呢？坦桑真的因为这样的原因被枪毙了？真的发生过这样的事么？那时的中国是怎么啦！”

雨天的问题，一针见血。我无法准确地智性地回答她的问题，这个问题也是日后我在许多场合遇到的无法回答的问题。这些问题困惑了我半个世纪，也困惑了中国人半个世纪。人们几乎因为困惑而干脆回避了对这个问题的探寻。

我反问雨天，我希望她能够以历史的目光去洞悉这一切，而不仅是一种聪明的思考。

“老师，你不是说过，偷牛贼，战争，是族人勇敢者的游戏，我以为，坦桑事件也是勇敢者的游戏吧！”雨天追问。21世纪的博士生会作此追问，我很欣慰。

“对，也许吧！研究族人文化的民族学家，坦桑，她可能是这样思考这样自我追逐的吧！”我忽然悟到坦桑问题的实质，似乎嗅到了一种我追踪已久、却从未真正辨明的味道。

坦桑的男性打扮，坦桑的乌结，也叫英雄结，坦桑身上深受族人文化感染的痕迹，她在族人田野调查中浸淫而成的民族性格与行事风格，她的气度与风度的自我演化，无不与那个时代的英雄崇尚有着某种联系。战争本身的利益目的被淡化掉了，而战争过程的英雄情结却被强化凸显了，在一个弱化并鄙视物质，强化且尊崇精神的年代，无数个坦桑的出现，就不是难解的谜。这里面，有着对中国传统精神里血性的追逐。

“我能够理解，但是无法认同。老师，那时的人们，没有物质追求，而全然把追求寄托在精神价值上？这就是舍生取义，轻生命而重仁义的道理吧！生命不是最宝贵的吗？”

雨天的疑惑是有道理的，这其中的矛盾，在字面上很容易解释，在真实的人生里，却是一个非常艰难的面对与选择，即使到最后的生死关头，也很难破解这个难题。

而坦桑，生命到了最后的时刻，她想回头也不会有任何机会，这是一种更残酷的现实。血性已经成了她的动力。

“那个年代，需要坦桑这样的反英雄来证明时代的英雄！”雨天的追问与反驳是不留情面且犀利的。她容不得我有半点中庸与逃避。

老单已经病入膏肓，但酒精在他体内产生微妙的作用，他虽然精疲力竭，但却好像回光返照一般，如鬼火闪烁的双目，炯炯地放着光，有一种不死的信念，在驱动着他的灵魂。他的目光似乎穿过了时空，向只有他自己才明白的目的地辐射。我从没见过这般年纪的老人，在子夜时分依然如此亢奋，如此激越地控诉着与自己相关的一切。包括时间与空间。毫不留情地裸露自己的灵魂，像群鬼一般撕裂咬噬着自己的血肉。我已经听不清楚他在说什么，只见他本已干瘪的嘴巴，此刻如血盆大口般喷射着如血沫般的云雾，每一微小或激烈的颌动，都显示疯狂的动作。这是一个将死的人的最后诉说，最后的挣扎。

老单还在不停地说。从他口中流出的故事，血腥而且匪夷所思，那是一些人间所无法理解也无法解说的事象，即便如我这般，经历过六连残酷的岁月，经历过1966年的獒、饮马滩和苏州街的血雨腥风的人，听起来也依然毛骨悚然。此刻，我多少明白坦桑的家人，不愿再重提坦桑事件，回避坦桑往事，不愿为亡灵筑碑的些许缘由。他们想消灭这段历史，想迷失这些记忆，想永远地忘却创伤，不再舔舐它们……而我，却在做着令世人后人困惑的事，让死去的复活！

我不知沟谷潮州菜馆之夜是如何结束的，那些日子，我一直都迷失在一种浑浑噩噩的精神迷乱之中，难以言说的情愫，一直在折磨着我。我无处可逃。

老单对我的最后诉说，我大都忘记得一干二净，只记得他说到了龚伟，并给了我一个确凿的寻找龚伟的信息。这也许是我沟谷之行最好的收获，因为不仅仅是龚伟，还连带出柳琴，久违的柳琴。

第十九章

也是在午夜时分，荔枝峒和六连，那些已经消失了许多岁月的山林土地，居然燃起了漫天大火。大火在无人的雅加雨林中，无边无际地蔓延。大火不知烧了多少个日夜，反正无人的雅加，无人发现这场大火，直到春分时节的一场暴雨，大火连同它的灰烬，让暴虐的山洪，无声无息地涤荡进地底。

那是雅加千百年间，无数个清润晶莹的早晨中的一个早晨，清凉的南风从遥远的海平面向雅加的山峦吹来。“天空把一只只眼睛／先后闭起，只留下那最美丽的一只。”天地间就突然有如天启一般，神示着亘古的真理：在我们是黎明，我们之东6000里的地方是正午，而地球为太阳所投射的影子，与我们的地平线所在的地方一样高的时候，群星一个接一个隐去。但是，在隐去的同时，却在另一个地方一个又一个明亮升起。当上帝赐予雅加以早晨的晶莹之时，空气中突然就有了一种久违的气息。它强烈地但是却无影无踪地飘浮于空气之中，成为空气悬浮于万物之上。那是一种可以吹入灵魂成为灵魂的浓馥香气，是雅加的沉香。

雅加的沉香，连同那些已经不可能再有的海南黄花梨、海南奇楠和金丝楠一样，已经永远地消失了，消失于无形。可是，在这个群星隐去，南风吹来的早晨，它却又随着那天大火的消遁，重新在雅加，成为雅加的气息。

我不清楚，究竟是因为人生天地间，有一个神圣的愿望，令这山林土地燃烧，还是上帝怜悯这些荒芜已久，消失无形的土地的干瘠，让大火使其重生。

自然还是3月，但绝对不是预谋。我知道柳琴的生日，在3月。多年没有联系，自从离开雅加，许多次重返雅加，经过沟谷，总想去寻找柳琴，但都因对她的状况不甚了了，连住址与电话号码都没有。想去找她，临了总是让别的事耽搁了。我明明知道，这些都不是理由。真正的障碍，我与柳琴之间，一丝未了之缘，妨碍着我将之作为一个寻常的朋友面对。

我时而想起她，想起1970年3月在沟谷邮局初次见到的柳琴，蓝色长裙，白色衬衫，像沟谷的阳光一样清澈明丽却又苍白失血，忧郁得化不开的柳琴。将近40年了，想见她又怕见她。

但是老单，那天夜里他说起柳琴，还有龚伟。老单显然是在暗示着什么？我能够感觉到他话中有话，有一种对我的谴责与不满，而这谴责与不满显然不是来自老单本身，而是柳琴。是的，这么多年来，柳琴没有主动找过我，我也从未主动去打听她的消息。我本应主动去寻访她的，但是我没有。她就好像一片树叶似的，很自然地从我年轻时代的路上，随风飘去，没有留下任何痕迹。我的手边没有任何可以证明我与柳琴曾经有过的友谊，即便是片言只语，一张字条也没有。

但是，她的影像，会在我想念雅加，想念一切与雅加有关的物事时，自然而然地凸现在时空里。那个忧郁的言语不多的女孩。

如今，彼此都老了。

我想在柳琴生日的3月，去见柳琴。

沟谷已经成为地地道道的城市，城市该有的一切，沟谷都有，城市绝迹的一切，沟谷也正在生长。当年唯一的丁字街，已经隐匿在高楼大厦之中。原来是师部的左岸，现在变成了具有法国风味的小区，小区的名称就叫左岸，而此左岸的含义再不是当年师部的左岸了。雅加河固然不是法国的塞纳河，但可以想象，人们正在努力改造雅加河，让它尽快变成塞纳河，左岸也便名副其实地成为小资云集的高尚社区。

但是，在我的印象中，欧洲风格的左岸，从字面上想象，它的确最能含义我所知道的柳琴。

柳琴就是左岸。

沟谷已不叫沟谷，现在的名字叫甘工。甘工是传说中的一种鸟，这个传说流传于沟谷一带。有次文化厅长到沟谷来视察，听人说起沟谷的这个传说。20世纪60年代，曾有著名诗人杜桐据此传说写作了长诗《甘工鸟》。甘工鸟在沟谷便被作为文化标志。那时全国各地都在争抢文化品牌，厅长便说沟谷没别的文化遗产，甘工鸟就是最大的文化遗产，何不把县名就改为甘工县。厅长是个小知识分子，平时也喜欢写几首歪诗，捧场者众。此番高论一出，自然会有人积极筹划。有上千年历史的沟谷县名便改为甘工县了。正如离此地不远的通什镇，“文革”期间改名为红旗镇，几年前又改名为五指山镇了。几十年间，一个古老的地名，几经修改，都出于那些对历史文化毫无敬畏的半吊子知识分子之手，真乃可悲。

沟谷县就此便成了鸟县。去鸟县找柳琴，不太合适，我还是固执地要去雅加的沟谷寻找柳琴。

县歌舞团早已解散。

70年代的县歌舞团，聚集了一大批从全国各地或下放、或调入的文艺人才。柳琴虽然是雅加人，但她从小在大陆长大，是从音乐学院声乐系毕业分配来的。在县歌舞团也算得上是台柱子。她在县歌舞团的落落寡合，可能和她的这种出身也有关系。我记得，她在县歌舞团，似乎没有什么知心朋友。在沟谷邮局和书店，她总是独自一人，不像团里其他人，总是三五成群。

原来的师部，成了欧陆风格的法国式小区左岸。那里面住着的豪客，本地人很少。小区门口戒备森严，保安一式法国打扮，让人联想到20世纪初年上海的法国租界。

听说柳琴仍然住在县歌舞团宿舍，县歌舞团早已解散，团员们嫁人的嫁人，被安置的，单位大多是县里的粮食局、供销社等最不需要文化的单位。人员早已流散，但县歌舞团的老宿舍依旧，穿过左岸宽阔的、长着巨大棕榈树的马路，转上一条砂石路，便远远可见县歌舞团那几排土黄色的平房，平房隐匿在一片树林之中。这里是沟谷，如今叫甘工，最能引发旧时记忆的地方，也是一个已被现代遗忘的地方。

70年代的所有记忆，在这儿全部被复活了。土黄色的山墙上，隐约可见当时刷上的大标语："农业学大寨，工业学大庆。""无产阶级专政万岁！""敌人不投降，就叫他灭亡。""无产阶级文化大革命万岁！"等等。这些标语，在年深月久的墙壁上依稀可辨，已经失去了当年的震撼。很少有人会去留意它们，故而能够在这儿长存，直到这些房子自然坍塌，或者拆迁，否则它们是不会自行消失的，经年的风吹雨打，也对它们无可奈何。它们顽强的生命力，真像时间一样坚韧坚持。

3月的梅雨，在法国式左岸小区，是一种柔美的气质，闲适的慵懒，放纵之后的松弛。因为梅雨，天空便倾尽绵绵的温情，在黏稠的空气中，气氛也显得异常的缠结，令日常的日子充满了追忆。而在土黄色的平房这儿，便是阴湿和霉菌丛生的天地，空气里有一种沤烂的牛粪气息。有一种窒息的窘迫。

这里的房子很多都已空置，有的已经坍塌。有几间成了牛圈，伏着几头反刍的老牛。我在几排房子间四处转悠，想着哪一间会是柳琴的家？

周围很寂静，远远的山坡上，传过来开山劈石的声响，沉闷喑哑，像病人上气不接下气的喘息。

有几间屋子似乎有人住，屋外的树木间牵着绳子，绳子上晒着一些衣物。屋前的树下，有几只鸡，悠闲地游走。

我在屋子间仔细地察看，希望有人招呼。有间屋子里，有几个女孩在做功课。我问柳琴家在哪儿？女孩跑出来指了指那边："有菜园子那间就是。"

菜园子的栅栏门紧闭着，我叫了几声柳琴，没人呼应，便解开栅栏的绳扣，走进园子。园子里有几棵枇杷树，正开着白色花，几畦菜地，葱蒜茄子白菜都有。园子角落里有一个粪坑，浇肥用的，散发着阵阵腐臭味。

连着菜地是三间平房，房门紧闭，中间那间门上有锁，主人没在家？我咳嗽了几声，希望其他屋里有人。我敲了其他没有上锁的屋门，依然是无人应声，只好蹲在田畦边，看蚂蚁在菜叶上爬走。

刚才那女孩出现在栅栏边，透过栅栏向这边张望。我问她："知道柳琴去哪里吗？"

女孩摇摇头，红扑扑的脸蛋一晃就不见了。这里是个被人们遗忘的地方。我心中忽然一阵抽紧，周围的环境令我不安，柳琴的日子一定非常窘迫，这里过分的萧疏潜伏着某种生存的危机。

那女孩又在栅栏边出现了。她的身后是一位高大的汉子，50 多岁的样子，满头灰发，一脸的疲惫，穿着一身破旧的武警服装，那种从劳保商店买来的退役军装，带点迷彩的那种。

此人就是龚伟。

龚伟对我毫无印象。将近 40 年了，那年龚伟走失时刚好 10 岁，智障。而面前这位早衰的中年人，丝毫没有 10 岁龚伟的痕迹。

我自我介绍，说明了来意。龚伟毫无反应，只是木然地开门，没有任何寒讪和客套，我自己拖了把凳子坐下，龚伟却独自进了里屋，过了一会儿，才慢腾腾地出来，坐到门槛那儿，拖过一根"大碌竹"水烟筒，在那儿顾自抽起烟来。

我一时无语。那女孩把龚伟带来后，便在菜园子里抓蝴蝶玩，我挥手把她招呼过来，悄悄地问她："知道柳琴在哪儿吗？"

女孩答非所问："柳阿姨是他妈妈，你问他。"女孩又对我耳语，"叔叔是个傻子，不过，他不会打人！"

我试着和龚伟对话。他似乎已经失去了说话的功能，对我的问话一点反应也没有。

女孩蹲在龚伟旁边，把烟丝捻成颗粒，塞进水烟筒的烟锅里，龚伟用火绳点燃烟丝，深深地吸了一口，水烟筒里的水便咕噜咕噜地叫了起来。他和小女孩配合默契。

坦桑和龚伟，血缘联结了两个极端。我顿时失去了判断。是该继续在这儿等柳琴呢，还是应该一走了之？我早先的心痛与心悸，似乎在这一瞬间烟消云散，灰飞烟灭。

我还是不死心，既然暂时不想离开，心存在这儿会见柳琴的希望，便找出话题和龚伟对话。我说起1970年的雅加、六连、沼地、碉楼和黄花梨树，还有河漫滩的钓鱼郎，龚伟的水鹿。那些还算温馨的往事，联结着的是他的母亲坦桑。我接连不断地絮语，搜索记忆中的故事与细节，哪怕一点点，能够唤起龚伟记忆，都是实现我企图于万一的幸事。然而对牛弹琴，龚伟毫无反应。我们是彻底的陌生了。

我决定很冒犯地问龚伟："你知道坦桑是谁吗？"

他茫然地望着我。依然是一副天地不知的神情，仿佛奇怪我为什么会问这样的问题。

"坦桑是谁？"小女孩突然昂起头问我，她刚才很用心地听着我对龚伟说话。

坦桑是谁？谁又说得明白，40年，对于许多人而言，无异于400年，那是明朝的事了。

不知为什么，我没有向龚伟告别，也没有去问这40年间，龚伟是如何生活的，更没想去追寻1969年3月那天，龚伟和他的那头水鹿，是如何走失的？他去了哪儿？又怎样来到柳琴身边的等等细节。心中很是落寞，悲凉之感油然而生。

我有些违反常理地独自走出菜园，在几排土黄色的平房中间四处游走。这些建于20世纪50年代的有如军营一般的土黄色房子，残留着战争年代的某些习惯性记忆。到处是残垣断壁，到处是荒草萋萋，到处是一种坍圮的迹象。这片荒园非常切合我此刻的心境，它非常强烈地调动起我对雅加往事的记忆，岁月就像这片荒园一样，昭示着历史陈迹。它是这座县城，已经连名字也改成传说的县城里最后的记忆，此前的历史，也将在这最后的荒园里完成它的拐点，实现一种永远的割断，我们将无处寻觅雅加曾经的沉香。没有了沉香，没有了雅加黄花梨，没有了黄花梨的碉楼，也没有了叫做红庐的碉楼的雅加，是雅加吗？而沟谷又在哪里呢？

我发觉那个女孩一直跟在我后面，她一边走一边玩，一直不远不近地跟着我。

我忽然听到沟谷岭上有人唱歌，高亢凄婉的歌声没有字词。那种族人哼唱的无字长歌，从岭顶传来，在山林间穿越，飘荡在荒园里。那是我在龚伟的童年时代听到过的袅袅余音？似乎有一个穿行岁月的神明，在此刻突然君临。我相信人生天地间，是时时有神迹显现的。那神迹就在人心中，在灵魂里，那是一种不绝如缕的参悟。它活在人心的思虑之中，超越日月星辰，只有北斗七星，能够在茫茫星空中，指引我们去寻觅它的踪迹，求得它的宽恕，唯此方能解疑人间的叩问。

没有找到柳琴，但我确信她就近在咫尺，就在我目力所及却又无处寻觅的地方。她正在那儿注视着我，她也一定听到岭顶的歌声！

此刻，我心中的焦虑无以言表。我急于见到柳琴，见到这位不惜以自己的青春为代价，把一个10岁的智障的孩子抚养成人的奇女子。整整40年，这几乎成了她全部的事业。我从老单那里，约略知道了柳琴这40年的大概状况。70年代末，县歌舞团解散，柳琴分配到供销社，到百货商店站柜台，一站就是20多年。10年前退休，依然孤身一人，不知出于什么原因，她终生未嫁。这就是一位才华横溢的歌唱演员简单的一生。老单毫无表情地叙述了这些。

我顿生幻觉，从岭顶飘然而下的那位唱歌的人，正是柳琴，她像一片柳絮一样，飘落在小路尽头，蓝长裙白衬衫，无比高傲地飘然而至，苍白无血的脸上，有一种经世的悲凉。

在荒园的路口，我见女孩依然跟着我，便对女孩交代：见到柳琴，请告诉她，有人在邮局或书店等她，就在这两天的傍晚。我随手写了字条，把我的电话和住处交给女孩。我没有留下姓名，我想柳琴如果想见我，她会猜到是我的，邮局和书店，应该留存在她记忆中。我相信这女孩会把我的信息传递给柳琴。

这部小说，其实是群鬼的礼赞。鬼在族人信仰中，即灵魂也，鬼为灵魂的象征，鬼的礼赞就是灵魂的礼赞。祭冤鬼，也即跳鬼，击鼓鸣钲，群相跳舞号呼。在雅加百年的历史上，鬼们踩踏着历史泥泞的脚印，虽然已经模糊在岁月的烟尘中，却清晰地铭刻在某些不为人留意的器物上。在雅加的碉楼里，坦桑曾发现两片骨片。据坦桑遗稿记录，这两片骨片系王佬龙所有，于1965年转送坦桑作研究之用。坦桑将此骨片经猎人八公考证，系为王佬龙先祖刻就，传至王佬龙已有五代人。

骨片约中指长短，一刻有箭镞，为记仇；一刻有榕树叶子，为记恩。八公证实，记仇骨片系清朝光绪年间，冯子材带兵到雅加剿匪戡乱，对族人大开杀戒，还特意在雅加大石上刻下“除苗化黎”四个大字。族中头人因反抗官府征剿被杀戮，族人便与官府结下血海深仇。在动物白骨上，刻箭镞为记仇标志，刻骨记仇，骨片为部族首领保管，他们以此为约，凡是官兵都是仇人，逢必杀。史图博在他的著作里，也曾经记录过相关的发现。族人恩仇必报。

《海槎余录》记载："黎人善射好斗，积世之仇必报，每会聚亲友，各席地而坐，饮酗酒顾梁上弓矢，逐旨报仇之志，而众证称焉。其弓矢，盖其祖先有几次失败之耻，射之于梁上以记之。"

又载："黎人气习慓悍，与其同类一言不合，持矢标枪相向，有不可遏抑之势，若有妇人从中一间，则怡然而解，亦份俗尚想沿如是耳。"

坦桑对此种恩仇必报的民族性，尤其是女性在恩仇中的作用，非常欣赏。在她的遗稿中有详尽的分析论证。她以为，这种以刻骨铭记，将家族的恩仇信息世代传递的方式，是一种心灵郁结的精神传衍。

而这一切，到了老单专案组那里，却成了坦桑歪曲民族性格，破坏民族团结的罪证。并把骨片和坦桑关于王亚龙历史调查的材料混为一谈，作为坦桑企图为王亚龙所制造的红军血案翻案的罪证。

在所有关于王亚龙的史志记录中，王亚龙都被描绘成一个极其复杂、吊诡的人物。他经历中的所有坎坷、曲折、善变和转折，被外人视作有谋划的策略和政治上的投机，被当作一种狭隘的利益纷争来理解和评价。可是，在坦桑的调查报告中，王亚龙所有这些所谓的缺陷，所有的复杂与吊诡，结论只有一个，那就是一切存在于王亚龙的民族性格之中，两个字：简单，或者说：纯朴。

一切都源于他内心的简单和纯朴。他秉承了这个民族品格中的文化特质。那就是，一切评价都是直接的可视的。"若有妇人从中一间，则怡然而解。"这就是王亚龙的实质判断。他和早期底层共产党人在某些问题上的争斗，也很符合族人间"一语不合，辄持弓矢标枪相向，势不可当"，"有妇人从中间之，则怡然而解"。这妇人便是有形且异新的先进思想。坦桑在她的调查报告中，多处指出了这一点。

1928 年的王亚龙，年仅 24 岁，正处于血性暴烈的年龄。他作为峒主的决策与选择，自然受到这种亘古的民族性格的左右，他的行事风格自然也受制于他的文化图腾。他始终都不是共产党人，他也就不可能具备后来日渐成熟的共产党人的胸襟。在坦桑看来，雅加血案，在王亚龙心目中，也是一种勇敢者的游戏，其目的似乎不全出于经济要求或政治要求，他和共产党人不可能也没有理由有深仇大恨。这样的分析，更具历史的理性精神。而中共广东省委于 1928 年 4 月 26 日在琼字第二号《致琼崖特委信》中也说："黎民运动在琼崖暴动愈加发展而愈严重，他们头脑简单，且贪鄙好斗，据 C·Y 报告上说很易受酋长之骗。"这种对于时势及种性的评估，在坦桑的调查报告里，认为可圈可点。

王亚龙后来之所以成为抗日英雄，在1942年世界反法西斯战争最困难的岁月里，终于举起了抗日战争大旗，这也和共产党人对之的感召大有关联。当时琼崖地方党负责人密会王亚龙，要求他以国家民族利益为重，和人民站在一起，抗击日本侵略者，共产党人对他之前所犯的罪行将既往不咎。王亚龙当即表示愿意和共产党站到一起抗日。

肯定王亚龙的历史功绩，就是肯定共产党统战政策的胜利。坦桑的报告坚认这一点，并以此为理由，认为应该承认王亚龙是位抗日英雄。王亚龙最终死于日寇的屠刀。这是坦桑的结论。她再三强调，王亚龙没有参加过共产党，可说他制造红军血案是土匪行为，不可以叛变革命简单论处。

王亚龙的一生布满疑云，坦桑早在20世纪60年代就致力于廓清这些疑云。

老符给我的资料中，有一份老符整理的，作为某党史杂志“补白”的小文章，老符写道，王亚龙的人生经历里，有三个重大关头，一是1928年血洗红军连队，捕杀100多红军战士。二是1938年，被族人诬告通日附敌，被国民党当局抓捕，和共产党人张开泰、冯白驹一起关押于海口监狱，在狱中遭受张开泰等人报复，国民党并没有杀他。三是1942年，王亚龙又被同胞向日军告密谋反，在日军陆军司令部，严刑拷打，电刑致死。他宁死不屈，保存了民族气节。老符陈述了事实，没有加以评论。

老符还小心翼翼地写道：王亚龙的葬礼按族人习俗举行，日军军部派两名军官带着翻译和几名伪军，前来参加葬礼。起灵之时，村民举枪对天连续鸣射，以示驱逐恶鬼。日军伪军官兵也立正鸣枪行礼，虚表哀悼。

在这之前，王亚龙在抗日义旗下，和共产党人一起，做了许多抗日大事，这些事件，党史上多有记载。

我看出老符是站在王亚龙的立场上，他作为族人，对这位在外人看来，行为、思想极为吊诡复杂的人物，是心存敬仰的。只是他对自己的态度不便过于张扬。

我多次希望老符，作为党史办主任，是否对王亚龙，包括坦桑关于王亚龙的调查评价，发表真实的看法，并写成文章，老符对此不置可否。他之虚与委蛇的态度，使我对老符的狡黠，有了更多的疑问。

第二十章

雅加沉香的再度重生，使雅加的天空变得晶莹而澄净。南风吹散了山谷里昏冥晦暗的云翳。刚才陷于火海，却在重生时全然没有受到烈火燎烤的沼地，依然是满天花海：矢车菊、桃金娘、山麻黄，各式各样的雅加兰，还有蓝幽幽的勿忘我，高挑而如伞般张扬的是招摇的盐树，而匍匐却又毫不卑微的是葱绿嚣张的铺地锦，它们错落地簇拥在浸透雅加沉香气息的天空里。沼地无边无际的花海，张扬喧嚣地向雅加的山谷和河流蔓延推进，那些刚刚被烈火焚烧过依然还散发着沉香气息的土地，滋生着款款绿色、红色、黄色和杂色的斑斓。"它们的数目真是成千上万，是棋盘加无数倍后的总数。"

有一个久远的传说，这个传说和雅加的沉香传说一样，在时间的河流中沉沉浮浮地招摇着：发明棋戏的人，在国王要他挑选一个报酬时，他只要求第一格一粒麦，第二格两粒麦，第三格四粒麦，第四格八粒麦，依此类推，一直到第六十四格为止。国王原以为这个要求很小，但是后来全国的田地也供给不出这么多的麦子。

这个传说，在去红庐的路上，愈传愈远，像风一样四处吹送。

坦桑活着。

多年以后，我在离雅加几千公里的一座内陆城市公干，席间有几位"文革"中曾在雅加兵团当过知青，大家谈起雅加往事，有一位曾在兵团政工组工作过的知青，她轻描淡写地说道："其实，你们说的那位烈士，当时并没有死。"起初大家并不为意，也没往深处去想。她也没再往下说，这个话题一闪就过去了。

酒过三巡，席间多人到别桌去敬酒，留下我与这位朋友，彼此无话可说，便互换名片。她是本市作家协会机关的巡视员。此种人原在政府机关工作，退休前组织上照顾晋升副厅级，便被安排到作家协会任个闲职，摇身一变便以作家自居，退休时混了个巡视员。他们消息灵通，而且来源神秘，也常常应验。

我细看名片，此人名字很土，叫秦招弟，一看就知道来自农村，家中为了生个男丁，便取名招弟。这样的事，在20世纪四五十年代的中国乡村，比比皆是，几成著名民俗。

她见我留意名片，便有些自嘲地说："名字很土，很好笑是么?"她倒爽快，落落大方，在官场混得油了，也学会自轻自贱，在调侃中自尊自贵。"'文革'中倒是改了个时髦名字，那时叫秦红卫。后来到机关工作，在机关里这个名字太敏感，人见人问，在'文革'中生的?都七老八十了，一张老脸，让人问得不好意思。还是改回来的好，哈哈哈!"她自己笑得很痛快，"你是作家，也知道招弟啥意思。我排行第六，五个姐姐，父母盼望生个男的，最终也没生出个男丁。八个姐妹，啊，吓不吓人?一个班的娘子军。"她做了一个八路军的手势："大姐叫带弟，二姐叫盼弟，三姐叫望弟，四姐叫连弟，五姐叫迎弟，我叫招弟，老七叫来弟，老八干脆叫亚男。父母老了，生不下去了。60年代，开始计划生育，提倡生三个孩子，我们一家姐妹都八个了，八路军就好，九路军可不行。哈哈……"

她真是我见过的最有趣的巡视员。老知青里，有许多这样性格的人，无遮无拦，好管闲事，工作认真负责，却又牢骚满腹，对什么都看不顺眼，横挑鼻子竖挑眼，是好大姐好领导可也是非多多，革命理论人生道理应有尽有。谁都惹不起，可又谁都很喜欢。

刚才人多，我不便问她坦桑的消息。此刻我留意她的名片，是希望从名片里能够找到和坦桑事件相关的信息，不料倒引发了她一大堆关于招弟的废话。

她说得兴起，我只好敷衍地笑笑，说些附和的话，心里却在揣摸着招弟刚才的话，看得出此言并非故意调侃或胡说。她说此话时，神态很是认真。

关于坦桑死活的传说，在雅加也有传闻。我最早是听林通说的，可林通是个疯子，又是坦桑的追求者，他的话，虚无缥缈，不可当真。后来老单好像也约略提起，我也并不为意。天方夜谭的事，怎么可能呢?

我有些犹疑："秦……"一时不知该怎样称呼才不致冒犯。叫秦巡视很是别扭；叫秦副厅也很低俗；叫秦作家，显然更不合适，作家之间并无如此互称；叫秦老师吧，这可是我最为反感厌恶的，世间已堕落低俗到连演艺明星也称老师了。她大约看出了我的窘迫与犹豫，便大大方方地说："叫我秦大姐就行，党内互称同志也好。你是党员吧?"她有些无厘头，有一搭没一搭的。我笑而不语。

她大约猜到我想问什么，便说："你是想说那位烈士的事么?她叫什么?哦，叫什么坦，是坦桑?很外国的名字，这名字起得不好，死就死在这名字上。”她又叽里呱啦一顿说事。

“叫坦桑，坦桑尼亚的坦桑。”我等着她的下文。

“我也是听说的，早了去了。你不知道？”

我摇摇头。确实不知道，怎么可能呢？我很肯定地说。

“是啊，通常是绝对不可能的。你知道，那年代有多严酷！不，应该说多严密。那样的重罪重犯，怎么可能死里逃生？无产阶级专政下的革命，可不是闹着玩的。虽然说是乱世，但是，不可能是绝对真理。那相对真理呢？就是可能了。你们编小说的，不都会胡编嘛！陈国凯的《我应该怎么办?》、孔捷生的《在小河那边》不是都编得活色生香？死了又活，一妻两夫，兄妹乱伦……”她概括得很离谱，却也基本合于情节。

“不过，往往是生活比小说更离谱。”她很肯定也很有心得，这点我倒不奇怪。她好歹也是一位有经历的老知青，以她这样的出身背景，在“文革”中也一定浮沉得很自在。

“我在雅加六团当过政治部主任。你说好玩不好玩，我排行第六，在六团当官，后来到六师政工组。坦桑是在六连，对吧，六是我的幸运数字。”她又扯远了。

“你是怎么听说的?”我的注意力在这上头。

“说法很多，有说让雅加族人救走的，族人才不管她是谁呢！只要跟他们好，他们认同了你，就是朋友，是血亲。说得有根有据，她不是为那个族人峒主，对，叫什么，王什么龙翻案么？王什么龙一族多有势力啊！杀红军的血案都敢干，救个把坦桑算什么?”

她好像什么都知道。这女人不得了，她对坦桑一案似乎知道得很清楚。

“当然，复查坦桑一案，确认革命烈士的专案组，我虽然没有直接参加，但在政工组，你是知道的，什么都要过问参与的。”她很认真地说。

“还是无法想象。”

“有很多疑点，但尸体确实丢失了，事后一直找不到。现场一共枪毙了8个人，最后在太平间时，才发现少了一具尸体，坦桑不见了。这就奇了怪了！刚才听你说到现在都没有修墓地，这样看来，虽然是家属的意见，但和找不到尸体也有关系吧。”

真的是一个神话。

找不到尸体，并不能就此证明坦桑活着。这么多年了。平反昭雪时也该现身吧？

“在法律上她是死了，革命烈士，这没有问题。民间传说就管不了啦！民间嘛，总有传说，总有八卦，也算是一种民意吧！”秦招弟很快的语速突然间就轻缓下来，她把脑袋凑近我，有些神秘地说：“70 年代末，不断有人反映，说在沟谷乡间看到坦桑，一副族人打扮。我们也追查了好几次，全是没影的事。那时，革命烈士还没批下来。革命烈士！开玩笑，别弄出个活的烈士，组织上脸往哪儿搁？”秦招弟满门公事，满脸庄严。

我不相信这种民间传说，但是心里却有无限惆怅，想起了龚伟和柳琴，他们是否也活在这种阴影里？那才是最为重要的。

“90 年代又有传说。是坦桑 30 周年祭的时候吧，哦，那应该是 2001 年 3 月。又有人在招魂，说坦桑活得好好的，在哪个村庄，哪户人家，有好事的记者去探访，村庄是有，可早就搬迁了。都几十年了，早定案了，写进党史里了，谁还去追寻这些陈年旧事？”

她突然有所发觉：“怎么？你对坦桑有兴趣？想写小说？”

我不置可否，答非所问：“这个人物很有意思，我也曾在六连。”我不想过于强调，只是想，让她知道一点点因由就好。

“哦，原来是同事。”

我笑笑，很克制，也很凄然。突然有些酸楚，在杯盘狼藉之间，谈论坦桑，似乎有点儿亵渎神明。

敬酒的人们陆续回来，秦招弟更是忙碌。

我突然从敞开的包房门口，看见了一个大腹便便的人，理着平头，戴着墨镜，穿着黑衣黑裤。他在门口一闪而过。那人虽然全身上下一片黑，脸孔也让墨镜遮去半边，但是，我从他嘴角的纹路里，认出他就是信宜老鬼。

不错，是他！我大步追上去。在走廊，我见到好几个很是相似的人，平头、黑衣黑裤、墨镜遮去半边脸、大腹便便，我一时难以辨认，便追出大门去。台阶上站着的那位黑衣人，正是信宜老鬼。

我走过去。

一辆加长林肯无声地停在他面前，有人为他拉开车门，在他钻进去的瞬间，我大喊一声：“信宜老鬼，老鬼！”

他一愣，很有风度地扭过头来，一手摘下墨镜，向这边张望。是他，没错！这张老脸虽然已变成橘皮模样，脸上依然有着我所熟悉的纹路。类似横肉般的纹路。他曾笑说这横肉般的纹路，足以吓死雅加的老虎，如果哪天雅加丛林中突然出现老虎的话。

我经常忘记信宜老鬼的真名实姓，记得这是信宜老鬼最为不满的。

我只知他来自广东信宜，父母都是从信宜到雅加开垦的流民，他却趁知青上山下乡，混进知青队伍，做了兵团战士，为此父母自豪了许多日子。他也是信宜村庄里千百年来，第一个名正言顺成了中国人民解放军广州军区生产建设兵团战士的人，在六师六团六连。何况信宜老鬼一家，还是村庄里唯一的大地主。大地主的儿子成了解放军兵团战士的喜讯，的确让贫下中农们咬牙切齿了好些日子。

我迎着他走过去。

听说80年代初，信宜老鬼从六连偷了许多电缆电线，装了满满一卡车，回乡第一件事，就是为村庄拉上电。这个地主的儿子，给黑灯瞎火了几千年的村庄，带来了光明。他说服了村长，把村里的土地，又按照土改时的地界，悄悄地分还给农民。他们家自然也分得了一块。说是承包，就是单干。他自己却洗脚上田，去跑单帮，把海边的走私电器，弄到内蒙古、新疆去批发。当人们还在争论，在摸着石头过河时，信宜老鬼早已成了信宜首富。后来，听说他的村庄成了油田，信宜老鬼的加长林肯，恐怕是石油漂来的战利品。

信宜老鬼一步跨到我面前。我一时语塞，不该再叫信宜老鬼，一时又记不起他姓甚名谁？我们的手握在一起。他并不言语，细细地审视着我：“老了，真的老了！”

我很克制地笑笑：“知道我是谁吗？”

“我是说我自己老了，老得让人认不出来了。你是革命人，永远是年轻啊！好比大松树，冬夏常青啊！”他声音洪亮带着浓重的信宜白话口音，这种口音即便是在粤语电视，也常在小品里被当作老土笑料。他拍拍自己的大肚腩，“不行啊，吃得太多了。多吃多占，找中纪委去自首啊！”

我一点儿都不觉得好笑，只是有些感慨。看来，信宜老鬼也不是一般的生意人，应属于官商勾结那种，看他的做派就明白几分。

我还是想不起信宜老鬼的姓氏，只好一个劲地握手，笑笑，敷衍。信宜老鬼实在鬼得很，他看出我的窘态，故意问我：“知道我是谁，叫什么名，姓什么？”本该他先回答我的话，他反过来问。

“当然，信宜老鬼嘛，天下是人都知道。”

“你看，忘了吧！算了，不说这些。”他递过来名片，“好好，认真读读吧，高主任，高同志，随你叫，就是不能叫信宜老鬼。这是专利，只有坦桑能叫，懂吗？”

又是坦桑。

哦，对了！他是李前平，现在改名叫高化。他果然有许多头衔。这个基金会，那个联谊会，包括文化协会、作家协会，都有他的份。真是今非昔比。名片背面是手写书法，看来他书法也了得。各种场面都混得风生水起的家伙。我有些后悔刚才主动寻上这位老兄。

高化先生很洒脱地大手一挥，司机便把加长林肯开走了。他复又叫一辆出租，一定要让我跟他去一个地方，说是私密会所。

“连司机都不能知道?”我诧异地问。

“都是夫人的密探，小心为好。”他诡秘地说。

我坚决不从，的确有事。推诿了一会儿，彼此只好作罢，便到大堂休息厅坐下。

高化先生的确气势不凡，举手投足早已没有了信宜老鬼时代的猥琐零碎。十足港澳台黑社会的模样，而且气势不凡。我坐在他对面，只有听他说话的份。看样子，他对我并不陌生，我这几十年的行踪，尽在他的传说里。虽然彼此不在同一座城市，但在同一个省，从信宜到省城也就半天时间。我问他为什么多年不联系？他说现在联系为时不晚，正好在找我，就被我发现了。

我问找我有何贵干，他说正想办一个文学大奖。他已联系好9个诺贝尔奖得主，准备再联系一个，凑齐10人评委，也办一个中国的诺贝尔文学大奖。他说目前有最高奖100万元人民币的，他准备办一个最高奖120万美金。“怎么也不能输给瑞典的诺贝尔文学奖。”他强调了中国气派。我说评委一般要单数。他便说：“加上我不就11人么!”

乖乖，信宜老鬼也要当诺贝尔评委，我听得毛骨悚然。虽然这样的豪言壮语，在文艺界、政界，已听得耳朵长茧，但出自信宜老鬼，我还是有点惊奇。这厮是不是刚刚吃了K粉，还是抽足了鸦片?

我说从来就没有听说本省出了个爱好文学奖的高化先生：“你不是在蒙人吧，见人说人话，见鬼说鬼话，见到作家就说文学奖?”

他有点生气，说我怎么还如此看轻他！都几十年了，对他的认识还如此浅薄，停留在70年代，这不应该！他自说自话。我只是觉得面前这个人，与那个淳厚朴实有些顽劣刁蛮的信宜老鬼，的确大不一样。虚张声势的加长林肯和他这一身装扮，大约已昭然若揭。本来我想劝他，若有余钱，就多多资助乡间学子读书，岂不更好？但他幻想热衷全在那些奇大无比的项目上，我便不多言。

一向寡言的信宜老鬼，变得侃侃而谈，口若悬河，而且大多是环球同此凉热的大话题，我只好静静听他大话连篇。只盼他说累了，自动收声。可他一点也不觉累，反而愈说愈勇，兴致非凡。项目计划多得像联合国议题。

我跟他说龚伟活着，不久前我见了他。他不经意地问：“龚伟是谁？哪里的朋友？”

我便不再话语，转一个话题：“报上说，你们那儿的市委书记被抓起来，双规后送司法了，你没事吧？”

他沉默了一会儿，哈哈大笑起来：“有什么事？我从来不和贪官来往，你放心。我是谁？那些都是小儿科，土鳖。好，走了。你有我名片，改日再聊。联系啊！一定。”他有力的大手握住我的手，很沉重地晃了晃。

我开玩笑地说：“需要探监的时候，告诉我一声。”

他认真地看住我：“还这么坏！太损。你看不到那一天。”

“那诺贝尔呢？”我问。

“笑话我？”他对着我晃了晃拳头，“等着我的消息，拜拜！”

他消失在门口，我正想走开，突然他的声音在我耳边响起：“哦，你刚才说到劳文斯，你把他在美国的电话地址给我，有事跟他合作。”

老单病危。接到电话时我正在外地出差，直接去了沟谷。

又是3月，在沟谷的绵绵梅雨之中，我赶到医院时已是午夜时分。老单的病床空荡荡的，护士说傍晚时办的出院手续，或在太平间，或回家去。

这话听起来很骇人，我弄不清此刻该去太平间，还是该去老单的宿舍。正在犹豫，见到值班的医生，老单是老病号，医院里无人不知。医生忙替护士道歉，说老单病危，捱不过今晚，老人家的意思是必得回家去归天，否则就进不了家门，傍晚时已由他的家人带走了。

午夜的沟谷，夜生活方兴未艾，我熟门熟路赶到老单的住处，那儿已经拆迁得差不多了。老单家那一排平房，像汪洋大海里的一条船，孤零零地漂在瓦砾与废墟的波浪里。

新楼已经奠基，工地上灯火通明，打桩机有节奏地轰响，震撼古老的沟谷夜空。老单家可能是最后还没有搬走的住户，只有他家的房子，还亮着灯。这回是屋门口的路灯，换上了那种工地上照明的大功率灯泡，起码是100瓦以上的。在乡村，这是办红白喜事时的排场。灯光下幢幢人影。

老单的最后时刻到了。

我没顾得上任何客套，径直走进屋子。屋外亮如白昼，屋子里残灯如豆。我一眼见到那张我并不陌生的床上，躺着尚未瞑目的老单。

老单已经昏迷。他骨瘦如柴，和一年前见到的样子，形同两人。屋里有几人在忙，我也无暇招呼。其中有人问，是教授吗？我点点头。

我握住老单的手，那手已经冰凉，但似乎还有动的感觉。借着微弱的灯光，我见老单双眼已经紧闭。有泪沁出眼角，浊重而又混沌，久久不肯落下，我轻轻拭去，他眼睛跳动了一下，那手似有话说。我耳朵伏在他嘴边，他浑浊的哼哧似在说着什么，断断续续的。事后我努力回忆揣摸，他好像是在说："坦桑活着。"

我已然不再吃惊。之前老单曾经对我说过同样的意思，只是较为隐晦而已。现在一切已经明确，老单要死了。他在死前，为了向我说出这句话，而苦苦等了许多时日，让医院把电话打到我出差的途中。

老单的夫人半年前已经去世。这半年老单住在医院，明天这间屋子想必也将倒塌拆除，老单也将随着他住了半个世纪的屋子，一起消失。这也许是老单的福分。他和他的屋子，有了一个始终。

屋子和一年前一样，不，和几十年前我第一次来时一样，没有变化。墙上那张《人民日报》："无产阶级文化大革命是一场触及人类灵魂的大革命"等字样依然赫然在目，只是更加陈旧更加残破。梁上垂下来的灯绳，灯绳上 15 瓦的汾江牌灯泡，一切都没有改变。

打桩机单调沉闷的吼声，犹如战场上的枪炮，在耳边轰鸣，我站在老单床前，犹如站在淮海战役前线阵地上。此刻有这样的联想，盖因忽然想起了中尉，中尉是淮海战役的老兵。是因为他，我才知道地图上的雅加，雅加的坦桑，还有因为坦桑，结识了老单。

我发觉老单的手松了，彻骨的冰凉传达到我的心脏。

老单走了。

老单走了，但是，他却告诉我：坦桑活着。我自然不会固执地相信，有一个 77 岁的名叫坦桑的人，在某个不为人知的地方，隐名埋姓地活着，冷眼旁观着世人的言行。我自然也没有理由不固执地相信：这一切似乎又是可能的。我自然会更为固执地相信，有一个人间的阴谋，在悄然安排着人间的活剧，而这出人间活剧的导演，正是人类自己。问题的悲哀之处在于，导演全然不知自己是导演，演员也全然不知自己是演员。而活剧却无时无刻出演着它的每一个荒诞不经的细节。

老单，这个名叫单向平的人，几十年来，他或许比谁都更想念坦桑。由不得他不去想坦桑。坦桑成了他的梦魇。他告诉过我，他曾一千次地杀死坦桑，他也死过一千次，却又一千次地被坦桑救活。他这辈子最不幸的，就是在那个时候，相遇了坦桑，相遇了那个时代。

老单没有举办葬礼。他的死，无声无息。沟谷几乎没有人注意到他的死讯。

后事都按照他生前的安排，连坟墓也没有，把骨灰四散了事。他去世的第二天，他住了40年的老屋被连根铲除。废墟上后来建起了新的小区。

午夜的沟谷是真实的沟谷吗？不，它早已更名为甘工鸟县。下一次到沟谷来，沟谷的老单将无人知晓。老单曾经居住了几十年的这一片山坡，应该已经成了一片新城，它会有一个怎样的名字呢？

我决定去雅加的碉楼。

沟谷离雅加的碉楼并不远，高速公路也已开通，半个多小时后，我便站在通往六连的高速路口。从这儿去碉楼，步行也就个把小时。

天亮时分，我独自抵达雅加河的河滩沼地。六连和荔枝峒，是在30多年前湮灭的。30多年间，人类在这儿基本上驻足不前了。大自然终于得以返回它史前的自由自在。最先映入我眼帘的是河滩边沿的那片金色的枫树林。

3月的枫树林刚刚从落叶的衰颓中清醒过来，枝头还悬挂着孤零零的金色枫叶，枝丫上骨节里开始露出新绿与鹅黄。那片曾经陷落过无数生物的沼地，已然成了铺天盖地的花海，在3月的晨风中，各种各样颜色的野花野树竞相生长，妖娆着各自短暂的姿色。

4月的暑热来临，3月的妖娆就将遁入地底，地底下是千年恶臭的污泥浊水。只有枝头的钓鱼郎早早地知道，它们尽情地欢叫，是为着短暂的交媾而拼尽生命的力气的。

有一头水鹿在花海中奔跑，不久我便听到绚丽的花海里有哀号的呼号。

已经坍圮的碉楼，好像并没有真的坍圮，坍圮的仅仅是覆盖在它身上一年四季的斑驳。诸如常春藤，诸如金银花，诸如覆盆子，诸如矢车菊，诸如勿忘我与桃金娘，它们攀附在碉楼身上，形成一年四季颜色的变幻，犹如其暖暖的基调，那种雅加的晕红，如同让晨光染就的浅浅的晕红。

而金丝楠、海南黄花梨构成的碉楼，它从来就没坍圮过，每个季节它们都变换颜色。坦桑头上的乌结，也因着季节的不同，有时是红色乌结，有时是黑色乌结。

沟谷河的源头在雅加，在六连的山岭上。1970年3月，我与柳琴在沟谷河遇到暴发的山洪，就源于六连的雅加。此刻，我又听到山岭上有人在唱歌。

清晨的雅加河烟雾迷蒙。无人的雅加河上，有一只独木舟，在迷蒙的水汽中，时隐时现，顺流而下。独木舟在接近碉楼的河湾里突然间就消遁了。我分明看见有人从独木舟上下来，向岸上走去。那人可是柳琴？蓝长裙，白衬衣，就像是那天在邮局、在书店里见到的柳琴。

那天是星期五，整整40年前，那个星期五的傍晚。

太阳终于出来了，夜间的一切黑暗将无以遁形。碉楼沉没在一片红色的氤氲之中。我在无意间说出一个我始终不愿说出的字眼：红庐。

尾声

想不到我和柳琴40年后的重逢，不是在左岸，在我们青年时代曾经居住过的地方，也不是在第一次相识的邮局或书店，而是在沟谷的雅加大教堂。而且以这样的方式。

我从不知道沟谷有教堂。

沟谷的教堂，在雅加河西岸。这座教堂的历史，可以追溯到19世纪中叶的1850年，那时的沟谷，还是一个人口不足百人的部落。但它地处岭门，是雅加唯一通商的路隘。当时法国巴黎使团的传教士马逸飞，在沟谷建立天主教会，开建了这座教堂。

沟谷的这座教堂，颇有历史，本身也算作一个雅加的传奇。它的历史，也见证了雅加百余年间的种种流变。光绪十三年，即1887年10月21日至11月22日，胡适先生的父亲胡传先生，曾经游历过雅加黎峒。他在此间行程的日记中，也曾记述了抵达岭门之事，他也许拜谒过这座教堂。雅加大教堂，在法国传教士萨维纳和德国学者史图博的著作中，都有过描绘。那时它只不过是一座稍大规模的简陋茅屋。可是茅屋的建材，却是最为名贵的雅加沉香和海南黄花梨。即便在19世纪，这些名贵的木材，也已被视为奇珍。

“楠木、花梨之可以备采者，必产于深峒陡峭岩石之上，瘴毒极恶之乡。外人既艰于攀附，又易至伤生，不得不取资于黎人也。黎人每伐一株，必经月而成材，合力推放至山下涧中，候洪雨流急始编竹木为筏，缚载于上，以一人乘筏，顺流而下……常有水急势重，人在水中为木所冲而毙，木亦随流深没者，亦有木随水下，扛拽不久，随水出海付之洪涛者，运木未易易也。”这则关于黎人伐楠木、花梨的艰困描述，足见雅加雨林中珍奇木料之难取。

百多年间，沟谷的雅加大教堂历经战火并随形势沉浮，建了又毁，又拆，又建，但借着族人的虔诚，始终以奇楠沉香和花梨为主要建材。最近一次较大规模的修复，是解放前的事了。解放后教堂被作为战备仓库，为附近的三线工厂堆放各种从内地运来的军火原料。几十年来，教堂作为军事禁地，躲过了文化大革命红卫兵破四旧的战火。21 世纪初年，教堂作为国家文物重点保护单位，交给地方管理。几年前，民宗局对它进行彻底修缮，恢复了 20 世纪中叶修复时的面貌。

教堂规模不大，总体上和法国式教堂相似。教堂平面呈长十字形，正面和后部耸立高大塔楼三座。楼座以红、黄花砖砌成，上砌翠绿色圆肚形尖顶，檐下为半圆形拱窗，堂内三条通廊，墙上和穹顶彩绘壁画，壁画虽多年失修，但依然绚丽鲜艳。

在左岸师部时，我曾经到过这座教堂。那时我并不知道它是教堂。那时教堂在三线工厂撤离之后，成为建设兵团的战时物资仓库，我跟随兵团首长视察，来过这座教堂。那时穹顶和墙壁被涂上一层厚厚的黄泥，刷上石灰水，便成了一种白里透黄很是奇怪的颜色，那种颜色令人很不舒服，也许是覆盖过于粗疏，在一些边角处还是可以看到壁画的辉煌灿烂。那时我正在读丹纳的《艺术哲学》，对教堂的壁画非常感兴趣，有时我会借机到仓库来，在教堂四处走走，欣赏那些边角处露出来的壁画局部。时隔多年，对这座教堂，我还是有很深的印象。

教堂通廊的墙壁上，在圆形拱窗间隔处，画着米开朗琪罗《睡着的雕像》：两个男人、两个女人，他们睡着，或正在醒来。米开朗琪罗的原作陈列在梅迪契庙堂中，他描绘了一种伟大的心灵和悲痛的情绪。他因着这种情绪，而在画作中创造出一种绝世和超脱尘世的宗教势态。他改变了人物肌体的正常比例，把躯干与四肢加长，把上半身弯向前面，眼眶特别凹陷，额上的皱痕像攒眉怒目的狮子，肩膀上堆着重重叠叠的肌肉，背上的筋和脊骨扭做一团，像一条拉得太紧、快要折断的铁索一般紧张。在这些睡着的雕像面前，你的灵魂不能不因之收紧，呼吸困难，体验一种在备受奴役的缄默之下尽情的倾诉，一种由形体的紧张而急于从精神通道逃逸的感慨豪放。有一种压迫的舒张，从空中袭来。

我记得米开朗琪罗在那个《睡着的雕像》的座子上写道："只要世上还有苦难和羞辱，睡眠是甜蜜的，要能成为顽石，那就更好。一无所见，一无所感，便是我的福气；因此别惊醒我。啊！说话轻些吧！"

我想这隽永的文字，它们是不该与"睡着的雕像"分离的。可是，我寻遍了每一个角落，没有。也许这些文字，在最近的一次修缮时，被铲除了。这是完全可能的。

走进教堂，有一种原木的幽香，那是雅加奇楠沉香和黄花梨的香味。这种未经焚烧的暗香，木质本身满溢的气氛，很容易让人陷入冥想，沉入宗教事先蛰伏的神迷之中。所以，在雅加的教堂，哪怕是在深山部落，那些依然用格木和茅草搭成的茅屋教堂里，无须焚香，你单凭着原木和草叶散发出来的幽香，便能主动地进入神明的世界。

在这座色彩华丽但简朴的教堂里，我努力想象追忆左岸的师部时代，作为战备仓储的教堂的情状。只有那时的教堂，在我的记忆中，才是真实的。面前的这座教堂——虽然只有它，才是最真实的教堂，只有它，才代表了教堂和宗教的雅加存在——却使我感到此刻的我是虚浮的，我无论如何都无法说服我自己，去画出这40年间，柳琴和教堂之间的轨迹。

我曾在沟谷的邮局和书店，等候柳琴，等了两天，没有柳琴的影子，也没有接到她的电话。我又去了一趟左岸柳琴的家，依然是屋门深锁，连龚伟也不知踪影。只见到那个女孩。女孩说："她每天都会去教堂唱歌，你在那里一定可以找到她。"

我本想在赎罪日去教堂会柳琴，作为唱诗班的领唱，在启应的圣诗吟唱中，她是不能缺席的。可是离今年赎罪日——十月初十还有很长时间。

恰好今天是礼拜日，我想柳琴一定会在教堂。

雅加教堂的唱诗班席布置得非常堂皇，黎族是一个能歌善舞的民族，唱歌是他们生命的一个节律。所以雅加教堂的唱诗班席便特别的讲究。通常教堂的唱诗班席，是左右相向的阶梯式座位，与圣坛形成直角。雅加教堂的唱诗班席设在教堂后部，席位比正厅长凳高出许多，在教堂内部形成一个高位，与圣坛相望，有一种俯视并引领众生的姿势。唱诗班座席全部由海南黄花梨做成，并刻有精美的浮雕。椅子靠背均刻有米开朗琪罗的《睡着的雕像》，可见米开朗琪罗的这种意念无处不在，而那些隽永的文字却隐匿无形。我隐约感觉到这座教堂的神诡之处。

我从教堂的侧门进去。

教堂里鸦雀无声，人们悄无声息地陆续入座，神父尚未登场，但唱诗班席已无虚座，身着黑色长袍的男女庄严肃穆地排在那儿，每人手中捧着一本圣谱。

我的目光，在唱诗班席每个人的脸上一一扫描，在一色庄重的黑色之中，很难辨认出分隔40年的柳琴来。

我不知道今天唱诗班将演唱的圣歌，心底里却期望能够亲耳听由柳琴领唱《雅歌》。这部创作于公元前4世纪中叶的作品，作者已不可考。《雅歌》是一部描写男女相恋相爱的歌剧，剧中人物有新娘、新郎、新娘的兄弟和耶路撒冷的众女子，新郎和新娘用诗歌对唱来表达倾慕、爱恋和欢乐，歌剧结束于爱情的圆满。

我的这个期望有些莫名其妙，连我自己也深感奇怪。我对柳琴40年间的生活一无所知，从老单那里得来的信息也鸡零狗碎，无法拼凑出一个完整的柳琴的日常生活。我对这位亦可算作同过生死的朋友、差点就阴阳相隔的女性，40年间却漠不关心。我实在没有什么理由和颜面，期盼邂逅柳琴。我也约略觉察到柳琴对我的冷漠。很明显，她并不希望再见到我。否则，不会对我发出的信息毫无反应。这40年间，我经常在雅加出没的消息，她一定不会毫不知情。可是，她从不联系我。她对我包括我们曾经的友情毫无想望。

神父出场，礼拜仪式开始。

唱诗班席上，左侧一位是领唱。我努力想辨别她的面容，她应是柳琴无疑。虽然她黑袍加身，但从那身段，我隐约可以感觉到，她就是柳琴。

唱诗调响起，一个悦耳的女高音，带着旋律性的朗诵咏唱着《诗篇》。这是一种单声部的音乐，照例是格列高利平咏。舒缓、恬静、庄严、肃穆的咏唱，在大厅里穿行。这无疑是柳琴的音色。

我缓缓地走向教堂的后部，那儿是唱诗班席的位置，我已经站在离柳琴不到两米远的地方，我倚着墙壁，目不转睛地望着咫尺之地，这位我在40年前，一起在滔天洪水中牵手的女性。我感觉到她的目光似乎不经意地瞄了我一眼，毫无表情地瞄了一眼。她专注在她的歌唱里。

唱诗班正在咏唱《战争安魂曲》。这是本杰明·希里顿，为悼念第二次世界大战的亡魂而谱写的。

我注视着面前这张脸。我隐约听到大厅里回荡着的忧伤的旋律。这张脸一如以往的苍白无血，清瘦，我甚至可以看得见她过分苍白的脸上，游动着透明的蓝色血管。这张脸在一袭黑袍和许多黑袍的映衬下，显得更加苍白，有一种魂灵的意味，我甚至看不出这张已然老去的脸，有着岁月的流痕，干净纯洁得没有一丝皱纹。我怀疑在这幽暗的教堂里，我的眼睛出现幻觉，把40年前的柳琴映像，复投在今日柳琴的脸上。

她依然不为所动，倾情在她的咏唱之中。

已经过去了几个合唱和独唱，有过几次大段的启应，我断断续续地听到："阿门"和"哈利路亚"。我依然执着地注视着这张脸，这张苍白无血倾情于咏唱的热烈情绪中的脸。

我正想转身离开，刚刚挪动脚步，突然，我见到柳琴正凝视着我。此刻，我非常清晰地看清了她脸上的每一个细部，这是一张经历过太多困顿与疲惫的脸，细密的皱纹爬满她过于清瘦的脸，她那双依然明亮的长目，忽然间就注满泪水。

又一首圣歌开始，我听到她的独唱里，有一丝颤栗。柳琴哭了？我忽然就心中一紧。她是让自己唱出的圣歌感动，还是因为想起了1970年雅加河源的跳鬼，连同邮局和书店，还有雅加的左岸？我不知道。

我只是想让她知道，这么多年里，我寻找过她，我来过她的左岸，去过邮局和书店，寻觅到她唱诗的教堂，目睹了她的咏唱，聆听了她的《战争安魂曲》，感谢她为坦桑所做的一切，这就够了，至于其他，待我们一起抵达天堂时，再行叙说吧！

再见，柳琴。

我独自走出教堂，我觉到四周是无边的寂静，我决定不去惊醒柳琴。米开朗琪罗的话是对的。“只要世上还有苦难和羞辱，睡眠是甜蜜的，要能成为顽石，那就更好。一无所见，一无所感，便是我的福气；因此别惊醒我。啊！说话轻声些吧！”

2011年1月8日至

2011年3月28日　广州